퀸츠 왕국
크릭릴 계곡
에민
페니키아(수도)
워터밸리
식인 늪
웨이트가드
(중립령)
몰던 시
온빛 노을의 강
자코비니 사막
라이즈셋 협
해지랄리 회
포말하우트 산맥
움직이는 늪
피요드라
자우라크
크릭할린 협곡
N
W E
S
코로나

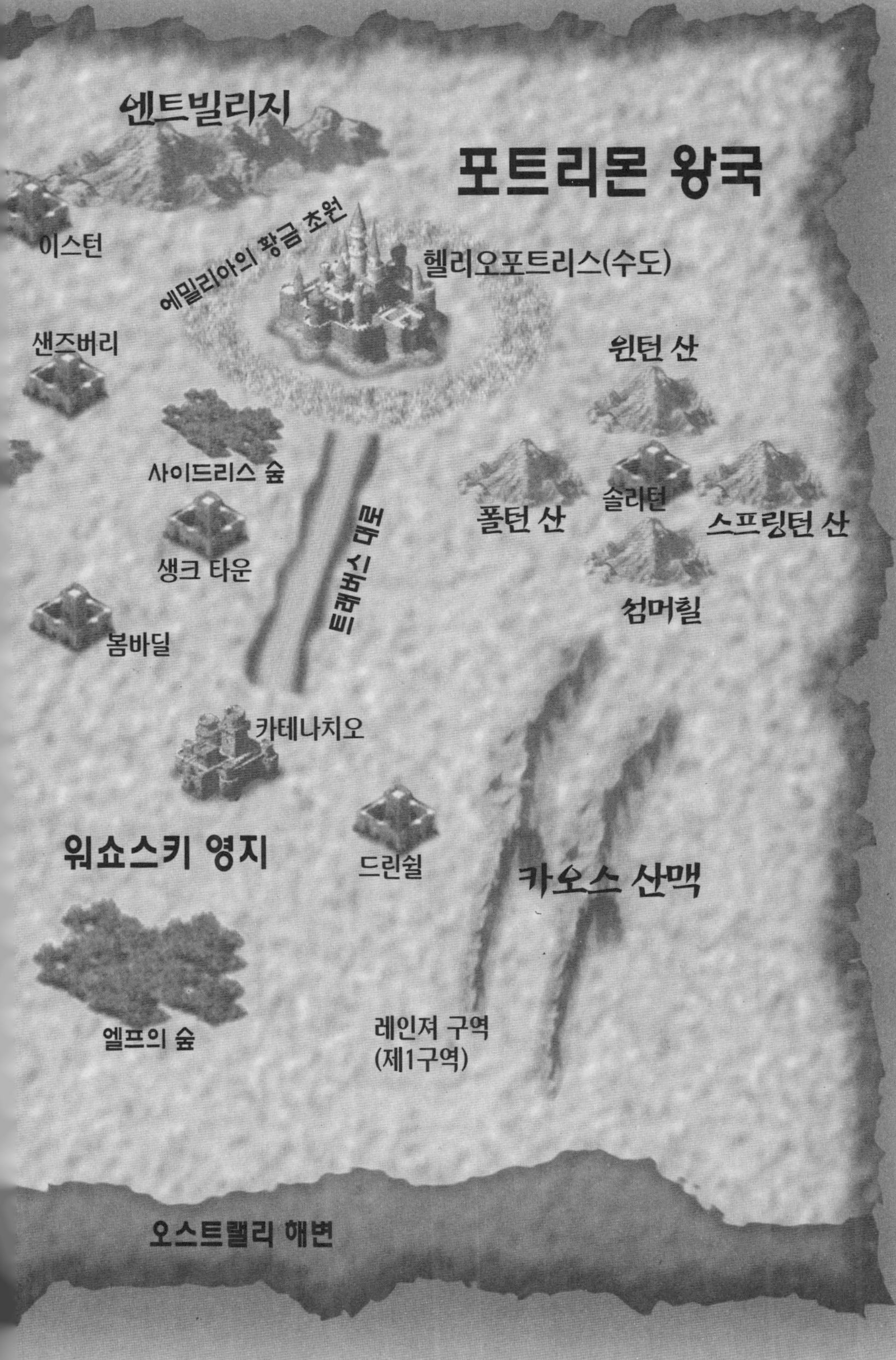

엔트빌리지
포트리몬 왕국
이스턴
에밀리아의 황금 초원
헬리오포트리스(수도)
샌즈버리
윈턴 산
사이드리스 숲
폴턴 산
솔리턴
스프링턴 산
생크 타운
트래버스 대륙
섬머힐
봄바딜
카테나치오
워쇼스키 영지
드린쉴
카오스 산맥
엘프의 숲
레인져 구역
(제1구역)
오스트랠리 해변

정복자의 일기
Diary of Conqueror
1

정복자의 일기 1

변혜주 판타지 장편 소설

초판 1쇄 찍은 날 § 2001년 3월 5일
초판 1쇄 펴낸 날 § 2001년 3월 20일

지은이 § 변혜주
펴낸이 § 서경석
펴낸곳 § 도서출판 청어람
편집 § 문혜영 · 허경란 · 박영주 · 김희정 · 권민정
마케팅 § 정필 · 강양원

등록번호 § 제1081-1-89호
등록일자 § 1999. 5. 31
어람번호 § 제1-0082호

주소 § 경기도 부천시 원미구 심곡1동 350-1 남성B/D 3F ㈜420-011
전화 § 032-656-4452   팩스 § 032-656-4453
e-mail § eoram99@chollian.net

ⓒ 변혜주, 2001

값 7,500원

※ 잘못된 책은 바꿔드립니다.
※ 저자와 협의하여 인지를 붙이지 않습니다.

ISBN 89-5505-066-6 (SET) / ISBN 89-5505-067-4 04810

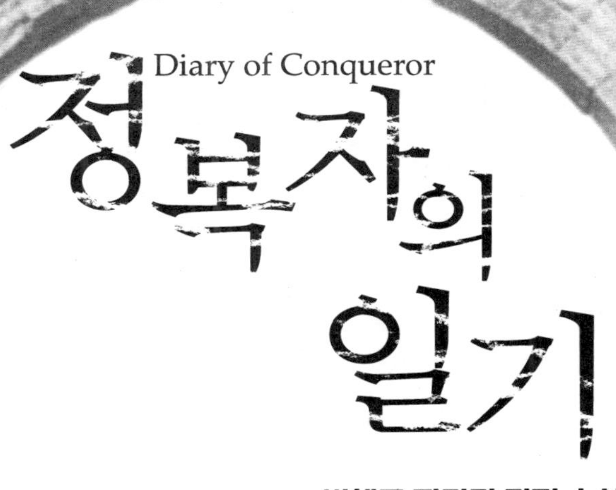

변혜주 판타지 장편 소설

1

잃어버린 영혼

도서출판
청어람

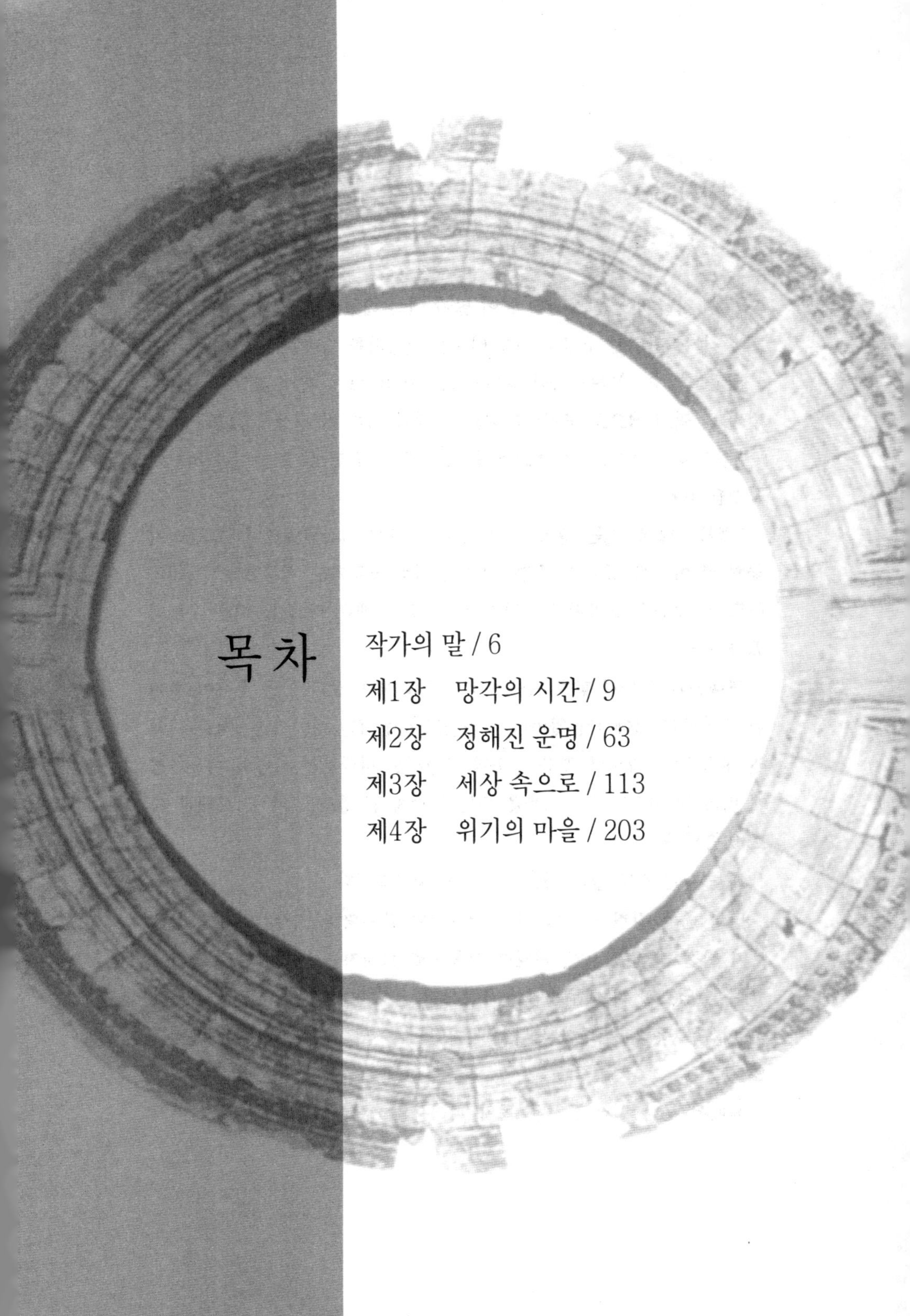

목차

작가의 말

지난 겨울은 유난히 눈이 많이 내린 해였습니다.

물론 판타지 소설도 봇물 터지듯 서점가를 휩쓸었구요.

글을 쓸 수 있다는 사실 하나만으로 들떠 있던 때가 엊그제 같은데 벌써 몇 권의 책으로 묶인다는 사실이 새삼 저를 더 긴장시킵니다.

「정복자의 일기」를 시작할 때를 돌이켜 보니 벌써 몇 달이란 시간이 흘렀습니다.

「정복자의 일기」는 영화 '드래곤 하트'에서 시작되었습니다. '쥬라기 공원'의 아류작 정도로 생각하며 어린이용 영화라고 치부했던 '드래곤 하트'가 새롭게 느껴지기 시작한 건 소설 「드래곤 라자」를 읽은 후부터 였습니다.

드래곤과 기사가 함께하는 동화 속 나라에 매료되고 난 후에야 별이 된 드래곤의 이야기가 얼마나 아름답고 감동적인 이야기였는지를 기억해 내게 된 것입니다. 같은 영화를 보면서도 바라보는 사람의 마음가짐에 따라 얼마나 다른 즐거움을 주는지 알게 된 영화도 역시 '드래곤 하트'였습니다.

책을 읽는 것도 같은 마음일 거라고 생각합니다.

명화 속에 감춰진 옥의 티를 발견하며 즐거워하듯 작가의 미흡함을 보며 즐길 순 없겠지만, 넉넉한 마음으로 보여지는 만큼이라도 즐거워할 수 있었으면 하는 무책임한 욕심까지 내게 됩니다. 그러고 보니 작가의 마음은 독자—어제까진 나도 독자였으니—의 마음과 너무나 다르군요.

책에서 못다 말한 공간은 독자 여러분의 상상에 맡겨놓은 공간이라고 말한다면 작가의 치졸한 변명이 될까요?

감히 재미있는 책이라고 자신있게 권하지 못할 책을 내놓은 작가의 마음은 부족한 자식을 세상에 내어놓은 어미의 마음처럼 불안하기만 합니다.

하지만 「정복자의 일기」를 쓰는 지난 겨울 동안 하얗게 눈 덮인 밤길을 걸으며 올려다본 하늘엔 드래곤의 영혼들이 총총히 박혀 있었습니다. 그런 상상 속에서 보낸 지난 겨울의 즐거움이 독자 여러분께도 조금은 전해졌으면 하는 마음입니다.

글 쓰기의 막연한 꿈을 현실로 이어주신 서경석 선생님과 지루하도록 오랜 시간 묵묵히 원고를 기다려 준 청어람 출판사의 가족들께 진심으로 감사드립니다.

2001년 2월의 어느 날.

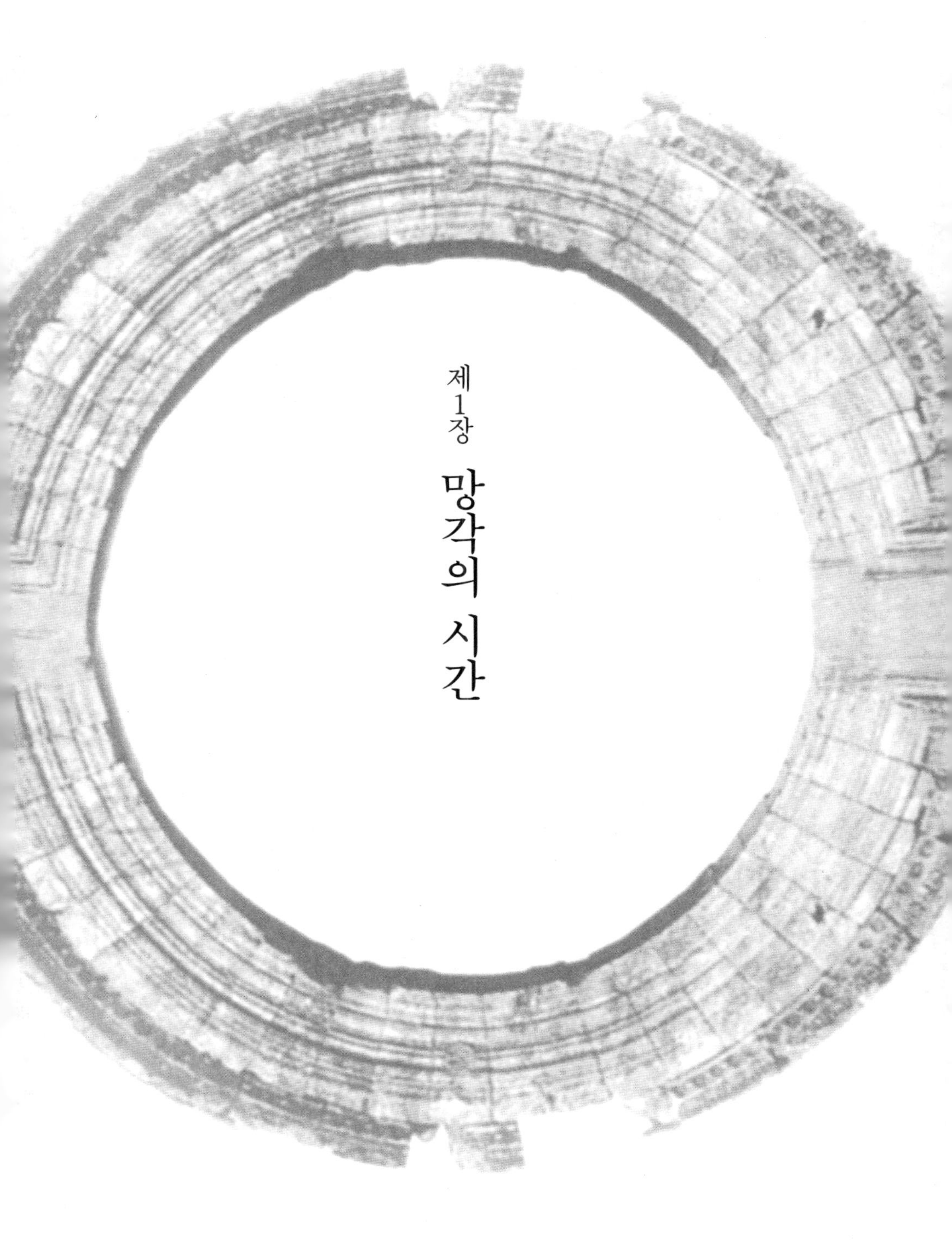
제 1 장
망각의 시간

1

망각은 위험한 휴식이자 잠재된 불안에의 도피이다.

　　장성한 자식이 부모를 외면하고 그들의 삶으로부터 벗어나려 하는 것은 탄생에의 망각이며, 부와 권력과 쾌락에 집착해 젊음을 탕진하며 시간의 흐름조차 잡으려 하는 것은 죽음에의 망각이다.

　순결한 마음으로 사랑을 속삭이던 연인의 눈동자가 싸늘하게 식은 것은 사랑에의 망각이며, 외롭고 어두운 눈으로 세상을 바라보는 사람의 걷히지 않는 슬픔은 이별에의 망각에서 비롯된다.

　망각은 단절이 아니라 깨닫지 못하는 영속이며, 어둠 속에 잠시 지워진 그림자에 불과하다.

　빛을 향해 걸어나오면 결국 다시 따라올 사라지지 않는 그림자…….

　어제를 지워 버린다 하여 어제로부터 오늘을 단절시킬 수 없듯 과거를 인정하지 못하면 내일 또한 준비할 수 없다.

　어제가 없이 오늘이 있을 수 없듯, 과거가 없으면 미래 또한 있을 수 없음이 당연한 것이다.

망각이란 어리석은 자기 최면 속에 갇혀 내일을 준비하지 않은 자에게 동정은 사치스러운 감정의 낭비일 뿐이다.

어차피 나의 불행은 망각조차 허락되지 않은 고통의 시간 속에 존재해 왔고, 그대들의 불행은 망각의 시간 속에 보낸 아늑함에서 이미 시작되어 왔다.

이제 나는 고통을 벗고 내가 준비한, 나를 위해 존재할 망각되지 않은 영광의 내 시간 속으로 들어가려 한다. 나는 이미 그 아이를 세상 속에 내놓았다.

…(중략)…….

그런 의미에서 해롤드 밀러는 첫 번째 희생자이자 패배자이며, 스스로의 불찰에서 비롯된 고통과 상실은 결코 돌이키지도 보상받지도 못할 것이다.

'정복자의 일기'라 이름 붙은 미완의 기록에서 발췌.

이실론은 여관의 북적이는 소리에 잠이 깼다. 도시의 아침은 언제나 분주한 움직임으로 시작하지만 오늘 아침은 그동안의 아침과는 달랐다. 바쁘게 움직이는 소리보다 떠들썩한 웃음과 흥분을 숨기지 못하는 요란한 목소리가 그의 잠을 깨운 것이다.

이실론은 머리맡에 준비된 세숫물에 깔끔히 얼굴을 씻고 옷을 입기 시작했다. 정확히는 알 수 없지만 거울 속의 자신의 모습을 보면 열일곱이나 여덟은 충분히 됐을 나이다. 그런데도 아직 옷을 입는 손길은 서툴기만 하고, 그 동작도 자신에게는 낯설게만 느껴졌다. 한참을 만지작거리고서야 겨우 단추를 다 채운 이실론은 다시 거울 앞에 자신의 모습을 비춰봤다.

창문을 통해 스며드는 햇살에 금방이라도 부서질 듯 빛나는 황금색 머리카락과 우윳빛 피부. 평생 햇볕이라고는 쬐보지도 못하고 온실 속에서 자라온 것처럼 병약해 보이기까지 하는 얼굴. 하지만 창백한 얼굴에 보석처럼 박혀 빛나고 있는 푸른 눈은 호수처럼 맑고 바다처럼 깊어 병약해 보이기만 하는 그의 여린 외모를 신비스런 분위기로 만들어줬다. 어쩌면 자신은 고귀한 귀족의 아들로 지금까지 자신의 손으로 세수를 하고, 옷을 입어본 적도 없는 그런 귀하신 몸인지도 모른다.

'그럼 내 부모님은 지금 애타게 나를 찾고 계실까?'

"어머니……."

이실론은 잔잔히 그 소리를 읊조리며 눈을 감았다. 까맣게 일렁이는 시야는 혼란스럽게 회전하기만 할 뿐 아무런 영상도 비춰주지 못했다.

그럼 아버지는……. 닫혀진 눈 안에서 까만 점들이 흩어지며 뭔가 형체를 만드는 것 같기도 하지만 언제나처럼 의미없이 부서지며 허무한 암흑 속으로 되돌아갔다.

이실론은 씁쓸한 한숨을 내쉬며 눈을 떴다. 남아 있는 것은 거울 속에서 서글픈 표정으로 한숨을 내쉬고 있는 겁먹은 소년의 모습뿐이다.

사라진 과거와 함께 가족이란 존재 역시 지워져 버린 것이다.

이실론에게 과거라고는 이곳까지 여행해 온 지난 보름 간의 시간이 전부였다. 그 이전의 시간은 기억조차 나지 않는 까마득한 옛날처럼 멀게만 느껴졌다.

'도대체 보름 전 그날, 내게 무슨 일이 벌어졌던 걸까?'

그러니까… 기억이 시작되는 보름 전 그날과 기억이 사라져 버린 바로 그 전날 사이, 분명 그날 자신에게는 뭔가 일이 있었을 것이다. 하지만 아무리 떠올리려 노력해 봐도 기억되는 것은 없고, 대신 지금처럼 머리가 터져 버릴 듯한 고통만 밀려왔다.

지난 보름 동안 매일 반복된 기억을 찾기 위한 노력과 그 노력을 방해하는 고통 사이에서 늘어가는 것은 두려움과 공포뿐이었다. 이대로 영영 과거를 잃어버린 채 떠돌아다니게 될지도 모른다는 공포. 이실론은 두려움을 떨쳐 보기라도 하려는 듯 머리를 크게 휘저었다. 그리고 다시 고개를 들었을 때, 거울 속의 나약한 소년은 붉게 충혈된 눈에 하나 가득 눈물을 담고 있었다.

이실론은 고개를 들어 눈물이 흐르지 않게 했다. 멍하니 천장을 바라보며 눈물이 마르기를 기다린 다음에야 이실론은 심호흡을 하고 방문을 열었다.

여행자의 두렵고 고단한 하루가 또 시작된 것이다.

"어이, 꼬마! 잘 잤나?"

이실론은 재빨리 고개를 돌렸지만 이미 늦은 것을 알았다. 간밤에 핸슨이라고 자신을 소개했던 저 우락부락한 인상의 사내는 기다렸다는 듯 이실론을 보자마자 반갑게 손짓을 했다. 이 낯선 도시에서 말동무가 생겼다는 사실은 반가워해야겠지만, 그의 옆에 앉으면 어젯밤과 마찬가지로 그의 밥값까지 자신이 계산해야 할 것이 뻔했다.

돈이 없는 것은 아니지만 저런 인간의 밥값까지 계산해 주고 싶은 마음은 눈곱만큼도 없다. 그냥 모른 체 지나쳐 갈까도 생각해 봤지만 핸슨의 손에 들려 있는 모닝 스타Morning Star는 앉은 자리에서 그대로 휘둘러도 문까지 닿을 것 같았다. 그의 의도야 알 수 없지만 이실론에겐 충분히 협박으로 느껴졌다.

"뭐 해? 어른이 자리까지 잡아놓고 기다리는데."

이실론은 꼼짝없이 그가 시키는 대로 그의 옆에 자리를 잡고 앉았다.

"편안히 주무셨습니까?"

게다가 정중하고 예의 바르게 인사까지 했다.

"얼른 아침이나 먹어라. 오늘 같은 날 꾸물거리다간 돈을 덤으로 얹어주고도 아침을 굶을지도 모르니까."

이실론은 별로 아침을 먹고 싶은 생각은 없었지만 핸슨의 손은 이미 종업원을 부르고 있었다.

"우리 꼬마 손님도 아침을 드셔야 하니까 주문받게. 이 집에서 제일 맛있는 걸로 2인분!"

핸슨의 앞에 수북이 쌓여 있는 접시는 이미 넘치고도 남을 만큼 아침을 먹어치웠다는 증거일 텐데도 핸슨은 또 2인분의 아침을 주문했다.

이실론의 눈이 자신 앞에 쌓여 있는 접시를 쳐다보자 핸슨은 조금 민망한 마음이 들었는지 종업원을 향해 외쳤다.

"아무리 바빠도 먹고 난 접시는 빨리빨리 치워야지!"

종업원이 무표정하게 접시를 치워 가자 핸슨의 수염으로 뒤덮인 얼굴이 능글맞은 미소를 지으며 말했다.

"나야 이미 아침을 먹었지만, 그렇다고 너 혼자 아침을 먹게 할 수는 없잖아."

"감사합니다."

뭐가 감사한지는 몰라도 이실론의 뼈 속까지 박힌 정중함은 핸슨에게 또 인사를 하고 있었다.

핸슨은 분명 이 집에서 제일 맛있는 걸로 주문했지만 막상 이실론의 눈앞에 놓여진 음식은 형편없었다. 물이나 다름없는 멀건 수프와 딱딱하게 굳어진 빵, 거기다 이미 식어서 뻑뻑해진 닭고기 요리가 전부였으니 말이다.

핸슨은 도대체 어떤 음식을 접시가 수북이 쌓일 정도로 먹어댄 걸까? 궁금해할 것도 없이 그는 새로운 음식이 나오자마자 역시 허겁지겁 먹어치웠다. 애초에 음식의 맛이니 질이니 하는 것은 상관도 하지 않는 모양이다.

그래도 다행인 것은 그가 맛있게 먹는 모습을 보니 이실론도 그럭저럭 음식을 목으로 넘길 수 있었다는 것이다. 아무리 얄미운 사람이라도 혼자 밥을 먹는 것보다야 둘이 먹는 게 낫긴 했다. 새로 나온 음식마저 순식간에 비워 버린 핸슨이 꺼윽 트림을 하며 이실론을 향해 물었다.

"네 녀석 모습을 보니 포트리아 기사단 선발 시험에 응시하러 온 것 같지는 않고… 구경하러 왔니?"

"포트리아 기사단이라니요?"

포만감에 가득한 얼굴로 트림을 해대던 핸슨의 얼굴이 순식간에 빨갛게 상기되며 이실론의 코앞까지 밀려왔다. 그리곤 조심스런 눈빛으로 주위를 둘러보며 목소리까지 죽여 말했다.

"너… 설마 포트리아 기사단을 모른다고 말하려는 건 아니겠지?"

"그런 게 아니라……."

닭고기를 썰고 있던 이실론의 손도 핸슨의 위압적인 모습에 그대로 굳어버렸다.

"그럼, 지금 네 녀석의 태도를 내가 납득할 수 있게 설명해 봐."

가족조차 잊어버린 이실론의 짧은 기억 안에 포트리아 기사단에 대한 정보가 있을 리 없다. 그러나 무슨 말이든 하지 않고선 핸슨의 저 날카로운 눈빛으로부터 벗어나지 못할 것 같다. 핸슨에게 왜 화를 내는지 물어볼까? 그것보단 무슨 말이든 변명을 하는 게 나을 것 같다. 포크까지 내려놓고 이실론을 빤히 쳐다보고 있는 핸슨이 원하는 것은 질문이 아니라 대답인 것 같으니까.

그런데 도대체 무슨 말을 해야 하나? 아무래도 자신은 대화에는 별로 익숙치 못한 사람인 것 같다. 이실론은 무슨 말을 어떻게 해야 좋을지 감이 잡히지 않았다. 괜히 입술만 바짝바짝 말라오고 머리 속이 빙빙 도는 것 같은 현기증에 금방이라도 눈물이 쏟아질 것만 같았다.

"뭐냐? 네 녀석의 지금 그 표정은?"

"예?"

"마치 내가 널 잡아먹기라도 할 것처럼 겁먹은 표정을 짓고 있잖냐?"

그가 잡아먹을 듯한 표정으로 노려보지 않았다면 자신이 겁먹은 표정으로 주눅 들어 있을 이유도 없다. 게다가 정체 불명의 이 낯선 사내가 이유없이 친한 척하며 걸어오는 말에 일일이 대꾸할 이유는 더 더욱 없다. 자신이 그를 외면할 용기만 있다면.

"어제도 말씀드렸다시피……."

"아무것도 기억나지 않는다?"

어제도 오늘처럼 핸슨이 무작정 걸어오는 얘기들에 이리저리 답하다 보니 자신이 과거를 기억하지 못한다는 얘기까지 하게 됐었다. 굳이 숨길 필요야 없겠지만 처음 보는 사람에게 할 만한 말도 아니다. 지금처럼 괜한 호기심의 대상이나 되기 십상이니 말이다.

"그럼 네 녀석은 여기 뭣 하러 왔나?"

그냥 발길이 이끌리는 대로, 몸이 움직이는 대로 길이 보이는 곳으로 왔을 뿐이다. 목적이나 이유는 당연히 없다고 생각했는데.

"찾아야 할 사람이 있어서요."

삼키지 못하고 입 안에 담고 있던 물을 뱉어버리듯 그냥 튀어나온 말이다. 핸슨도 의외라는 듯 이실론을 흘긋 올려다봤다.

"찾아야 할 사람이 누군데?"

이실론은 음식 대신 손톱을 씹었다.

"저도 잘 모릅니다."

자신조차도 이해하기 힘든 이실론의 말을 오히려 더 잘 이해하는 사람은 핸슨인 것 같다. 핸슨은 보일 듯 말 듯 고개를 끄덕이며 희미한 미소를 지었다. 희미한 기억의 한 토막이라도 잡아보려는 듯 손톱을 잘근거리며 발끝을 쳐다보던 이실론은 미처 보지 못했지만 말이다.

구름 한 점 없이 맑고 높기만 한 하늘에는 어제와 다름없이 따사로운 태양이 대지를 포근히 감싸고 있었다.

이실론은 아침 식사 값을 계산한 후, 얼떨결에 핸슨의 손에 이끌려 헤더림튼 캐슬로 향했다. 이곳 헬리오 포트리스에 온 목적이야 어찌 됐든 5년에 한 번뿐인 포트리아 기사단 모집 시험을 구경하지 않는다는 것은 왕국의 국민된 도리가 아니라는 것이 핸슨이 강제로 이실론을 끌고 가고 있는 이유였다. 어쩌면 이렇게 끌고 다니며 오늘 점심과 저녁까지 해결하려는 작정인지도 모른다. 그래도 이실론이 그의 손길을 뿌리치지 않은 것은 물론 그럴 힘이 없어서이기도 하지만, 포트리아 기사단 모집이라는 것에 대한 호기심 때문이기도 했다.

상점은 대부분 문을 닫았고 거리는 여기저기서 모여드는 온갖 사람들로 넘쳐 났다.

이실론은 태어나서 이렇게 많은 사람들을 한꺼번에 보는 것은 처음인 것만 같았다. 최소한 지난 보름 동안 본 사람들보다 지금 이 한순간 보고 있는 사람들이 더 많다는 것만은 확실했다.

이실론은 휘둥그레진 눈으로 정신없이 주변을 두리번거렸다.

거리는 마치 부유한 화가의 풍요로운 그림을 옮겨놓은 듯 아름다운 건물들이 조화를 이루며 늘어서 있었다. 건물과 건축에 대해 아무것도 모르는 이실론조차 한눈에 이곳이 완벽한 설계에 의해 정성스럽게 건설된 도시임을 알 수 있을 정도였다.

간밤에 도성으로 들어서며 반딧불의 바다 같은 야경(夜景)에 반했던 것은 내용도 보지 못한 채 포장만 보고 감탄했던 것과 다를 바 없었다.

이 도시의 진정한 아름다움은 균형과 조화 속에 느껴지는 풍요와 평화였다. 게다가 도시 자체가 대리석 위에 지어진 듯 거리엔 한 톨의 흙도 보이지 않았다. 나무들조차 대리석 바닥을 뚫고 자라나 있는 것으로 보일 정도였다. 좀 더 자세히 살펴보고서야 나무의 뿌리가 다치지 않게 빈 공간을 남겨두고 그 위에 지붕처럼 벽돌이 얹혀 있다는 것을 알 수 있었다.

이런 곳에 사는 사람들이라면 아무런 불평 불만 없이 사랑을 베풀며 인생을 즐길 수 있을 것 같았다. 이실론의 막연한 추측에 부응이라도 하듯 거리를 가득 메운 사람들 모두 밝은 표정으로 경쾌하게 움직였다. 이곳이 태양의 도시라는 의미의 헬리오 포트리스라는 이름이 붙여진 것은 너무나 당연했다.

이 아름다운 도시 속에서 그들의 일부가 되어 있다는 사실만으로도 이실론은 몸이 가벼워지고 미소가 절로 배어 나왔다. 이실론이 무슨 생각을 하든 어떤 표정을 짓든 간에 핸슨은 여관을 나서면서부터 시작한 포트리아 기사단에 대한 열변을 여전히 토해내고 있었다.

"그러니까 포트리아 기사단이 귀족의 자제들로 구성되는 것은 당연하다고 할 수 있지. 그렇지만 우리 포트리몬 왕국의 위대하신 국왕, 드왈린 폐하께서는 평민들 중에서도 유능한 기사들을 선발해 포트리아 기사단에 가입시켜 주기로 하셨다 이 말씀이다."

이 부분에서 핸슨의 목소리는 상당히 격양됐고, 덕분에 잠깐 말을 멈추고 숨을 몰아쉬어야 했다.

"국왕 폐하를 뵌 적이 있습니까?"

"그런 걸 왜 묻냐?"

"핸슨 씨는 진심으로 국왕 폐하를 존경하고 포트리몬 왕국의 자랑이라는 포트리아 기사단을 사랑하는 것 같아서요."

"당연하지! 난 포트리몬 국민이니까."

핸슨의 목소리는 여전히 상기된 상태였다. 포트리몬 왕국의 국민이라는 것만으로도 이렇게 목청을 높이고 자부심을 느끼는 이유가 이실론에게는 쉽게 이해되지 않았다.

그에겐 왠지 소속감이란 느낌 자체가 낯설고 답답하게만 느껴졌다. 그러나 핸슨처럼 왕국이든 민족이든 소속된 집단의 테두리 안에서 안정을 느끼며 집단의 번영을 개인의 영광으로 승화시키는 사람도 있는 법이다.

물론 핸슨이 목청을 높인 더 큰 이유는 따로 있었고, 그것이 긴

열변의 마무리였다. 아마도 그가 진짜로 하고 싶었던 얘기도 이 대목이었을 것이다.

"나도 20년 전에 포트리아 기사단 모집 시험에 응시한 적이 있었어. 비록 최종 100명에 포함되지는 못했지만 마지막 5차 시험까지 갔었지. 너 같은 애송이 꼬마는 열 번 죽었다 깨어나도 모를 거다. 사나이로 태어나서 포트리아 기사단의 일원이 될 뻔했던 그 감동적인 순간의 기억을……"

20년 전의 기억을, 그것도 기사단으로 뽑힌 것도 아니고 뽑힐 뻔했던 기억을 이렇게 자랑스럽게 떠들고 있는 것을 보면 포트리아 기사단이란 이름이 갖는 의미가 크긴 큰 모양이다. 아니면 핸슨이 그 후로 20년 동안 남에게 말할 만한 아무런 추억도 없이 살아온 볼품없는 사내이거나. 이실론이 보기에는 둘 다인 것 같았다. 오로지 그 기억만으로 20년 간을 버텨온 한심한 사내, 그것이 이실론의 눈에 보이는 핸슨의 모습이었다.

조금 전까지 이실론은 아름다운 거리에 비해 간밤에 보았던 야경의 장관이 시시하다고 생각했다. 그러나 그 아름다운 거리 역시 지금 눈앞에 펼쳐진 광경 앞에서는 단지 주위를 보좌하는 소품에 불과해 보였다. 이실론은 숨 쉬는 것조차 잊고 거리를 가로지르며 하늘마저 막아선 헤더림튼 캐슬의 위용에 넋을 놓고 있었다.

신의 솜씨로도 빚어내지 못할 은회색의 거대한 산.

그 산줄기를 따라 눈을 들어올리고서야 하늘 바로 아래 둥글게 조각된 무수한 지붕과 그 지붕마다 꽂혀 있는 깃발이 보였고, 다시 눈을 내려서야 눈부시게 아침 햇살을 반사하고 있는 모래알 같은 창문들이 보였다.

백색의 빛과 흑색의 어둠 중간에 위치할 은회색은 고풍스럽고 매혹적이며, 규모의 거대함을 위압이 아닌 안정으로 느끼게 하는 역할을 했다. 헬리오 포트리스의 아름다움이 균형과 조화에 있었다면 헤더림튼 캐슬은 절제의 아름다움으로 그 대미를 장식하는 셈이었다.

포트리아 기사단 선발 시험이 있는 장소는 헤더림튼 캐슬의 정문 앞에 펼쳐진 거대한 광장이었다.

이실론의 눈으로는 측정조차 되지 않는 거대한 광장의 오른쪽 끝에는 저마다 갑옷과 투구로 중무장한 사내들의 행렬이 끝도 없이 이어져 있었다. 거대한 전투를 앞둔 병사들의 출전식 같기도 한 그 행렬이 오늘의 테스트에 응시할 사람들의 대기 행렬이었다.

광장의 중심에는 빨간 기둥으로 블록이 세워져 있고, 그 블록 밖으로는 수천의, 어쩌면 수만일지도 모르는 사람들이 크게 원을 그리며 모여 있었다. 근처 건물의 난간이며, 지붕이며, 심지어 나무 위까지 사람들의 발이 닿을 수 있는 곳은 모조리 채워지고 메워진 후였다. 심지어 벽을 기어올라 창틀에 필사적으로 매달린 채 광장을 내려다보는 사람도 있을 정도였다. 물론 창틀 안에 있는 사람들이 그를 잡아주지 않는다면 한 시간도 버티기 힘들겠지만 말이다.

이미 광장 안으로 들어서기가 힘들게 되자 핸슨은 이실론의 손을 잡고 근처의 식당으로 들어갔다. 식당 2층의 난간에도 역시 발디딜 틈조차 없었지만, 핸슨은 귀신같이 자리를 만들어냈다. 처음엔 사람들 어깨 사이로 한쪽 눈만 내밀었다가 슬며시 양쪽 눈을 모두 밀어 넣었고, 침 튀기는 재채기 한 번으로 사람들 사이의 간격이 약간 벌어진 사이 잽싸게 고개까지 들이민 것이다. 일단 핸슨이 자리를 잡자 이실론의 자리를 만드는 것은 더 쉬웠다.

결국 두 사람은 제법 좋은 자리에서 편안히 오늘의 시험을 관전할 수 있게 됐다.

"휴우~"

이실론은 또 한 번 이 어마어마한 인파에 고개를 내저었다. 핸슨은 이실론의 반응에 신이 난 듯 손가락으로 광장의 왼쪽을 가리켰다. 대기자들의 반대편 블록의 안쪽에는 사람 모양을 한 일곱 개의 나무토막이 무질서하게 세워져 있었다. 각각의 나무토막에는 심장 부위로 보이는 곳에 빨간 헝겊이 붙어 있었다.

"말을 탄 채 자기의 무기로 저 일곱 개의 빨간 헝겊을 모두 관통해야 하는 거야. 말은 전속력으로 달리되 한 번도 멈추지 말아야 되고, 나무토막을 넘어뜨려서도 안 돼. 그냥 헝겊 부분만 관통해야 되는데 말처럼 쉽지는 않지. 기본적인 기마 실력과 무기술을 테스트하는 건데, 이 1차 시험에서 3분의 2 가량이 떨어지지."

그들이 떨어지는 것이 핸슨에게 무슨 이득이라고 어깨까지 으쓱이며 잘난 체하는지 모르겠다. 핸슨뿐만이 아니었다. 광장에 모여든 사람들 모두 무슨 할 말이 그리들 많은지 이실론은 광장의 소란스러움에 귀가 멍멍할 지경이었다.

드디어 그들의 소란스러움을 일시에 잠재우는 우렁찬 뿔 나팔 소리가 들렸다.

뿌우웅—!

이 거대한 축제의 시작을 알리는 신호였다. 그리고 이어지는 관중들의 환호성 소리는 겨우 진정된 이실론의 귀청을 통째로 들썩이게 만들었다.

그들의 환호성은 헤더림튼 캐슬의 성문이 열리고, 은빛 갑옷을 번쩍이며 포트리아 기사단이 광장으로 나오는 모습을 보는 순간

절정에 달했다. 이실론은 그 끔찍한 소음을 견디기 위해 두 손으로 귀를 꽉 막고 눈살을 있는 대로 찌푸렸다. 그런데도 머리까지 흔들리고, 심장의 박동이 숨소리를 통해 뱉어질 정도로 그의 몸은 흥분의 도가니로 함께 빠져들고 있었다. 단지 소음 때문이 아닌, 무언가 그를 향해 다가오고 있다는 알 수 없는 느낌이 숨통을 조여왔다. 이실론의 멍한 눈은 자석에 이끌리기라도 한 듯 광장 오른편의 응시자들에게로 향해졌다.

시험의 시작과 동시에 포트리아 기사단은 눈부신 백마의 아름다운 갈기를 휘날리며 다시 성문 안으로 사라졌다. 핸슨의 설명에 의하면 그들은 본격적인 대전을 벌이는 3차 시험부터 관전을 한다고 한다.

"지금은 말 그대로 맛보기로 나와준 거지."

맛보기로 나와준 것만으로도 응시자들은 사기가 충천되는 모양이다. 가슴에 번호표를 붙인 응시자들은 한 줄로 늘어서며 제각각 무기를 점검하고 몸을 풀기 시작했다.

그들의 움직임과 동시에 이실론의 긴장도 더욱 커졌다. 영문을 알 수 없는 긴장 속에서 이실론은 마른침을 꿀꺽 삼켰다. 드디어 첫 번째 응시자가 준비된 갈색 말에 오르며 길쭉한 할버드Halbard를 뽑아 들었다.

"이얍—!"

위용찬 기합성과 첫 번째 응시자가 말과 함께 달려나갔다. 왼쪽 블록의 바로 뒤에 있던 사람들도 덩달아 뒤로 물러서자 목표물과 관중들 사이에는 제법 넓은 공간이 확보됐다.

'쉭!' 하고 바람까지 일으키며 첫 번째 응시자가 광장을 가로질렀다. 나무토막과의 거리가 가까워지자 사내는 할버드를 어깨

정도 높이로 들어 올려 손바닥으로 받치듯 가볍게 쥐었다. 모두들 숨죽이고 사내의 움직임만을 주시하는 그 순간에도 핸슨의 잘난 척은 이어졌다.

"일단 자세는 됐군. 무기를 저렇게 가볍게 잡아야 심장을 찌르고 바로 회수할 수가 있거든. 처음부터 너무 힘이 들어가면 무기를 회수하는 데 시간이 걸리고, 그럼 다음 공격으로 자연스럽게 이어지질 못해. 그리고 힘의……."

말꼬리가 쭈욱 올라가며 핸슨의 말이 멎었다. 첫 번째 나무토막을 향해 사내의 할버드가 뻗어진 것이다. 사내는 바람같이 나무토막의 붉은 헝겊을 찌르고는 무기를 회수해 두 번째 나무토막을 향해 내뻗었다.

콰당—!

하지만 두 번째 공격은 실패였다. 할버드가 뻗어지는 것과 동시에 나무토막이 통째로 뒤로 넘어져 버렸다. 관중들의 탄식 소리와 야유 소리가 요란하게 터져 나왔다. 핸슨이야 물론 예상했었다는 듯 혀를 차며 아까 못다 한 말을 이었다.

"쯧쯧, 내가 하려던 말이 바로 저거야. 힘의 분배가 무엇보다 중요하다고. 처음에 너무 힘을 넣어버리니까 이어지는 연속 공격에서 힘을 조절하지 못하지. 저 정도 실력으로는 어림없어."

핸슨의 말이 끝나기도 전에 나무토막은 다시 세워졌고, 두 번째 응시자가 힘차게 달려오고 있었다. 그의 손에 들린 무기 역시 길쭉한 할버드였다.

"저 녀석도 안 되겠군. 말을 타고 하는 공격이라고 무조건 할버드가 가장 유리한 무기는 아닌데 말이야. 전쟁터에서는 몰라도 정확성과 민첩성을 필요로 하는 이런 시험에서 할버드는 오히려 짐이 되는 무기가 될 수도 있지, 아암.”

처음에는 수다처럼만 들리던 핸슨의 애기였지만, 애기가 이어질수록 이실론은 그가 무기와 싸움에 제법 정통한 인물이라는 생각이 들었다. 하긴, 정말로 이 시험에서 5차까지 갔었다면 어리숙한 마구잡이 싸움꾼은 아닐 것이다. 이실론은 곁눈질로 핸슨을 힐끔 쳐다봤다. 자신에게 밥값을 뜯어낼 때만 해도 떠돌이 싸움꾼으로밖에 보이지 않던 얼굴인데, 지금 보니 용맹한 기사의 모습도 언뜻 보이는 것 같았다. 물론 눈빛을 굳히고, 입을 다물고 있을 때 아주 잠깐이긴 했지만.

20여 명의 응시자가 지나가도록 통과자는 한 명도 나오지 않았다. 움직이는 것도 아니고, 그냥 그 자리에 가만히 세워져 있는 나무토막을 찌르기가 그렇게 힘든가? 입이 닳도록 이어지는 핸슨의 중계방송이 아니면 이실론은 도저히 이해하지 못했을 것이다.

“저 녀석은 좀 다른데.”

이실론은 핸슨의 눈길이 향하는 곳을 쳐다봤다. 가슴에 ‘25’라는 번호표를 붙인 사내가 사뿐히 말에 오르고 있었다. 그는 대부분의 응시자완 달리 갑옷도 투구도 착용하지 않은 상태였는데 탐스러운 흑발이 어깨에 걸려 찰랑이고 있었다. 현재 진행 중인 공격자가 23번이니 그는 다음다음 차례였다. 그런데도 핸슨의 눈길은 그에게서 떨어지질 않았다.

“그냥 말에 타는 모습만 봐도 알 수 있는 겁니까?”

이실론이 처음으로 입을 열어 말했다.

“평생 싸움이라고는 한 번도 해보지 못한 네 녀석이야 모르겠지만, 나처럼 평생을 싸움질로 보내며 이 정도 나이가 되면 보여지는 것보다 더 많은 걸 알 수 있어.”

핸슨의 목소리는 어느 때보다 진지했지만 이실론은 이해할 수 없었다.

"보여지지 않는 것이라니요?"

"적의 기운, 기세!"

"예?"

"나처럼 싸움으로 잔뼈가 굵은 사람은 적과 마주하는 순간, 내가 이길 수 있는 상대인지 그렇지 않은 상대인지 판단이 서거든. 그걸 판단하는 잣대가 바로 적의 기세라는 거야. 근데 저 녀석은……"

핸슨은 말꼬리를 내렸고, 25번 응시자의 공격이 시작됐다. 말을 몰아 달려오는 모습은 그동안의 응시자들과 별로 다를 게 없어 보였다. 그의 손에 들려 있는 무기도 전혀 특별해 보이지 않는 바스타드 소드Bastard Sword였다.

그러나 핸슨은 숨조차 죽이고 그의 움직임을 바라봤고, 덩달아 이실론까지 숨을 죽였다.

25번 사내는 나무토막 가까이에 오도록 아무런 움직임도 취하지 않았다. 그리고 말과 함께 나무토막을 스쳐 지나갔다. 물론 스쳐 지나가는 사이 한차례 검을 휘두르긴 했지만, 나무토막도 헝겊도 아무것도 움직이지 않았다. 그렇게 일곱 개의 나무토막을 모두 스치기만 한 채, 이실론의 기대와 달리 사내의 공격은 시시하게 끝나 버렸다.

이실론은 약간 실망스러운 얼굴로 핸슨을 올려다봤다. 그러나 핸슨의 눈가에 가득한 주름은 분명 감탄의 표시였다. 입술을 살짝 씰룩이며 고개를 돌리던 이실론은 그제야 정말 놀라운 일이 벌어진 것을 알았다.

25번 사내의 공격이 끝나고 말이 앞발을 높이 치켜들며 멈추어서자, 첫 번째 나무토막의 붉은 헝겊이 양단된 채 흘러내렸다. 그렇게 두 번째, 세 번째로 이어지며 마치 옷이라도 벗듯 헝겊은 나무토막에서 떨어져 나왔다.

나무토막은 조금도 상하지 않은 채 정확히 헝겊만 자르고 지나간 것이다. 검술과 싸움에 대해 아무것도 모르는 이실론조차 넋이 나갈 지경이니 핸슨의 넋이 일찌감치 나가 버린 것은 당연했다.

여기저기서 한숨처럼 새어 나오던 감탄성이 순식간에 환호성으로 변하며 광장에 메아리쳤다. 그런데도 25번 사내는 무표정하게 자리로 돌아가 말에서 내릴 뿐이었다.

첫 번째 통과자를 축하하는 함성으로 가득한 가운데, 핸슨이 이실론의 귀에 대고 속삭였다.

"우린 운이 좋구나. 구경을 나오자마자 포트리아 기사단원을 보게 되다니."

이실론은 자기도 모르게 헛바람을 흘렸다.

"그럼 저 사람은 포트리아 기사단원이었단 말씀입니까?"

어쩐지…… 그런 생각을 하고 있는 이실론의 머리로 핸슨의 거북이 등짝만한 주먹이 와서 박혔다.

"이 멍청한 녀석아, 포트리아 기사단원이라면 모집 시험은 왜 또 보나?"

"방금 그렇게 말씀하시지 않았습니까?"

"저 정도 실력이면 충분히 뽑힐 수 있다는 얘기야. 이런 얼빠진 녀석."

"그렇게 잘 아시면서 아저씨는 왜 응시하지 않으셨습니까?"

처음으로 반항 비슷하게 해본 얘기였다. 그러나 돌아오는 것은 뒤통수에 또 한 차례 박힌 주먹뿐이었다.

"멍청한 녀석! 내 나이가 몇인데? 포트리아 기사단에 나이 사십이 넘은 노인네들까지 가입한다면 말이 되냐? 응시 자격 자체가 스물다섯 살 미만이야."

이실론은 뒤통수의 얼얼한 충격보다 방금 묘기를 마친 25번 사내가 아직 스물다섯도 되지 않은 젊은 사람이라는 말에 더욱 충격을 받았다. 핸슨 역시 같은 이유로 얼굴 가득 주름을 잡고 있었던 모양이다.

"저렇게 어린 놈이 어떻게 그런 절제된 검을 쓸 수 있었을까?"

혼잣말을 중얼거리는 핸슨의 눈빛도 이실론과 함께 광장의 뒤편으로 멀어져 가는 흑발의 뒤통수에 꽂혀 있었다.

25번 이후로도 두 명의 통과자가 더 있었지만 아무도 25번 사내만큼 열렬한 환호성을 받지는 못했다. 오히려 25번에 비하면 그 이후에 통과한 사람들은 시시하다고 말하는 사람들도 있을 정도였다. 핸슨의 입에서도 슬슬 지루하다는 얘기가 나오기 시작할 즈음, 이실론은 처음 광장에 들어설 때 느꼈던 알 수 없는 흥분과 긴장이 다시 스스로를 점령해 오는 것을 느꼈다. 숨소리가 점점 커졌고, 손바닥은 땀으로 흥건하게 젖어들기 시작했다.

이제 공격을 준비하고 있는 사람은 77번이었다. 이실론은 마치 자신이 그 자리에서 공격을 준비하는 것처럼 숨조차 쉴 수 없는 긴장감에 몸을 떨었다.

드디어 77번의 공격이 시작됐다.

말과 함께 위용차게 달려올 때만 해도 그동안의 다른 응시자들과 아무것도 다르지 않았다. 하지만 그의 바스타드 소드가 첫 번째 나무토막을 향해 뻗어지는 순간, 그는 그 어떤 응시자들보다 특별했다.

온몸의 힘을 다해 힘차게 뻗어진 그의 검은 나무토막에는 닿아

보지도 못하고 허공을 크게 갈라 버린 것이다. 덕분에 균형을 잃은 그는 말에서 보기 좋게 떨어져 버렸다. 그래도 그것까지는 괜찮았다. 그를 더욱 돋보이게 한 것은 몸과 달리 발은 미처 말에서 벗어나지 못했다는 데 있었다. 그의 한쪽 발은 안장에 끼어 있었고, 말은 미친 듯 날뛰기 시작했다. 사내는 귀찮은 짐짝처럼 말에 매달린 채 말이 이끄는 대로 광장을 휘젓기 시작했다.

사내는 말에서 벗어나려 안간힘을 썼지만 그것조차 뜻대로 되지 않는 모양이다. 사내의 싸구려 사슬 갑옷이 바닥에 끌리며 요란하게 출렁거리는 소리를 흘렸다.

관중들에게서는 자지러지는 폭소가 터져 나왔다. 일부에서는 손수건을 던지며 야유를 표시하기도 했다.

이실론의 주위에 있던 사람들도 빠지지 않고 한마디씩 했다.

"저런 얼간이도 시험 볼 자격이 있나?"

"지루할까 봐 광대라도 부른 모양이지 뭐."

엄숙해야 할 시험장이 웃음바다가 되자 당황한 진행 요원들이 광장으로 달려나왔다. 그들은 재빨리 말을 진정시키고 말의 안장에서 그렇게도 빠지지 않던 응시자의 발을 분리시켰다. 군중들의 웃음소리는 더욱 커졌다.

"투구를 벗겨라!"

"얼굴 좀 보자!"

한두 명의 외침으로 시작된 요구가 점점 거세지며 군중들은 아예 팔까지 들어 올리며 투구를 벗기라고 외쳐 댔다. 아무리 형편없는 응시자라도 그에게 그런 모욕을 주는 것은 포트리아 기사단의 명예를 떨어뜨리는 행동이 될 수도 있었다. 진행자들은 손을 내저으며 관중들의 요구를 무시했다. 그러나 이미 있는 대로 흥이

오른 관중들은 한마음 한뜻으로 한결같이 그의 얼굴을 보이라고
외치고 있었다. 그들의 요구를 충족시키지 않고서는 더 이상 진행
조차 힘들 지경이었다. 진행 요원들은 자기들끼리 몇 마디 말을
나누더니 결국 응시자에게 투구를 벗으라고 손짓했다. 아닌 척하
긴 해도 그들 역시 이 얼간이 응시자의 얼굴을 보고 싶은 마음이
있었을 것이다.

응시자의 두 손이 머리를 향해 올라갈 때만 해도 어쩔 수 없이
투구를 벗으려는 줄만 알았다. 그러나 응시자는 두 손으로 투구를
꼭 감아쥔 채 블록 밖의 군중들 속으로 도망치기 시작했다. 군중
들이 그런 응시자를 보고만 있을 리 없었다.

"우우— 우우—!"

광장이 터져 나갈 듯한 야유와 함께 그치지 않는 폭소가 광장
을 완전히 점령해 버렸다. 이유야 어쨌든 그가 오늘의 최고 스타
인 것만은 분명했다.

그가 도망치는 방향마다 관중들이 길을 막아섰고, 그는 블록을
벗어나지도 못하고 광장을 이리저리 맴돌며 도망갈 구멍을 찾았
다. 물론 군중들이 막아선 광장에서 그가 도망 나갈 길이 있을 리
없었다. 순식간에 그는 진행 요원들의 손에 잡혔다. 진행 요원들조
차 이젠 약이 올랐으니 강제로라도 그의 투구를 벗기려 들었다.
사내는 투구를 잡고 있는 두 손에 더욱 힘을 주고 바닥을 뒹굴며
그들의 손길을 피하느라 안간힘을 썼다.

야유 소리는 더 이상 들리지도 않았다. 이 우스운 광경 앞에 야
유를 보낼 정도로 힘이 남아 있는 사람조차 없었다. 이젠 웃음소
리를 흘리는 사람보다 웃다웃다 눈물까지 글썽이는 사람들이 더
많았다.

처음 광장으로 나왔던 진행 요원은 두 명이뿐이었지만, 지금은 발버둥치는 발을 잡고 있는 그 두 명 외에 다른 두 명이 몸부림치는 양 어깨를 잡고 또 다른 한 명이 그의 투구를 잡아 쥐고 있었다. 드디어 이 얼간이 응시자의 투구가 벗겨졌다. 그런데 그의 투구를 벗기던 사람이 마치 불에 데기라도 한 것처럼 화들짝 놀라며 뒤로 물러섰다. 그의 양 어깨와 양 발을 잡고 있던 사람 역시 못 볼 것을 본 사람처럼 멍하게 손을 놓아버렸다.

관중들의 폭소와 야유도 일시에 멎었다. 바닥에 드러누워 있던 응시자가 천천히 몸을 일으켰다. 목덜미가 보이도록 짧게 잘라져 있는 붉은 머리와 얼굴을 가득 메운 주근깨.

"여, 여자였잖아?!"

그는 멀리서 보기에도 의심의 여지가 없는 여자였다. 폭소도 야유도 아닌, 작은 술렁거림이 광장에 퍼져 나가기 시작했다. 여자의 몸으로 감히 포트리아 기사단 선발 시험에 참가할 생각을 하다니, 그것도 이 중대한 시험을 난장판으로 만들어 버릴 형편없는 실력으로. 진행 요원들은 물론 관중들조차 어이가 없어 화조차 내지 못했다.

여자는 힘없이 고개를 숙였고 이내 정신을 차린 진행 요원들에 의해 광장 저편으로 끌려 나갔다.

"그래도 배짱 하나는 알아줘야겠군."

핸슨이 키득거리며 이실론을 향해 고개를 돌렸을 때, 그는 이미 그 자리에 없었다.

2

이실론은 그녀와 눈이 마주치는 순간 아무것도 보이지 않았다. 깊은 안개 속에 갇힌 듯 그는 백색의 공간에 홀로 서 있었고, 안개를 뚫고 내려오는 자르휜의 검은 태양처럼 그녀의 푸른 눈동자만이 주위에 가득했다.

이성은 그에게 아무것도 설명해 주지 못했지만, 본능은 그가 꿈결처럼 찾아 헤매던 사람이 바로 눈앞의 그녀라고 외치고 있었다.

만인의 웃음거리가 되어 멍청하게 서 있는 저 볼품없는 여자가 이 광장에 들어서는 순간부터 그의 심장을 압박하던 정체 모를 흥분과 긴장의 주인이었다.

'차라리 25번이었으면…….'

이실론이 정신을 차리자마자 가장 먼저 떠올린 말이었다. 백마를 타고 눈부신 검을 휘두르며 그의 과거를 찾아줄 사람, 이실론이 찾는 사람은 그런 사람이어야 했다. 그런데 자기 한 몸 제대로 챙기기도 힘들어 보이는 저 빨간 머리 주근깨 소녀라니.

광장을 나서자마자 그녀는 기사단 선발 시험의 진행 요원들에게서 비둘기 색 갑옷으로 무장한 왕국 경비대로 넘겨졌다. 왕국 경비대는 그녀를 넘겨받자 헤더림튼 캐슬의 외곽 쪽으로 방향을 바꿔 걸어가기 시작했다. 그동안 얌전히 따라가던 그녀가 다시 발버둥을 치기 시작한 것도 그때부터였다.

"이거 놔요! 어디로 가는 거예요? 놓으란 말이에요. 놓으라구요!"

그녀가 심하게 발버둥을 치면 칠수록 그녀의 어깨를 잡고 있는 왕국 경비대의 손에 더욱 힘만 들어갈 뿐이었다.

"내가 뭘 잘못했어요? 포트리아 기사단 모집 시험에 남자만 응시할 수 있다고 국법에 정해진 것도 아니잖아요! 실력이 모자란 건 죄가 안 된다구요!"

모두들 광장으로 몰려간 텅빈 거리에 그녀의 앙칼진 외침만이 의미없는 메아리를 남겼다. 그녀의 외침에 귀를 기울이고, 그녀의 처지를 안타깝게 여겨주는 사람은 멀찍이 몸을 숨기고 그들을 뒤따르는 이실론밖에 없었다.

하지만 유감스럽게도 이실론에겐 그녀를 도와줄 힘도, 재주도, 용기도 없었다. 그녀가 사라져 가는 성 외곽의 높은 쇠문을 바라보는 이실론의 입에서 깊은 한숨이 새어 나왔다. 그때 누군가가 그의 어깨를 탁 쳤다. 도둑질이라도 하다가 들킨 사람처럼 이실론이 화들짝 놀라며 뒤를 돌아봤다.

"여기서 뭐 해, 꼬마?"

핸슨이었다. 이실론은 갑자기 온몸에 힘이 빠져나가는 느낌에 자리에 털썩 주저앉고 말았다.

"여긴 왜 오셨습니까?"

핸슨도 이실론 옆의 차가운 돌바닥에 자리를 잡고 앉았다.

"너야말로 말도 없이 사라져 왜 여기서 얼쩡거리고 있냐?"

그와 이실론 사이야 어차피 말이고 뭐고 할 것도 없는 사이였다. 이실론은 그저 핸슨의 두 끼 밥값(금액으로치면 이실론의 다섯 끼 밥값과 맞먹었다)과 하룻밤 여관비를 내준 것밖에 그와 아무런 상관도 없는 사람이었다. 그러나 핸슨은 마치 오래된 여행의 동료라도 되는 양 이실론의 어깨에 다정히 손까지 얹고 물었다.

"니가 찾는다던 사람이 아까 그 여자애냐?"

"예."

"무슨 사인데?"

"그건 저도 잘 모릅니다."

"잘 알지도 못하는 사람을 찾아 이곳까지 왔더니, 그녀는 나타나자마자 지하 감옥으로 사라졌다… 이 말이군."

"지… 하… 감… 옥……?"

이실론은 눈살을 찌푸리며 그녀가 사라진 높은 쇠문을 쳐다봤다. 마침 쇠문이 열리더니 조금 전 그녀를 데리고 들어갔던 경비병들이 다시 나왔다. 그 두꺼운 쇠문은 육중한 굉음을 내며 다시 굳게 닫혀 버렸다. 이실론의 멍해진 시선이 핸슨에게로 옮겨왔다.

그가 지금까지 들은 얘기론 포트리몬 왕국은 평화와 번영의 나라였다. 그리고 헤더림튼 캐슬은 헬리오 포트리스의 상징이자 평화의 수호지로 성스럽게까지 여겨지는 장소였다.

"…이런 곳에도 지하 감옥이 있습니까?"

평화로운 왕국의 성스러운 왕궁에 지하 감옥은 너무나 어울리지 않는 장소였다.

"푸훗, 이런 곳에도 지하 감옥이 있냐고? 그럼 네 녀석의 생각으론 어떤 곳에 지하 감옥이 있을 것 같냐?"

당연히 이실론은 대답하지 못했다. 물론 대답할 필요도 없이 핸슨이 알아서 다 말하고 있기도 했지만.

"네 녀석의 그 얼빠진 머리로 무슨 얘기를 듣고, 무슨 생각을 하는진 잘 모르겠지만 여기는 왕국이야. 왕국에는 왕이 있고, 왕이 있다는 것은 권력이 있다는 얘기야. 그 권력을 유지하기 위해서는 법이 필요하고, 그 법을 지키게 하기 위해서는 당연히 벌이 있어야지. 겉으로 평화로워 보이는 왕국일수록 알고 보면 더 엄격한 법이 있고, 매서운 벌을 내리는 법이다. 그래야 평화가 유지되니까. 최소한 겉으로는."

이제 핸슨은 수준 높은 싸움꾼을 지나 무슨 대현자쯤으로 보였다. 이실론은 지금 눈앞의 핸슨이 아침에 개걸스럽게 접시를 비워 대던 그 핸슨이 맞는지 다시 한 번 쳐다봤다. 맞았다. 생긴 모습은 틀림없는 그 핸슨이었다.

"그럼, 여기의 지하 감옥은 어떤 곳입니까?"

"그거야 아무도 모르지. 살아서 나온 사람이 없으니까."

핸슨은 아무렇지도 않게 대답했다. 그러나 이실론의 눈은 경악으로 크게 벌어졌다.

"옛?"

"이런 바보 같은 놈. 내가 금방 말했잖아. 겉으로 평화로워 보이는 곳일수록 무서운 법과 벌이 있다고."

"그렇지만 그녀는 죽을 만한 죄를 짓지는 않았습니다."

"죽을 만한 죄라… 세상에 어떤 나쁜 짓도 죽을 만한 죄는 아니지. 그러나 죄를 지었다는 이유만으로 죽는 사람은 셀 수도 없을 만큼 많을 것이다. 그저 재수가 없었다고 봐야지."

어떻게 죽음을 이렇게 태연히 말할 수 있을까? 그러나 말뿐만 아니었다. 핸슨은 자리에서 일어나며 엉덩이를 툭툭 털어냈다.

"가자, 밥 먹을 시간이야."

이실론은 붉게 충혈된 눈으로 핸슨을 노려봤다. 분노와 경멸이 가득한 눈이었다. 자신에게 그럴 힘만 있다면 당장이라도 핸슨의 면상을 향해 주먹을 날렸을 것이다.

"그렇게 노려볼 것 없다. 내가 시킨 일이 아니니까."

"야아—!"

더 이상 참지 못한 이실론이 드디어 핸슨을 향해 주먹을 뻗었다. 물론 그 주먹은 핸슨에게 닿기도 전에 그의 거북이 등짝만한 손아귀에 잡혀 버렸다. 그것도 그의 한 손에 자신의 양손 모두.

"여기서 발버둥쳐 봐야 해결책은 나오지 않아. 우선 밥이나 먹으며 생각해 보자."

이 순간만큼은 핸슨의 눈빛이 진지하고 진실했다. 이실론은 지푸라기라도 잡는 심정으로 그를 한번 믿어보기로 했다. 그러나 이실론은 채 10미터도 가기 전에 순간적인 자신의 판단이 얼마나 어리석었는지를 후회했다.

'도대체 뭘 보고 그를 믿는단 말인가?'

핸슨이 자신을 도와줄 이유가 없었다. 그의 말대로 그렇게 엄한 법과 벌이 있는 왕국의 지하 감옥에 갇힌 사람을 구하기 위해서는 어쩌면 목숨을 걸어야 할지도 몰랐고, 핸슨은 그럴 필요도 명분도 없는 사람인 것이다. 지금에서야 이실론은 핸슨이 다시 나타난 것이 정확히 점심 시간이었고, 나타나자마자 자신을 끌고 식당으로 향하고 있다는 것을 눈치 챘다.

'바보! 멍청이! 겁쟁이!'

이실론은 그가 알고 있는 모든 욕을 자신을 향해 퍼부어댔다. 앞서 가던 핸슨이 갑자기 뒤돌아봤다. 캑. 도둑질하다 걸린 사람처럼 이실론은 놀란 숨을 들이켰다.

"뭐, 나한테 할 말 있냐?"

"예? 아니… 식당이 모두 문을 닫은 게 아닌가 해서……."

"다 먹고 살자고 하는 짓인데 그럴 리가 있나."

점심 역시 놀라운 속도로 해치우고 있는 핸슨의 모습을 보자니 이실론은 더 이상 화가 나지도 않았다. 그가 자신에게 무슨 해를 끼친 것도 아니고, 특별히 손해를 입힌 것도 아니었다. 그저 밥 한 끼 얻어먹자는 나이 든 아저씨에게 화를 내봤자 무슨 소용이 있겠느냐는 생각이 든 것이다.

"많이 드십시오."

핸슨에게 친절하게 한마디를 하고 나니 속으로 되지도 않는 욕을 외치던 것보단 차라리 마음이 편했다. 이실론의 생각이야 어떻든 밥을 먹는 핸슨의 입과 손은 바쁘기만 했다. 물론 식사를 끝낸 표시는 아침과 마찬가지로 걸쭉한 한 번의 트림이었다.

"크윽~ 잘 먹었다. 너는 남길 거냐?"

이실론이 대답하기도 전에 그의 접시는 핸슨의 앞으로 밀려가 있었다. 이실론의 남은 점심까지 모두 해치운 후에도 핸슨은 아직 볼일이 있는지 큰 소리로 종업원을 불렀다. 굵직한 팔뚝의 단단한 근육을 자랑이라도 하듯 팔뚝을 걷어붙인 건장한 청년이 핸슨의 손짓에 다가왔다.

"여기 접시 치우고, 맥주 한 통 가지고 와."

"지금은 금주 기간인데요."

왕국의 수도에 혈기 왕성한 젊은 무사들을 잔뜩 모아놓았으니 그들을 통제하기 위한 규칙도 당연히 있어야 했다. 시험에서 떨어진 사람들이 술에 취해 싸움을 벌이고, 난동을 일으키는 것을 방지하기 위해 포트리아 기사단 모집 기간에 헬리오 포트리스는 엄격한 금주령이 발동된다. 그러나 금주 같은 것은 통제한다고 막을 수 있는 일이 아니다. 파는 사람에게나 먹는 사람에게나 당연히 요령이 생기게 마련이다. 그 요령이라는 것을 간단히 말하면 돈이다. 이 기간에 술을 먹기 위해선 웃돈까지 얹어줘야 하고, 술을 먹기 위해 얹어준 웃돈 중 일부는 금주를 단속하는 왕국 경비대의 주머니로 들어가게 되는 것이다.

핸슨이 눈짓으로 이실론에게 뭔가 말했다. 이실론은 그가 무슨 말을 하는지 알 수 없어 멀뚱멀뚱 쳐다보기만 했다. 몇 번이나 사인을 보내고도 이실론이 알아들을 기미가 보이지 않자 핸슨이 짜증 섞인 목소리로 말했다.

"오늘 같은 날은 밥값이 선불이야. 비싸기도 하고."

돈을 낼 사람이 이실론이라는 말에 청년의 손이 이실론의 턱 앞으로 슬며시 다가왔다.

"30시온이다."

점심 한 끼에 30시온이라니. 아무리 돈에 대한 개념이 없는 이실론이라지만 지금 자신이 바가지를 쓰고 있다는 것 정도는 안다. 지난 보름 간 여행하면서 총 사용한 돈이 은화 여덟 개밖에 안 되는데, 30시온이라면 은화 세 개에 해당하는 돈이다.

하긴 어차피 입 밖으로 내지도 못할 불만이라면 괜히 꽁해 있을 필요도 없다. 차라리 돈을 주고 말지. 이실론은 은화 세 개를 꺼내 청년의 손에 쥐어줬다.

핸슨은 모닝 스타를 들었다 내렸다 하며 위압적인 목소리로 말했다.

"물이라도 가져와. 조용히 먹고 나갈 테니."

청년은 대답도 없이 주방 쪽으로 가더니 금세 커다란 물통을 들고 나왔다.

"물도 많이 먹으면 불편해집니다. 빨리 먹고 가세요."

핸슨은 커다란 통째 들고 물을 마셨다. 냄새도 나고, 거품도 있는 물이다. 숨도 쉬지 않고 거품나는 물을 들이키던 핸슨이 크윽 트림을 하며 통을 내려놨다.

"너무 억울하게 생각하지 말아라. 그래도 밥값은 하는 사람이니까."

"상관없습니다."

억울해한다고 이미 뱃속에 들어간 밥을 다시 토해내게 할 수 있는 것도 아니고, 인상을 쓴다고 이미 손을 떠난 돈이 다시 돌아오는 것도 아니니 그냥 웃기로 했다.

"그래, 머리가 나쁘면 성격이라도 좋아야지."

핸슨은 다시 통을 들어 머리에 뒤집어쓰기라도 할 것처럼 바닥의 한 방울까지 남김없이 마셨다. 얼굴을 가득 덮은 그의 텁수룩한 수염에 거품이 송골송골 걸렸다. 핸슨은 소매로 입가를 대충 쓱 닦은 후 말했다.

"이제 밥값하러 가자."

핸슨이 벌떡 일어나자 이실론도 엉겁결에 몸을 일으켰다.

"무슨 계획이라도 있는 겁니까?"

"계획을 세워서 빠져나올 수 있는 곳이라면 한 명도 살아 나오지 못했겠냐?"

"그럼……?"

"네 녀석이 알아봐야 도움이 되지도 못할 거면서 묻긴 왜 묻냐?"

핸슨은 성큼성큼 걸어 식당을 나섰다.

대낮부터 술까지 마시고 그가 무슨 일을 할 수 있을지는 모르지만 이실론도 재빨리 핸슨의 뒤를 따라갔다. 핸슨은 헤더림튼 캐슬의 외곽에 다시 오자 주위를 한참 두리번거렸다.

"옳지, 저기가 좋겠군."

이실론은 핸슨의 손끝이 가리키는 곳을 봤다. 그곳은 여전히 군중들로 넘쳐 나는 광장과 지하 감옥의 중간쯤 되는 위치로, 성의 담이 꺾어지며 안쪽으로 약간 오목하게 들어가 있는 곳이었다.

"일단 광장에 있다가 내가 저 안으로 들어가고 나면 너는 저기서 날 기다려라."

"저 안으로 들어가다니요?"

"그 여자애를 데리고 나오려면 나도 저 안으로 들어가야 할 것 아니냐? 원래 감옥이란 곳이 나오기가 어렵지 들어가는 거야 쉽거든."

자신의 입으로 한번 들어가면 두 번 다시 나오지 못한다는 그곳으로 자진해서 들어가겠다니? 그것도 밥 몇 끼 얻어먹은 대가로. 이실론의 짧은 상식으로는 도저히 이해할 수 없는 일이었다. 이실론이 멍하게 서서 핸슨의 얼굴만 쳐다보자 핸슨이 재촉했다.

"어서 가라. 시간이 없어."

"하지만……."

핸슨이 이실론의 말을 가로막으며 말했다.

"넌 세상에서 가장 피곤한 사람이 어떤 사람인지 아냐?"

지금은 피곤함을 따질 만큼 한가한 상황이 아니었다. 그러나 핸슨은 자신이 던진 질문에 대답까지 했다.

"머리도 나쁘고 싸움도 못하면서 말만 많은 인간이 세상에서 제일 피곤한 인간이다."

이실론도 핸슨의 이 말이 더 이상 시간을 끌지 말라는 뜻인 것 정도는 알 수 있었다. 힘없이 광장을 향해 걸어가던 이실론이 뒤돌아 물었다.

"그런데 아저씨가 저 안에 들어간 건 어떻게 압니까?"

"허참, 그 녀석 끝까지 말 많네. 알게 될 테니 어서 가기나 해."

광장의 군중 속에 대충 섞이긴 했지만 이실론은 자꾸만 눈물이 글썽거려졌다. 도대체 어떻게 된 일인지도 모르겠고, 앞으로 어떻게 될지도 알 수 없었다. 이제야 간신히 찾았다고 생각한 기억의 꼬리—77번의 그녀—는 잡기도 전에 지하 감옥으로 사라졌고, 생면부지의 저 낯선 아저씨는 자신을 대신해 목숨을 걸고 그녀를 구출하겠다고 나선 것이다.

'만약 핸슨이 잘못되면……?'

아마 자신은 영원히 스스로를 용서하지 못할 것이다.

'안 돼! 나를 대신해 핸슨이 그런 모험을 하게 해서는 안 돼!'

이실론은 늦기 전에 핸슨을 막아야겠다고 생각했다. 그러나 그가 한발 늦었다.

"뭐야? 이 녀석!"

응시자들이 대기하고 있는 곳에서 소란스러운 소리가 들리기 시작했다. 반듯하게 정렬돼 있던 행렬 한쪽이 흐트러지며 작은 소요도 일었다.

엄숙한 시험장의 권위가 또 한 번 도전받고 있는 것이다.

"이미 접수는 끝났고, 당신은 자격도 안 된단 말입니다."

"실력만 있으면 누구나 응시할 수 있다면서 자격은 무슨 말이고, 접수는 무슨 소용입니까?"

핸슨의 목소리였다.

"한 번만 시켜주십시오! 잘해낼 자신이 있단 말입니다! 이십 년이 넘게 훈련했는데 기회조차 주지 않는다면 너무 가혹한 거 아닙니까?"

"기회란 균등한 거고, 당신에게 주어졌던 기회는 세월과 함께 지난간 거요. 마지막 경고요! 돌아서지 않으면 체포하겠소!"

"으아악—!"

멀리 있는 이실론의 눈에도 응시자들의 머리 위로 둔탁하게 휘돌려지는 은색의 쇳덩이가 보였다. 핸슨이 발악하듯 그들에게로 모닝 스타를 휘둘러 대는 것이다. 자신의 실력을 뽐낼 절호의 기회라고 생각하는지 그 주위에 있던 응시자들이 너나 할 것 없이 무기를 빼어 들고 핸슨을 제지했다. 왕국 경비대가 나설 것도 없이 핸슨의 무모한 저항은 금세 진압됐다.

핸슨의 말대로 죄인이 되는 것은 너무 쉬웠다. 핸슨은 시험장을 어지럽힌 죄에다 이유없는 폭력을 휘두른 죄, 거기다 금주령을 어긴 죄까지 더해 순식간에 중죄인이 된 것이다.

"세월의 흐름을 내 힘으로 막을 수 있는 것도 아닌데 그게 죄가 됩니까? 그냥 기회 한 번만 달라구요! 단 한 번의 기회만!"

왕국 경비대의 손에 끌려가면서도 핸슨의 절규는 계속됐다. 영문 모르고 듣는 사람에게는 안타까운 마음이 들게 할 정도로 간절하고 애절한 호소였다.

포트리아 기사단이 되는 것은 평민이 귀족이 될 수도 있는 유일한 기회나 다름없었다. 평민의 남자들은 신분 상승의 욕구만으로도 누구나 청년기에 열병처럼 포트리아 기사단이 되기를 꿈꾼다. 모든 젊은이에게 문호를 열어놓는 것으로 포트리아 기사단은 최고의 인재들을 선발할 수 있고, 그들에게 희망을 안겨주는 것으로 사기를 북돋우는 것이다. 물론 포트리아 기사단에 선발된 이후에도 견습 기간을 거쳐 정식 기사가 돼야 하고, 정식 기사라고 모두가 귀족의 반열에 드는 것도 아니다. 그들의 용맹과 실력을 인정받을 기회도 있어야 한다. 그들은 당연히 기회가 주어졌을 때 목숨을 아끼지 않고 전투의 선두로 나선다. 그들의 욕망을 발판으로 포트리아 기사단은 대륙 최고의 기사단으로 존재했다.

청춘을 다 바치고도 이루지 못한 꿈, 그 미련을 접지 못하고 이렇게 애원하는 핸슨의 투정도 군중들에게 짜증이 아닌 서글픔으로 다가가고 있었다. 그러나 군중의 마음이 동요할 새도 없이 진행 요원에 의해 큰 소리로 다음 번호가 호명됐다.

"이백십사 번!"

이미 대기하고 있던 응시자 또한 군중들의 관심이 다른 곳으로 옮겨지기 전에 출전해야 함을 잘 알고 있는 사람인 듯 맹렬하게 말을 몰아 광장을 달려나갔다. 군중들의 동정 어린 눈빛도 잠시뿐, 그들은 이 자리에 모인 목적이 그렇듯 열렬한 환호성으로 다시 시작된 시험을 즐기기 시작했다.

이젠 이실론도 움직여야 할 시간이다. 이실론은 군중들 틈을 떠나 핸슨이 말했던 그곳으로 자리를 옮겼다. 이상하게도 더 이상 떨리지 않았다. 눈물도 흐르지 않았다. 그냥 이곳에 서서 핸슨의 말대로 그를 기다리기만 하면 될 것 같았다. 핸슨이 지하 감옥에 들어가기 위해 벌인 쇼는 시시할 정도로 단순했지만 이실론을 감동시킬 만큼 진지했다. 이실론은 그 모습을 보며 왠지 핸슨이란 사내에 대한 자신감으로 가슴이 꽉 차 오는 것을 느꼈다.

'믿을 수 있는 사람이다!'

믿어도 될 것 같다. 그는 분명 그녀와 함께 이곳으로 올 것이다. 자신의 본능이 그렇게 외치고 있다. 이실론은 햇볕에 달구어진 헤더림튼 캐슬의 따뜻한 성벽에 머리를 기댔다.

3

77번의 그녀에 이어 핸슨마저 삼켰던 묵직한 쇠문이 다시 열렸다. 이실론은 긴장된 마음으로 벽 사이로 머리를 빼꼼히 내밀었다. 핸슨이 나와야 할 텐데… 하지만 그의 간절한 바램은 여지없이 깨져 버렸다. 핸슨을 데리고 들어갔던 두 명의 경비대가 나오자 쇠문은 그대로 닫혀 버린 것이다.

하긴, 핸슨이 들어가서 그녀도 자신도 죄가 없으니 내보내 달라고 설득하지 않고서야 저 문을 통해 고스란히 다시 나올 수는 없는 노릇이었다.

'그럼 도대체 어쩔 작정이지?'

조금 전까지 한가롭게 햇볕을 쬐던 이실론의 평화는 순식간에 흔들렸다. 아무리 핸슨이 자신만만하게 큰소리를 쳤고 자신의 본능이 걱정하지 말라고 위로를 하지만, 등으로 식은땀이 흐르고 입술이 바짝바짝 마르는 것은 어쩔 수 없었다. 무슨 재주로 그가 저

쇠문을 뚫고 나온단 말인가? 이실론은 초조해지기 시작했다.

이실론의 숨 막히는 긴장감은 지하 감옥을 나선 두 명의 경비대가 그를 향해 다가오는 순간 절정에 달했다.

'들킨 걸까?'

그렇지 않고서야 쇠문을 나서자마자 그들이 정확히 자신을 향해 다가올 이유가 없었다. 이대로 도망쳐야 하나? 아니면 시치미 떼고 모른 체해야 하나? 이실론의 겁먹은 마음이 갈팡질팡 흔들리고 있을 때 그들은 이미 그의 코앞까지 다가와 있었다.

"뭐 해? 이 녀석아, 비켜!"

이실론이 어깨까지 들썩이며 헛바람을 삼켰다. 왕궁 경비대의 비둘기 색 투구 안에서 핸슨의 목소리가 새어 나온 것이다. 아니, 그의 귀에 그냥 핸슨의 목소리로 들린 것인지도 모르겠다. 어쨌든 이실론의 보석처럼 반짝이는 푸른 눈이 휘둥그레졌다. 동시에 경비대의 우악스런 손길이 벽에 기대 있는 이실론을 덜렁 들어 앞쪽으로 휙 던지듯 내려놓았다.

"비키라니까!"

이실론은 몸을 숨기고 있던 자리를 그들에게 뺏긴 셈이 됐지만 아무렇지도 않았다. 그 목소리는 분명히 핸슨의 것이니까. 이실론이 어깨 너머로 고개를 돌리며 조금 전까지 자신이 서 있던 자리를 차지한 경비대를 돌아봤다. 투구를 벗으려던 그의 손길이 주춤했다.

"뭐 해, 이 녀석아! 앞을 봐야지! 누가 오나 안 오나 살피란 말이야! 머리도 나쁜 녀석이 눈치까지 없어서 원."

틀림없는 핸슨이었다. 이실론은 그의 구박에도 상관없이 활짝 웃었다. 활짝 웃던 이실론의 눈이 핸슨의 옆에서 투구를 벗던 77번의 그녀와 부딪쳤다. 자신의 고운 피부와 빛나는 금발과는 달리 거친 피부와 푸석한 붉은 머리 때문에 빛이 바래긴 했지만 그녀 역시 자신과 마찬가지로 호수처럼 맑고 바다처럼 깊은 눈을 가지고 있었다. 이실론은 그녀를 향해 환한 미소를 지어 보였다. 하지만 돌아오는 그녀의 반응은 놀라웠다.

"뭘 웃어? 왜 웃어? 털보 아저씨 얘기 못 들었니? 앞을 보라잖아!"

이실론은 웃던 얼굴 그대로 굳어든 채 앞쪽을 향해 고개를 돌렸다. 벌어져 있는 입으로 후텁지근한 바람이 솔솔 흘러 들어왔다.

"염병할! 시험에서 떨어진 것도 억울해 죽겠는데 얼어죽을 지하 감옥이라니……."

이실론의 벌어진 입은 그만 다물어질 기회를 놓쳐 버렸다. 그렇게 아름다운 눈동자를 가진 여자의 입에서 거침없이 흘러나오는 욕설에도 놀랐지만 시험에서 떨어진 것을 억울해하고 있는 것은 더욱 놀라웠다. 도대체 자기의 실력을 알고는 있는 거야? 물론 그녀는 자신을 구해준 핸슨에게는 눈곱만큼의 고마움도 표하지 않았다.

"아저씬 뭘 그렇게 꾸물거려요? 나이가 들었으면 동작이라도 날쌔야지!"

지금 자기가 핸슨을 구해준 걸로 착각하는 모양이다. 그래도 이실론에게 다행인 건 너무나 놀라워 벌어진 입이 도로 다물어졌다는 점이었다.

"늦었다. 서두르자."

몸에 꽉 끼는 투구와 갑옷을 벗어버린 핸슨이 두 사람을 재촉했다. 핸슨을 따라나서면서도 77번의 그녀는 한마디를 잊지 않았다.

"아저씨가 제일 꾸물거려 놓고 누구보고 서두르래요?"

핸슨이 잠깐 그녀를 노려보긴 했지만 이런 상황에서 시비를 붙일 수는 없는 노릇이었다. 핸슨은 입을 굳게 닫은 채 광장의 뒤쪽을 조심스럽게 가로질러 도시의 외곽으로 향하는 길로 접어들었다. 이실론은 물론이고, 77번의 그녀도 여기에서는 입을 다물고 있었다. 광장을 벗어나자마자 이실론은 핸슨을 향해 물었다.

"도대체 어떻게 된 겁니까?"

반가움과 감탄과 놀라움이 뒤섞인, 한마디로 흥분한 목소리였다.

"그 얘기는 차차 하기로 하고 우선 헬리오 포트리스부터 벗어나자. 좀 있으면 점심 시간이고, 그때는 광장에 있던 사람들이 흩어질 거야. 우린 그전에 도시에서 벗어나야 해. 지금쯤이면 지하 감옥에서도 우리가 없어진 걸 알 거야. 점심 시간이 돼서 거리로 쏟아지는 군중들이 우리를 찾는 경비대의 발길을 늦춰주겠지."

핸슨은 처음부터 탈출에 필요한 시간까지 완벽하게 계산했던 모양이다. 이실론은 핸슨의 놀랍도록 다른 모습에 그저 감탄만 할 뿐이었다. 저렇게 훌륭한 사람이 어떻게 밥값도 없이 돌아다닐까 하는 놀라운 마음도 약간 들었지만 그건 이내 잊었다. 그에게 밥값이 있었다면 자신에게 이런 행운이 돌아오지도 않았을 테니까 말이다. 이실론은 핸슨을 따라 바쁘게 걸어가면서 77번의 그녀를 힐끔 쳐다봤다. 인사라도 건네고 싶었지만 그녀의 입에서 또 어떤 소리가 나올지 염려되는 것이다. 그렇다고 이렇게 모르는 사람인 척 계속 걷기만 할 수도 없는 노릇이었다.

"저어……."

"뭐어?"

귀찮다는 듯 그녀가 인상을 쓰며 이실론을 쳐다보자 이실론은 귀밑까지 빨갛게 달아올라 아무 말도 하지 못했다. 세 사람 사이엔 침묵이 흘렀다. 그냥 앞을 향해 조용히 나아가기만 하는 세 사람은 오래지 않아 성문을 넘어 도시의 외곽에 당도했다. 아무런 방해도 장애도 없었다.

앞장서던 핸슨의 앞발이 처음으로 헬리오 포트리스의 성문 밖 새로운 땅에 디뎌졌다. 이실론은 이제 탈출에 성공했다고 생각했다.

"다행입니다."

"다행이긴 뭐가 다행이니? 왕국 경비대라고 헤더림튼 캐슬만 지키는 줄 알아? 거기다 재수없으면 헬리오 기병대가 쫓아올 수도 있어. 물론 우리야 헬리오 기병대가 쫓아야 할 정도로 중죄인은 아니지만. 어쨌든 아직 안전한 건 아무것도 없어. 이런 걸 폭풍 전야의 고요함이라고 하는 거야."

77번의 그녀가 이실론의 한마디를 따끔하게 쏘아붙였다. 이실론이 찔끔하며 뒤를 돌아봤다. 여전히 쫓아오는 사람은 아무도 보이지 않았다. 이실론은 걸음을 늦춰 그녀의 뒤쪽에 서며 고개를 푹 숙였다. 그녀에게 하고 싶은 할 말은 많은데 그녀의 태도를 보니 한 마디도 건넬 용기가 나지 않았다.

'차차 나아지겠지.'

헬리오 포트리스의 외곽은 사랑의 기사 에밀리아가 이룩했다는 황금 초원으로 에워싸여 있었다. 끝없이 펼쳐진 이 황금 초원은 헬리오 포트리스의 시민들에게 풍요한 식량을 공급하기도 했고, 그들의 아늑한 휴식처가 되어주기도 했다. 그러나 이들처럼 도시를 탈출하려는 사람들에겐 몸을 숨길 나무 하나 없는 허허벌판에 불과했다.

말을 타고도 하루는 달려야 하는 초원이니, 걸어서는 며칠이 걸릴지 몰랐다. 한가롭게 여행을 하는 사람들이야 아름다운 초원을 감상하며 여유작작 걸어 다니기도 하지만 이들에게 그런 여유가 없는 것은 당연했다.

그런 걱정을 하는 것도 이실론뿐인 듯 핸슨의 얼굴에도 그녀의 얼굴에도 초조한 기색은 보이지 않았다.

"아저씨는 전직 간수였어요?"

긴장은커녕 77번의 그녀는 이런 호기심을 품을 여유까지 있었다. 대답하는 핸슨의 목소리도 여유롭기는 마찬가지였다.

"그게 무슨 소리냐?"

"왜 이래요. 헤더림튼 캐슬의 지하 감옥을 탈출하는 게 그렇게 쉽지 않다는 것 정도는 안다구요. 아저씨는 그들의 행동도 정확하게 예측했고, 미로 같은 지하 감옥의 길과 그 길목마다 배치된 경비병의 위치까지 다 알고 있었잖아요. 안 그래요?"

"제법이구나."

핸슨은 대충 넘어가려 했지만 상대는 그럴 마음이 없는 모양이다.

"아니지, 간수조차도 자신의 구역 외에는 길을 모른다고 하던데… 이봐요, 아저씨. 어차피 우린 생사를 같이 했던 사인데 그런 건 비밀도 아니잖아요. 어떻게 알았는지만 말해 봐요."

그녀의 외모 중 유일하게 예쁘다고 할 만한 파란 눈동자가 기대에 가득 찬 빛으로 반짝이며 핸슨을 응시했다. 그러나 핸슨의 무뚝뚝한 검은 눈은 앞만 봤고, 수염에 반쯤 덮힌 입술은 열릴 줄 몰랐다.

그녀의 눈살이 조금씩 접히며 손가락으로 핸슨의 옆구리를 쿡쿡 찔렀다. 하나 핸슨의 두꺼운 가죽은 그 정도 자극에는 반응조차 하지 않았다. 그녀의 가죽도 두께로 치면 결코 핸슨에게 뒤질 것 같지 않았지만 그래도 여자라고 남자의 이런 무관심에 조금은 민망함이 느껴지는 모양이다. 그녀는 핸슨의 옆구리를 찌르던 손으로 푸성귀 같은 붉은 머리를 쓱쓱 쓸어 넘겼다.

"황금 초원을 벗어나기도 전에 왕국 경비대에 잡히겠네요."

77번의 그녀가 짜증을 섞어 투덜대며 말했다.

"달리 갈 길이 있으면 알아서 가라."

핸슨이 무뚝뚝하게 대꾸했다. 77번의 그녀도 당황했겠지만 이실론만큼은 아니었다. 이실론이 뭐라 말을 꺼내려는데 핸슨이 먼저 그를 향해 말했다.

"귀찮은 사람은 질색이다. 그애를 지하 감옥에서 꺼내준 걸로 내 밥값은 다 한 거야. 그애와 너 사이의 일이야 두 사람의 문제니 알아서 해라."

이실론이 잔뜩 긴장한 얼굴로 핸슨을 쳐다봤지만 그의 얼굴은 진지했다. 비록 알게 된 지 이틀밖에 되지 않았지만 그가 진지한 얼굴을 하는 것이 흔치 않은 모습임은 알 수 있었다. 그리고 진지한 얼굴로 한 말은 반드시 지킨다는 것 또한 조금 전 분명하게 경험했다. 그러니 더 이상 그를 잡을 수도 없고, 그에게 마냥 기댈 수도 없었다. 안타깝고 아쉽긴 하지만 그가 혼자 가기를 원한다면 당연히 보내주는 게 옳았다.

"밥값 때문에 아저씨가 절 도와준 것은 아니라고 생각합니다. 아저씨는 정말 좋은 분입니다. 진심으로 감사했습니다."

이실론이 정중하게 인사했다. 그러나 77번의 그녀는 이실론과 달랐다.

"뭐라구요? 알아서 가라구요? 어디로요? 우리보고 어디로 알아서 가라는 거예요? 지금 내 발로 다시 지하 감옥에 걸어 들어가라는 얘긴가요? 내가 아저씨보고 날 구해달렸어요? 아저씨 맘대로 나를 탈옥자로 만들었으면 끝까지 책임을 져야 할 게 아녜요!"

말이야 옳은 말이다. 소름 끼칠 정도로 뻔뻔하다는 것만 생각하지 않으면.

"책임을 지라니? 그럼, 네가 나한테 시집이라도 오겠다는 얘기냐?"

핸슨은 역시 핸슨이다. 그녀의 수준에 딱 맞춰 대꾸하고 있으니 말이다. 물론 그녀 역시 그 한마디에 쉽게 물러설 사람이 아니라는 것은 핸슨도 이실론도 처음부터 알아봤다.

"시집이요? 좋지요! 누구든 오라는 사람만 있으면 당장이라도 갈 작정이니까! 아저씨, 지금 나한테 청혼한 거예요?"

헛바람을 들이키며 순식간에 뒤로 물러서는 것은 핸슨이었다. 아마도 심장이 철렁했겠지. 저런 무대포 아가씨가 시집을 오겠다고 고래고래 소리를 지르고 있으니. 그러고도 그녀의 외침은 끝나지 않았다.

"아저씨가 이렇게 무작정 꺼내놓지 않았어도 난 어차피 탈출할 생각이었어요. 내가 거기서 다른 사람들처럼 썩어 죽을 사람으로 보여요?"

이실론에겐 그렇게 보였다. 그리고 그렇게 보인다고 말해 주고 싶었다. 그러니 제발 핸슨에게 감사해하라고.

"그래서 날보고 어쩌라는 거냐?"

핸슨이 피곤하다는 듯 인상을 찌푸리며 물었다.

"난 천천히 탈출할 궁리를 하고 있던 중이었어요. 근데 아저씨가 난데없이 나타나 모든 걸 뒤죽박죽으로 만들어놨으니 원상 복귀해 주세요."

77번의 그녀는 당당하게 요구했다.

"널 다시 지하 감옥에 데려다 놓으란 말이냐?"

"그래요! 날 다시 지하 감옥에 데려다 놓던가, 아니면 안전한 곳에 데려다 놓던가."

역시 강적이었다. 그녀와 마찬가지로 핸슨도 탈옥자가 돼 있는 처지에 지하 감옥으로 다시 갈 수 없는 것은 당연했다. 남아 있는 선택은 그녀를 안전한 곳으로 데려가는 것뿐이었다.

어이가 없는지 입술만 씰룩이며 멍하게 그녀의 말을 듣고 있던 핸슨이 갑자기 키득키득 웃기 시작했다. 이실론은 핸슨의 이 모습이야말로 그녀가 말했던 폭풍 전야의 고요함이 아닐까 하는 생각에 머리가 쭈뼛 서는 느낌이 들었다. 그러나 그녀는 눈썹 하나 흔들림없이 당당하기만 했다.

"어서 선택하세요."

턱까지 꼿꼿이 치켜들며 그녀가 핸슨을 재촉했다. 여전히 혼자서 키득거리던 핸슨이 못 이긴 척 입을 열었다.

"그 배짱 하나는 알아줘야겠구나. 이름이 뭐냐?"

바짝 긴장하고 있던 이실론이 크게 안도의 한숨을 내쉬며 감격에 겨운 미소를 지었다. 그녀가 핸슨을 꺾은 것이다. 77번의 그녀야 핸슨의 그런 태도가 당연하다는 듯 전혀 감격스런 표정을 짓지 않았지만 말이다. 대신 짤막하게 이름만 말했다.

"듀리안."

"듀리안?"

"듀리안 루밀 에르딘버크."

"그놈의 이름, 길기도 하네. 난 핸슨이다."

"그놈의 이름 짧기도 하네."

듀리안이 핸슨의 말을 그대로 받아치며 이실론을 쳐다봤다.

"야, 겁쟁이! 넌 이름이 뭐니?"

짧은 시간 그녀는 이실론의 실체를 정확히 본 모양이다. 겁쟁이를 겁쟁이라고 불렀으니 뭐라고 할 말도 없었다. 이실론은 고개를 숙이며 이름을 말했다.

"이실론."

"이실론? 너도 그게 다니?"

"기억나는 결론."

"기억나는 거라니? 그럼 이름도 기억 못한다는 말이야?"

"사고가 있어서……."

"무슨 사고?"

"나도 잘 모르겠어. 그때부터 기억을 잃어버려서……."

"그냥 겁쟁인 줄 알았더니 불쌍하기까지 한 겁쟁이구나. 좋아, 특별히 봐줄게. 날 그냥 유리라고 불러."

"유리……."

이실론이 나지막하게 그 이름을 불러봤다. 유리는 그런 이실론을 보며 생긋 웃고 있었다. 조금 전까지 핸슨에게 책임을 지라며 앙칼지게 외쳐 대던 77번의 그녀와는 완전히 다른 사람이었다.

"유리, 가자!"

핸슨이 기분 좋게 그녀를 불렀다. 그런데 날벼락을 맞을 줄이야.

"유리라니요? 누가 아저씨보고도 유리라고 부르랬어요? 제대로 부르세요, '듀리안' 이라고!"

이쯤 되면 어이없다는 말로는 그녀를 설명하기 부족했다.

"방금 저 녀석보고 유리라고 부르라고 했잖아?"

"그건 이실론보고 한 말이지 아저씨보고 한 말이 아니잖아요."

"저 녀석은 유리라고 부르고 난 듀리안이라고 불러야 하는 이
유가 도대체 뭐냐?"

"쟤는 아저씨처럼 비밀이 없잖아요! 뭔가를 숨기고 있는 사람
이랑은 절대 동료가 될 수 없다구요."

"나도 귀찮은 사람이랑은 동료하기 싫다."

"그럼 따로 가면 되겠네요."

그렇게 두 사람은 나란히 걸어가고 있었다.

"황금 초원에 이런 곳도 있었어요?"

유리가 깎아지른 듯한 절벽을 내려다보며 말했다.

"황금 초원은 그냥 끝없이 펼쳐진 초원인 줄만 알았는데."

"길이 있으면 끝이 있는 게 당연하지."

핸슨은 절벽을 이리저리 살폈다. 까마득한 절벽 아래는 울창한
숲으로, 일단 그곳까지만 간다면 왕국 경비대의 추적을 피하는 것
은 어렵지 않을 것 같아 보였다. 어차피 왕국 경비대는 헬리오 포
트리스 궁에서 그리 멀리까지는 이동하지 못할 테니 말이다. 문제
는 저 까마득한 절벽 아래까지 내려갈 방법이 없다는 것이었다.
밧줄도 없고, 밧줄이 있다고 해도 밧줄을 묶을 나무도 바위도 없
었다. 그러나 절벽을 이리저리 살피던 핸슨은 흡족한 표정으로 이
실론에게 다가왔다.

"이실론, 허리끈 좀 풀어라."

"예?"

"왜? 허리끈을 풀면 바지가 흘러내리냐? 그럼 내 허리끈을……."

"아니, 그런 건 아닙니다."

이실론은 영문도 모르는 채 바지에서 허리끈을 풀어 핸슨에게

건넸다. 핸슨은 그 허리끈을 받아 들며 이실론의 눈앞에서 탁탁 튕겼다.

"네 녀석은 이게 뭔지도 모르고 허리에 두르고 다녔지?"

핸슨의 말이 끝나기도 전에 유리가 눈을 동그랗게 뜨며 그 허리끈을 뺏어 쥐었다.

"이건 드워프Dwarf의 밧줄이잖아!"

"무대포 철부지 아가씬 줄 알았더니 안목은 좀 있구나."

핸슨과 유리가 언성을 높이지 않은 첫 번째 대화였다. 그러나 곧 이상하게 일그러진 유리의 얼굴이 이실론을 향했다.

"드워프의 밧줄을 허리에 두르고 다니면서도 그게 뭔지 몰랐단 말이니? 너, 혹시 드워프도 뭔지 모르는 거 아니야?"

이실론은 또다시 유리의 한마디에 얼굴이 붉게 물들었다.

"그게 드워프의 밧줄인 줄 몰랐어."

옷 입는 것도 서툰데 허리끈에까지 신경 쓸 여력이 없었던 것은 당연했다. 한데 스스로도 몰랐던 사실을 핸슨은 어떻게 알았을까? 이실론이 미처 물어보기도 전에 유리가 묘한 표정으로 핸슨에게 물었다.

"핸슨은 언제 이실론의 허리끈까지 봤어요?"

의심이 가득한 눈초리였지만 핸슨은 별로 개의치 않았다.

"허리에 드워프의 밧줄을 두르고 다니는데 못 보는 놈이 바보지. 게다가 그 허리끈 밑에는 황금이 가득 든 주머니도 있거든."

입으로는 능청맞게 대답을 하면서도 손으로는 바쁘게 밧줄의 매듭을 풀었다. 허리끈은 하나의 매듭이 풀릴 때마다 두 배에서 네 배로, 다시 네 배에서 여덟 배로 길이가 늘어났다. 길이가 늘어나는 만큼 두께는 가늘어졌지만 머리카락보다 가는 밧줄도 인간

하나쯤 지탱하는 것은 문제없었다. 드워프의 손길이 닿은 것 중 인간의 찬사를 받기에 부족한 것은 없다고 했다. 밧줄 하나에 핸 슨과 유리가 동시에 환호하는 것처럼 말이다.

핸슨의 능숙한 손놀림은 짤막한 허리끈을 순식간에 그들을 절 벽 아래로 데려다 줄 긴 밧줄로 만들어놓았다. 그리고 그 한쪽 끝 은 자신의 허리에 튼튼하게 매듭을 만들어 묶었다. 핸슨은 밧줄의 나머지 한쪽 끝을 유리를 향해 내밀었다.

"아름다운 여인의 자유로운 날개가 되어주기를 기원하며. 레이 디 듀리안?"

정중함이 이렇게 유치함으로 표현될 수도 있을까. 게다가 이 낯 뜨거운 말을 내뱉은 핸슨의 만족스런 표정이란. 유리도 방긋 웃으 며 우아한 손짓으로 핸슨이 내민 밧줄을 잡아 들었다. 핸슨에게 정중함이 어울리지 않는 것만큼이나 유리에게도 우아함은 어울리 지 않았다. 하지만 만족스럽게 미소를 주고받는 모습을 보니 두 사람은 전혀 느끼지 못하는 모양이다.

유리가 그 한쪽 끝의 밧줄을 허리에 단단히 묶고, 팔 길이만큼 의 여유를 두고 밧줄을 두 손으로 꼭 잡은 후 절벽의 끝으로 갔 다. 나머지 밧줄의 대부분은 핸슨의 팔뚝에 걸려 있었다. 핸슨은 자신의 몸으로 무게를 지탱하며 그 밧줄을 손에서 조금씩 놓기 시작했고, 유리는 그 밧줄에 의지해 절벽의 아래로 조금씩 내려가 기 시작했다.

"듀리안이 하는 걸 잘 봐둬라."

"예."

대답은 쉽게 했지만 까마득한 절벽과 그 절벽을 밧줄 하나에 의지한 채 한 발 한 발 내려가는 유리의 모습을 보니 이실론은 막막하기만 했다. 나도 저렇게 할 수 있을까? 하지만 해야 했다. 멍하게 있던 이실론에게도 금방 차례가 왔으니 말이다.

"내가 손에서 밧줄을 놓지 않고 허리가 부러지지 않는 한, 네 녀석이 떨어지는 일은 없을 테니까 밑만 보지 않으면 돼. 알았냐?"

"예."

자꾸만 핸슨에게 짐이 되는 것 같은 미안한 마음에 대답은 했지만 하얗게 질린 이실론은 자신의 허리에 핸슨이 밧줄을 묶어주는 것을 느끼지도 못할 지경이었다.

"겁먹지 말고!"

핸슨이 이실론의 어깨를 툭 치며 절벽의 끝으로 밀었다. 이제 내려가야 했다. 이실론은 눈을 꼭 감고 아까 유리가 했던 대로 손으로 밧줄을 잡고 절벽 아래로 발을 내려보았다. 갑자기 발 밑이 푹 꺼지는 것 같은 아찔한 느낌에 눈이 저절로 뜨여졌다. 그리고 뜨여진 눈은 본능적으로 절벽 아래로 향해졌다.

아무것도 보이지 않았다. 그저 새카만 심연(深淵)처럼 아득한 저 아래만 있을 뿐이었다. 등을 타고 흐르는 식은땀의 뜨거운 습기가 느껴졌다.

"괜찮아! 잘하고 있어! 발을 디딜 만한 곳을 찾아서 지금처럼 또 한 발 밑으로 내려봐."

이실론의 발이 허공 속을 허우적거리듯 여기저기를 정신없이 휘젓더니 절벽의 볼록한 부분을 찾아냈다. 핸슨이 시키는 대로 그곳에 발을 디디며 몸을 내렸다. 이제 한 걸음 내려선 것이다.

절벽을 내려가는 이실론은 물론이고, 지켜보는 유리까지 아슬아슬함에 숨을 죽이고 있긴 하지만 절벽의 중간쯤까지는 그럭저럭 사고없이 내려갔다. 그리고 이실론은 이번에도 지금까지 해왔던 대로 발 디딜 곳을 가늠해 조심스럽게 몸을 내리고 있었다. 그러나 이번에는 좀 달랐다. 몸의 중심을 옮기는 순간 발을 디디고 있던 바위가 후두두 굴러 내린 것이다. 절벽에선 흔히 있을 수 있는 일이지만 이실론에게는 일어나지 말았어야 할 일이었다.

"아악!"

비명 소리와 함께 완전히 몸의 균형을 잃어버린 이실론이 그대로 절벽에서 떨어져 버렸다. 허리에 묶인 밧줄이 그의 몸을 잡아 주긴 했지만 100미터도 넘는 밧줄에 매달린 채 그네라도 타듯 좌우로 위태롭게 요동쳐 댔다.

"악! 아악! 아— 악—!"

이실론의 입에서는 쉴 새 없이 비명이 터져 나왔다. 그 비명 소리에 묻히긴 했지만 핸슨의 입에서도 신음성에 가까운 비명이 흐르긴 마찬가지였다.

"크윽!"

지면에 발을 대고 있는 이실론을 덜렁 들어 올리는 것이야 간단하겠지만, 100미터도 넘는 밧줄에 매달려 요동치는 그의 몸을 잡고 있어야 하는 것은 달랐다. 이실론의 흔들림에 따라 핸슨도 좌에서 우로 함께 뛰어 움직이며, 밧줄에 떨어지지 않으려 안간힘을 쓰는 것만 봐도 알 수 있었다.

두 사람의 모습을 동시에 지켜봐야 하는 유리는 바닥에서 팔짝팔짝 뛰며 소리쳐 댔다.

"이실론! 이 바보, 멍청이 녀석아! 죽으려면 너나 죽어! 핸슨까지 같이 죽일 작정이야! 발을 디뎌! 어디라도 발을 디디란 말이야! 어서—!"

그렇게 자지러지게 비명을 질러대면서도 유리의 목소리는 들린

걸까? 이실론의 발이 버둥거리며 절벽에 닿기 위해 안간힘을 썼
다. 처음 절벽에 닿았던 한 발은 반동에 의해 그대로 튕겨지고, 두
번째는 두 발이 닿았다 튕겨지고, 그 다음은 발을 두 번 디디고,
그 다음은 네 번 디뎠고…… 그 다음… 그 다음…… 결국 정지했
다. 드디어 중심을 잡고 절벽에 몸을 기댄 것이다. 제대로 숨조차
쉬지 못해 헉헉거리는 이실론이 위를 쳐다봤다. 핸슨의 빨갛게 상
기된 얼굴이 멀리서 보였다. 그의 몸도 상체의 절반 가량이 절벽
의 밑으로 끌려와 아슬아슬하게 버티고 있었다. 여전히 두 손으로
는 밧줄을 꼭 잡고 있는 채였다.

그대로 매듭을 풀고 손을 놓았으면 핸슨은 안전했을 텐데 그는
최후까지 버텨준 것이다. 이실론은 쏟아지는 눈물에 시야가 뿌옇
게 흐려졌다.

"미, 미안해요… 핸… 슨… 그, 그리고 고마워요……."

"시끄러! 힘들어 죽겠으니까 어서 내려가기나 해!"

이실론은 울음소리를 흘리지 않으려 입술을 베어 물었다. 울먹
임이 그치지 않아 어깨를 들썩이고, 턱을 부들거리며 이실론은 다
시 한 발 한 발 절벽을 내려오기 시작했다. 더 이상의 사고는 없
었다. 그러나 바닥에 발이 닿자마자 그를 잡아먹을 듯한 기세로
노려보고 있는 유리와 마주해야 했다.

"이런 빌어먹지도 못할 겁쟁이 같은 놈! 너 때문에 핸슨까지 죽
을 뻔했잖아! 그것만으로 충분히 수치스러워 해야지, 그깟 일로
남자가 눈물까지 질질 흘리고 있니? 네가 가진 기억이 지난 보름
뿐이라고 설마 너를 태어난 지 보름밖에 안 된 갓난아기로 착각
하고 있는 건 아니겠지? 너 따위 녀석도 남자라고……."

그러고도 계속 이어질 유리의 욕을 멈춘 것은 절벽의 돌멩이들

을 흘러내리는 지축의 흔들림과 이어지는 우렁찬 외침이었다.

"사이드리스 숲 쪽이다! 놓치지 마라!"

멀리서 다가오는 은적 색 깃봉이 반사하는 붉은 광채가 절벽 아래 있는 그들에게도 보였다.

"뭐야? 왕국 경비대가 아니라 헬리오 기병대잖아. 정말로 헬리로 기병대가 출병했네. 맙소사!"

은적 색의 깃봉 아래 펄럭이며 다가오는 태양의 눈부신 광채. 헬리오 기병대를 상징하는 태양의 눈이 평원을 뒤덮은 불길처럼 그들을 향해 맹렬하게 다가오고 있는 것이다. 이실론의 찢어지는 비명이 그들에게 방향을 인도한 모양이다. 유리의 이글거리는 눈빛이 더욱 사납게 이실론을 노려봤다.

"정말로 핸슨을 죽이게 됐군."

하얗다 못해 파랗게 질려 버린 이실론의 창백한 얼굴이 절벽을 올려다봤다. 핸슨이 쫓아오는 기병대와 내려와야 할 절벽을 번갈아 바라보는 것이 보였다. 핸슨이 내려올 시간은 없었다. 그리고 헬리오 기병대의 말발굽 소리는 더욱 가까워졌다.

핸슨이 선택할 수 있는 방법은 두 가지였다. 멍하니 기병대에게 잡히거나 아니면 그대로 절벽을 뛰어내리거나. 어느 쪽도 그를 죽음에서 구제할 방법은 아니었다. 그러나 핸슨은 주저하지 않고 선택했다. 그대로 절벽 아래를 향해 몸을 날린 것이다. 동시에 이실론은 머리 속에 손톱을 박으며 절규하듯 외쳤다.

"안 돼—!"

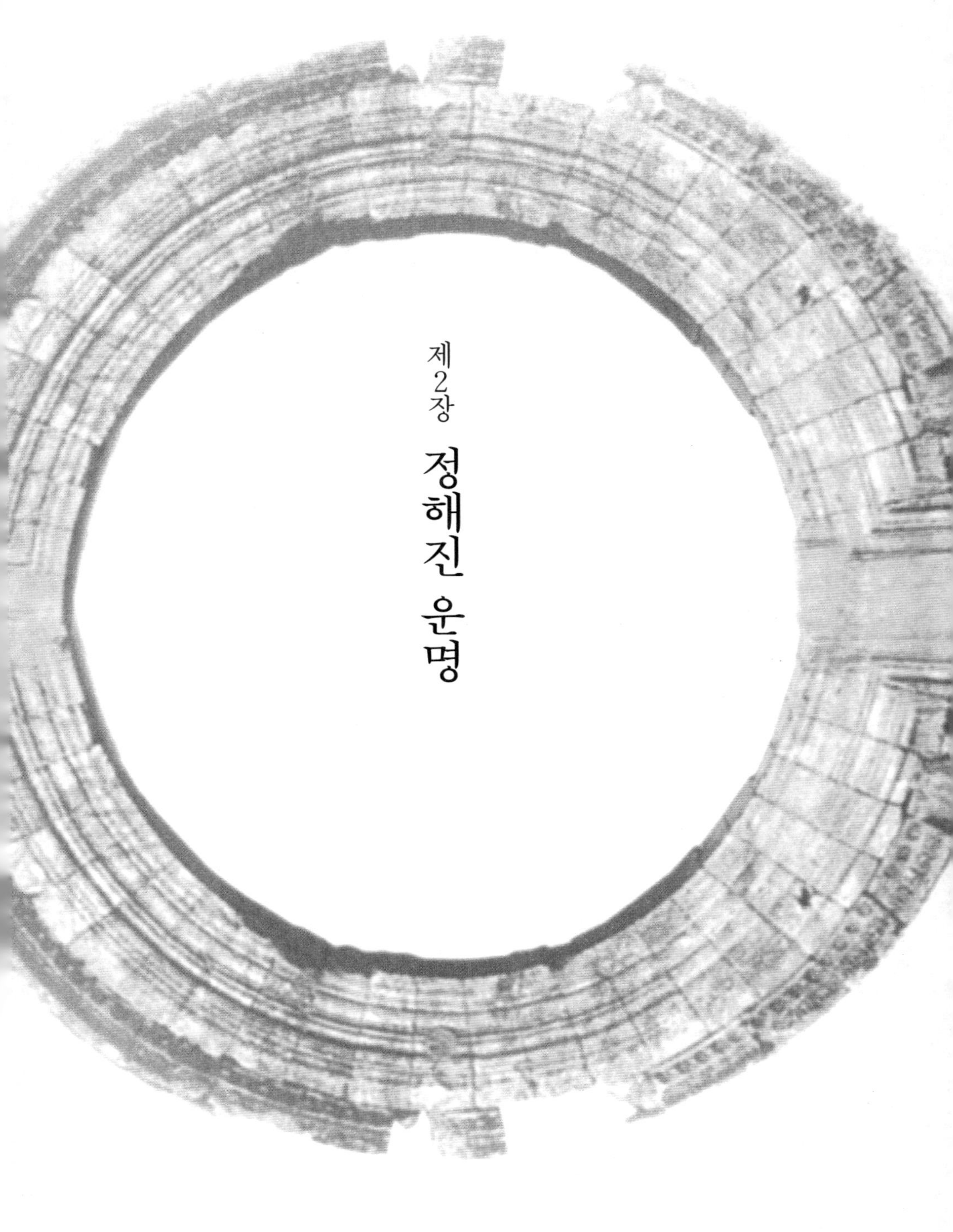
제2장
정해진 운명

1

인간은 탄생하는 순간 운명의 절반은 가지고 태어난다.

질투, 시기, 원망, 미움, 체념 등의 드러나지 않는 감정은 운명의 불공평함에서 비롯되는지도 모른다.

겸손할 줄 모르는 인간의 오만과 독선은 처음부터 모든 것을 가졌기에, 궁핍과 결여를 겪어보지 못했기에, 노력의 결과에 감사해할 기회조차 없었기에 생겨나는 안일함에의 안주이며, 그들의 발전이란 고작 만족할 줄 모르는 탐욕과 야망에 불과하다.

비어보지 못한 충만은 이미 충만으로서의 의미가 없다.

처음부터 열 개의 손가락을 모두 가진 사람은 그 하나하나의 기능도, 소중함도 알지 못한다. 그중 하나라도 잃고 나서야 비로소 사라진 하나의 손가락이 어떤 역할을 했는지를 상기하게 될 것이다.

그러나 스무 개의 손가락을 가지고 태어난 사람이 있다면? 물론 스무 개나 되는 손가락을 적절히 사용하지 못하는 혼란과 불편은 감수해야겠지만 상실의 두려움은 없다.

나는 당연히 그 사람을 시기할 것이다.

너무 많이 가진 것은 부족하게 가진 것보다 언제나, 당연히 편리하기 마련이다.

그것이 내가 이실론을 동경하면서도 무시하고, 두려워하면서도 경계하지 않는 이유이다.

그 아이의 능력은 동경하지만 노력없이 얻은 것이기에 무시할 수 있고, 그 아이의 힘은 두렵지만 스스로 감당할 수 없는 것이기에 경계하지 않았다.

…(중략)…….

이실론의 힘이 조금씩 깨어나고 있다.

'정복자의 일기'라 이름 붙은 미완의 기록에서 발췌.

'비가 오나?'

그의 얼굴 위로 차가운 물방울이 후드득 떨어졌다. 그리고 무엇인가 자신의 몸을 흔들었다.

"이실론… 이실론……."

어렴풋하지만 자신을 부르는 목소리도 들렸다.

'유리?'

그랬다. 유리의 손길이 그를 흔들고, 유리의 목소리가 그를 부르고 있었다. 그제야 이실론은 자신이 바닥에 누워 있다는 것을 알았고, 얼마 동안인지는 모르겠지만 의식을 잃고 있었다는 것도 깨달았다. 눈을 뜨고 싶지도, 몸을 일으키고 싶지도 않아 시체처럼 그대로 누워 있는 이실론의 얼굴 위로 또다시 차가운 물방울이 떨어졌다. 유리가 그의 얼굴에 물을 뿌리고 있는 모양이다.

"왜 안 깨어나죠?"

순간 이실론은 흠칫했다. 그녀는 누구에게 말을 건네고 있는 것이다. 유리와 자신 외에 여기에 있을 수 있는 또 한 사람이라면? 이실론의 눈꺼풀이 서서히 위로 올려졌다. 유리의 파란 눈동자가 보였다. 그리고 유리의 푸석한 빨간 머리 뒤, 또 한 사람의 얼굴이 있었다.

"핸슨!"

이실론이 몸을 벌떡 일으켰다.

"어떻게 된 겁니까?"

"나야말로 묻고 싶은 말이다."

수염에 뒤덮인 핸슨의 얼굴은 아무것도 달라진 것이 없지만 이실론은 왠지 그가 낯설게 느껴졌다. 그는 실없이 웃지도 않고, 능글맞은 표정을 짓지도 않고, 어울리지 않게 진지한 표정을 짓지도 않았다. 핸슨은 무표정하게 얼굴을 굳히고 있었고, 그 차갑고 냉정한 얼굴은 전혀 어색하지 않았다. 이실론은 이제야 핸슨의 진짜 모습을 보고 있는 것 같다는 생각이 들었다. 핸슨과 이실론 사이의 어색한 침묵을 깬 것은 유리의 호들갑스러운 목소리였다.

"어떻게 된 거니? 정말 네가 마법을 쓴 거야? 그럼 네가 마법사란 말이야 뭐야? 어서 말 좀 해봐."

하지만 영문을 알 수 없는 이실론은 멍하니 눈만 깜박거렸다.

"무슨 얘기를 하는 건지 난 잘 모르겠는데……."

유리가 답답하다는 듯 가슴을 쳤다.

"절벽에서 떨어지는 핸슨을 네가 마법으로 받쳐 줬잖아. 네가 허공을 향해 두 손을 들어 올리자 핸슨이 날개라도 달린 사람처럼 가뿐히 바닥으로 내려섰다고!"

이실론은 멍한 표정 그대로 고개만 저었다. 죽지는 않았어도 최소한 죽을 만큼 심각한 부상을 입고 있어야 할 핸슨은 멀쩡하게 눈앞에 있는데, 오히려 의식을 잃고 쓰러져 있던 것은 자신이었다. 게다가 그런 기적을 일으킨 사람이 자신이라고 말하고 있으니…이실론이 할 수 있는 말은 단 한 마디뿐이었다.

"…난 정말 모르겠어."

"이실론, 분명 네가 한 일이야. 잘 생각해 봐. 설마 조금 전에 있었던 일도 기억 못하는 거니?"

호기심에 반짝이는 유리의 커다란 눈망울이 이실론의 턱 앞까지 다가왔다. 그러나 핸슨은 다시 예전의 보잘것없는 떠돌이 무사의 표정을 지으며 고개를 돌렸다.

"그만둬라, 듀리안. 이실론은 정말 모르는 모양이니까."

"이실론이 당신을 받쳐 줬다고 말한 것은 당신 자신이었어요!"

"그런 것 같다고 했지, 그렇다고 하지는 않았어! 내가 한 일도 아니고, 듀리안 네가 한 일도 아니니까 말이 없는 이실론이 한 게 아닐까 했던 거지."

유리의 얼굴이 약간 일그러지긴 했지만 그래도 아직 미련이 남았는지 나직하게 다시 한 번 물었다.

"이실론, 정말 네가 한 일 아니니?"

"아마도……."

순간 유리의 얼굴은 인간의 얼굴이 얼마나 빠르게 변화할 수 있는지 시험이라도 하듯 무참하게 일그러졌다.

"하긴, 마법사가 칠칠치 못하게 기억을 흘리고 다닐 리도 없고,

설사 기억을 잃었다 해도 너처럼 멍청하게 굴지는 않겠지. 뭔가를 기대했던 내가 바보다!"

이실론이 유리의 기대대로 마법사가 아니라고 해서 유리가 화를 낼 이유까지는 없었다. 그러나 유리는 발끈 화를 내며 휙 몸을 돌려 버렸다. 그리곤 땅이 꺼져라 깊은 한숨을 내쉬더니 바닥에 털썩 누웠다.

"난 잘래."

괜히 미안한 마음이 든 이실론은 누워 있는 유리의 등을 망연히 쳐다봤다. 어느새 다가왔는지 핸슨이 그런 이실론의 어깨를 툭 툭 쳤다.

"너무 신경 쓸 필요는 없어."

"예."

"너도 푹 자둬라. 내일부턴 정말 힘들어질지도 모르니."

자신들이 절벽을 내려올 때만 해도 정오가 지난 지 얼마 되지 않았었는데 벌써 어둠이 몰려오고 있었다. 그러고 보니 자신이 의식을 잃고 쓰러져 있던 시간이 반나절이나 됐던 모양이다. 핸슨은 바닥에 눕는 대신 나무에 등을 기대고 앉아 살며시 눈을 내려 감았다. 이실론은 핸슨이 시키는 대로 바닥에 눕긴 했지만 잠이 오질 않았다. 옆에서는 금세 잠에 곯아떨어진 유리의 숨소리가 들렸다.

마음속으로 몇 번이나 망설인 끝에 이실론이 조심스럽게 핸슨에게 말을 걸었다.

"저어… 핸슨."

"응?"

"왜 저를 도와주시는 겁니까?"

"네 주머니에 두둑이 들어 있는 금화 덕 좀 볼려고 그런다."

물론 아니다. 자신의 돈이 탐났다면 간단히 주먹 한 방으로 해결하면 그만이다. 그런데도 그는 이런 위기 상황까지 함께 와줬다. 유리를 지하 감옥에서 꺼내올 때부터 그랬듯 그는 이런 상황까지 충분히 짐작했을 것이다. 그런데도 주저하지 않았고, 지금 역시 귀찮은 짐 덩어리일 뿐인 자신들을 내팽개치지 않았다.

"핸슨은… 어떤 분입니까?"

핸슨이 피식 웃으며 살며시 실눈을 치켜들었다.

"어떤 분이라니?"

"그냥 떠돌이 싸움꾼 같아 보이지는 않아서……."

핸슨이 씁쓸히 웃었다.

"나도 너랑 비슷하다. 너는 과거를 잃어버렸지만, 난 지워 버렸다는 차이가 있을 뿐."

"그럴……."

그럴 만한 이유가 뭐냐고 묻고 싶었지만 핸슨이 말을 막았다.

"그만 자자."

핸슨이 몸을 약간 뒤틀며 나무에 더욱 깊이 몸을 파묻었다. 자는 시늉을 하는 것이지만 그도 이실론과 마찬가지로 밤늦도록 잠을 이루지 못했다. 그렇게 또 하루의 밤이 저물어갔다.

"이런!"

핸슨이 급급히 이실론과 유리를 흔들어 깨웠다.

"어서들 일어나라."

유리가 부스스 몸을 일으키며 짜증 섞인 목소리로 물었다.

"왜 그래요? 새벽부터어~"

"그들이 근처까지 온 것 같다."

"그들이라니요?"

여전히 짜증 섞인 코맹맹이 소리로 말하던 유리가 눈을 번쩍 떴다.

"헬리오 기병대를 말하는 거예요, 지금?"

핸슨은 유리의 말을 듣는 둥 마는 둥 하며 혼자서 중얼거렸다.

"내 실수야. 그들이 밤에도 이동할 수 있다는 생각을 했어야 했는데……."

그들은 밤새 황금 초원을 달려 사이드리스 숲으로 이들을 추적해 온 것이다. 오늘 저녁이나 돼야 숲으로 올 것이라는 핸슨의 추측이 여지없이 무너지는 순간이었다.

핸슨은 넘어진 풀을 세우고, 손으로 바닥의 흙을 비벼 발자국을 없애며 자신들이 지나간 흔적을 지웠다.

"가자!"

말 많은 유리도 이런 상황에 입을 다물어야 한다는 것 정도는 알았다. 심각하게 굳은 얼굴의 핸슨이 앞장서기 시작했다. 앞쪽으로 쭉 달려 숲을 벗어날 것이라는 이실론의 예상과 달리 핸슨은 우측으로 방향을 꺾었다.

"이러면 숲을 돌아가는 건데……."

이실론이 들릴 듯 말 듯한 소리로 중얼거렸다. 유리가 어이가 없는지 그의 귀에 대고 속삭였다.

"바보야, 그럼 숲 속에서 그들을 따돌려야지, 평원으로 나가니?"

"헬리오 기병대니까 헬리오 포트리스 밖으로 멀리 쫓아오지 못하는 게 아닌가 해서……."

"넌 아직 왕국 경비대와 기병대도 구분 못하니? 기병대가 사이드리스 숲 밖으로 나가지 못할 것 같으면 말이 왜 필요하겠니?"

"그럼……"

계속 이렇게 쫓겨다녀야 하냐고 물어보려다 그만뒀다. 유리의 대답이야 어차피 뻔한데 사서 욕을 들을 필요는 없으니 말이다. 그래도 핸슨은 이실론이 무슨 말을 하고 싶은지 짐작한 모양이다.

"은빛 노을의 강만 지나면 한결 수월해질 거야."

앞서 가던 핸슨이 간단히 말하며 걸음을 재촉했다. 그는 나무들이 빼곡이 들어선 틈으로 넝쿨이 마구 엉켜 있어 길이라고는 보이지 않는 곳으로 들어가고 있었다. 아마도 말을 탄 기병대가 쫓아오지 못하게 하기 위해 일부러 험한 길을 찾아가는 모양인데, 그 길은 말이 아니라 사람도 지나가기 힘들 정도로 험하고 좁았다.

넝쿨 사이를 헤쳐 가던 이실론의 눈처럼 하얀 피부에는 금세 빨간 줄들이 그어지기 시작했다. 넝쿨 잎의 잔가시에 긁힌 상처들이었다. 하긴, 자기 손으로 옷조차 입어본 적 없는 듯한 자신이 이렇게 험한 길을 다녀봤을 리 없다. 어울리지 않는 곳에 들어섰다는 것을 몸과 머리보다 피부가 먼저 경고하는 셈이었다.

황금 초원을 지나 은빛 노을의 강까지는 사흘거리지만 사이드리스 숲을 지나서는 며칠이 걸릴지 몰랐다. 그것도 숲을 가로지르는 것이 아니라 이렇게 험한 곳으로 돌아서 간다면 그 시간은 더욱 길어질 것이 분명했다. 이실론의 입에서는 자신도 모르게 나직한 한숨이 흘렀다. 자신의 체력이 이 험난한 여정을 며칠 간이나 버텨줄지는 모르지만 헬리오 기병대에 잡히는 것보다 이 여정을 버티는 것이 훨씬 낫다는 것만은 분명했다. 이실론은 핸슨이나 유리와 마찬가지로 억센 넝쿨의 가지들을 팔뚝으로 헤치며 뒤쳐지기 않기 위해 노력했다.

하지만 이실론의 여린 팔뚝에 핏물이 맺히는 것만큼이나 그들의 추적도 빠른 속도로 다가왔다. 금방이라도 등 뒤를 덮쳐 올 듯한 사냥개들의 사나운 울음소리가 지척에서 들리기 시작했다. 앞을 향해서만 달려가던 핸슨이 처음으로 뒤를 돌아봤다. 피하기만 하기엔 이미 너무 늦은 것이다.

"유리! 이실론을 잘 보살펴라."

말이 끝나기도 전.

휘익!

넝쿨을 넘어 새까만 털을 반들거리는 사냥개 두 마리가 매섭게 날아들었다. 이실론에겐 자신을 향해 입을 쩍 벌리고 날아오는 사냥개의 송곳 같은 이빨밖에 보이지 않았다.

"악!"

이실론이 비명을 지르며 바닥에 털썩 주저앉았다. 동시에 그의 머리 위로 뜨겁고 끈적끈적한 무엇이 쏟아져 흘렀다. 그것이 피라는 것을 느낀 이실론이 또다시 비명을 지르며 바닥에 머리를 비비고 있는 동안 핸슨의 검은 나머지 한 마리 사냥개의 배마저 갈랐다.

캥!

아무리 동물이라지만 마지막 한마디치고는 너무나 초라한 소리였다. 하긴, 핸슨이 이실론을 향해 날아드는 놈을 막아주지 않았으면 그 역시 '악'이라는 한마디가 마지막 말이 됐을지도 모를 일이었다. 영문도 모르고, 상황도 모르는 채 핏물을 뒤집어쓰고 바닥에 엎드려 있는 이실론의 몸이 핸슨의 우악스런 손길에 의해 덜렁 들어 올려졌다.

"두 번 다시 비명을 지르면 네 녀석도 저놈들처럼 고깃덩어리로 만들어줄 테다!"

파랗게 겁에 질린 이실론의 눈에 순식간에 고깃덩어리나 다름없는 신세가 된 사냥개의 모습이 보였다. 동시에 이실론의 머리카락에 맺혀 있던 뜨거운 피 한 방울이 이마 위로 똑 떨어졌다.

"우웩—"

이번엔 비명 대신 구역질이 치솟았다.

핸슨은 그런 이실론은 다시 바닥에 내려놓으며 종아리 뒤에서 대거Dagger 한 자루를 꺼내 이실론의 손에 쥐어줬다. 검날은 손바닥 정도의 길이밖에 되지 않지만 파란빛이 돌 정도로 날카롭게 날이 선 단검이었다.

"누구든, 무엇이든 너를 향해 다가오면 이걸로 찔러라. 소리를 지르는 순간 네 녀석 목숨도 끝장이라는 것을 명심하고."

핸슨은 더 이상 앞으로 나아가는 것을 포기하고 검으로 주위의 넝쿨을 잘라내기 시작했다. 어차피 자신들의 위치야 노출된 것이고, 몸을 숨길 곳이 없을 바에야 검을 휘두를 공간이라도 확보하려는 마음에서였다. 유리도 그런 핸슨의 마음을 이해했는지 핸슨을 도와 공간을 만들어 나갔다.

이실론은 핸슨이 검을 가지고 있다는 것도 그 순간에야 처음 알았다. 유리 역시 한 손에 검을 치켜든 채 주위를 경계하고 있었다. 두 사람이 들고 있는 검은 모두 레이피어Rapier였는데 공격보다는 방어를 주 임무로 하는 왕국 경비대에서 주로 사용하는 검이었다. 모닝 스타를 들고 있던 손으로 잡기에는 너무 연약해 보이는 무기지만 핸슨은 별로 개의치 않는 모양이다. 넝쿨을 잘라내는 손놀림에도 낯선 무기를 든 어색함은 보이지 않았다.

"실력은 어떤지 모르겠지만 검사로서의 기본은 됐구나."

이실론에게 소리친 것이 미안했는지 핸슨은 유리를 칭찬하며 싱겁게 웃었다. 지하 감옥을 탈출하자마자 왕국 경비대의 갑옷은 벗어버렸지만, 유리 역시 잊지 않고 검을 챙겨온 것이다. 게다가 위급한 순간에 처하자마자 검을 빼어 드는 순발력과 배짱도 충분히 칭찬해 줄 만했다. 유리도 핸슨의 칭찬에 기분이 좋았는지 웃으면서 대꾸했다.

"당연하죠. 무기 잃은 검사는 왕관 뺏긴 왕과 마찬가지잖아요. 레이피어라 좀 시시하긴 하지만."

아무리 숲 속이고 듣는 사람이 없다지만, 감히 왕과 자신을 동급에 놓고 비교하다니… 역시 배짱에 있어서는 유리를 따를 사람이 없었다.

"비유 한번 거창하구나."

넝쿨을 잘라내는 핸슨과 유리는 마치 정원을 손질하는 사람들처럼 여유를 부리며 미소까지 짓고 있었다. 적들이 다가오는 느낌에 숨이 조여오는 것은 이실론뿐인 모양이다. 양손으로 대거를 바싹 부여잡은 채 마른 입술만 질근질근 씹고 있는 이실론을 향해 핸슨이 말했다.

"이실론, 너무 긴장하면 봐야 할 것도 보지 못하고, 해야 할 행동도 취하지 못한다."

"예."

이실론은 고개까지 끄덕이며 대답한 후, 크게 심호흡을 했다. 핸슨의 말대로 이렇게 겁먹은 채 떨고 있으면 또다시 그의 짐이 될 게 뻔했다. 더 이상 그에게 피해를 주지 않으려면 최소한 자신의 몸은 스스로 지켜야 했다.

이실론의 비장함을 느꼈는지 핸슨이 정말 어울리지 않는 다정한 미소를 지으며 다가왔다. 그리고 이실론의 손에 죽을힘을 다해 꼭 쥐어져 있는 단검을 뺏어 그의 품 안에 넣어줬다.

"이런 무기는 기습을 할 때 사용하는 거지 정면으로 맞서는 무기가 아니야. 그리고 너무 겁먹을 필요 없어. 그들 중 네 녀석을 헤칠 수 있는 사람은 없을 테니까."

"예."

그저 무의식 중에 대답을 해놓고 보니 무슨 소린지 알 수 없었다. 자신을 헤칠 수 있는 사람이 없다니… 그러나 그 말을 이해하려고 노력할 시간도 없었다. 벌써 적들의 머리가 넝쿨 너머로 보이기 시작한 것이다.

"여기 있었군."

네 명의 병사가 그들의 전후좌우를 에워싸며 핸슨과 유리가 만들어놓은 조그마한 공지로 자신만만하게 들어섰다. 적을 발견하면 신호탄을 쏘아 올려 위치를 알리라는 명령은 간단히 무시한 채였다. 다른 병사까지 가세시키기엔 눈앞의 적들이 너무 만만해 보였고, 그들을 잡는 공에 대한 욕심은 너무 컸다.

"순순히 포박을 받으면 목숨은 살려주겠다!"

핸슨이 코웃음을 흘리며 응수했다.

"순순히 물러서면 목숨은 살려주겠다!"

"이런 건방진 놈!"

핸슨의 앞쪽에 있던 병사가 롱 소드Long Sword를 휘두르며 핸슨을 향해 돌진했다. 병사의 은회색 롱 소드가 푸른빛을 뿜으며 핸슨의 허리를 찔러 들어왔다. 핸슨이 급급히 왼쪽으로 몸을 돌리며 그의 검을 막아냈다.

챙—!

검과 검이 부딪치는 쇳소리가 청량하게 떨림을 일으켰다. 동시에 핸슨의 굵직한 다리가 병사의 급소를 향해 거침없이 뻗어졌다.

"헙!"

놀란 병사가 엉덩이를 쭉 빼며 핸슨의 비겁한(?) 발차기를 피했다. 덕분에 팽팽하게 부딪쳤던 두 사람의 검이 떨어졌다. 그 약간의 빈틈을 유리의 맹랑한 검이 파고들었다. 병사의 균형이 흐트러진 틈을 이용해 보겠다는 계산까지는 좋았지만 그는 헬리오 기병대의 병사였다. 비겁한 발차기 한 방에 허점을 보일 만큼 만만한 상대가 아닌 것이다. 게다가 혼자가 아니었다. 전력을 다해 뻗은 유리의 검은 병사에게 접근도 해보기 전에 다른 한 명의 검에 의해 가로막혀 버렸다.

"어제 했던 광대 놀이가 아직 안 끝난 모양이지?"

"그래! 구경을 하고 싶으면 실컷 하라고. 대신 관람료는 네 녀석의 목숨으로 대신해야 할걸?"

도대체 어디에서 솟아나는 자신감인지 모르지만 유리는 당당하게 외치며 그녀를 놀리던 병사의 목을 향해 검을 찔러갔다. 공격을 하는 유리의 모습은 비장하기까지 했지만 공격은 시시하기 이를 데 없었다. 위력적인 힘이 없는 것은 물론이고, 적들의 눈을 속일 수 있는 빠르기나 기교 따위는 더 더욱 없었다. 그럼 도대체 무슨 재주로 헬리오 기병대를 이긴단 말인가? 없었다. 유리에겐 그들을 제압할 힘도, 기술도 없었다. 그저 자신감과 배짱으로만 중무장을 한 이 무대포 여검사는 주제도 모른 채 두 명의 병사와 상대하고 있었다.

하긴 이실론에게도 한 명의 병사가 배정됐으니, 유리가 두 명을 상대하는 것은 어떻게 보면 당연했다.

"검을 뽑아!"

이실론의 앞에 있는 병사는 벌써 두 번째 이 말만 외치고 있었다. 그래도 명색이 헬리오 기병대의 일원인데 무기도 없는 적을 향해 공격할 수는 없는 노릇이었다. 하지만 이실론은 겁먹은 눈만 멀뚱거리고 있을 뿐, 도무지 검을 뽑을 생각을 하지 않았다.

가슴에 손을 얹은 이실론은 오로지 이 대거를 꺼내 기습 공격을 할 기회만 노리고 있었다. 그런데 상대방이 이렇게 자신을 노려보고 있는 상황에서는 기습 공격 따위는 생각할 수조차 없었다. 그의 외침대로 검을 뽑는다면 그가 먼저 공격을 해올 게 뻔한데 어떻게 검을 뽑는단 말인가? 상대의 인내심이 언제까지 이실론의 멍한 모습을 버텨 줄지는 모르지만, 어쨌든 자신은 버틸 만큼 버텨봐야 했다.

"검을 뽑아!"

상대는 똑같은 소리를 또 한 번 외쳤지만 이실론은 가슴에 손을 얹은 채 여전히 고개만 저었다.

유리에게 두 명의 병사를 맡겨놓고 자신은 한 명과 상대하고 있으면서도 핸슨의 비겁한 공격은 여전했다. 손에 든 레이피어는 그저 장식용인지 핸슨의 공격은 주로 팔꿈치와 발차기에 의해 진행되고 있었다. 핸슨의 발바닥에 엉덩이를 채이고, 그의 팔꿈치에 가슴을 가격당한 병사는 약이 오를 대로 오른 상태였다.

"이런 주정뱅이 같은 놈이!"

병사는 더 이상 핸슨의 지저분한 싸움에 말려들고 싶지 않았다. 포트리몬 헬리오 기병대의 정통 검술을 이 따위 주정뱅이에게 사용하는 것은 불명예스러운 일이지만, 그의 발바닥에 엉덩이를 채

이는 것보다는 나았다.

핸슨의 가슴을 향해 다가오는 병사의 롱 소드가 수없이 원을 그리며 회전했다. 어느 것이 검이고, 어느 것이 잔영인지 구분할 수 없을 정도로 검은 순식간에 원 그 자체가 되어 있었다. 이 검술은 헬리오 기병대의 중급 검술 중 하나로 적의 방어할 공간을 뺏고, 시야를 교란시키는 목적으로 사용되는 것이었다. 핸슨의 시선이 갈팡질팡 검을 따라 움직이는 순간, 병사는 전력을 다해 일검을 내뻗었다.

"이얍—!"

병사의 검이 노리는 부분은 핸슨의 목이었다. 핸슨은 완전히 무방비 상태였고, 그 검을 피할 시간조차 뺏긴 것으로 보였다. 하지만 병사가 표현한 주정뱅이 싸움꾼답게 핸슨이 그의 일격을 피한 방법은 놀랍도록 간단했다. 그저 자리에 풀썩 주저앉은 것이다.

전력을 다한 병사의 일격은 덕분에 허공을 찔렀고, 바닥에 앉은 핸슨은 병사의 급소를 향해 주먹을 휘둘렀다.

"웃—!"

거북이처럼 몸을 움츠린 병사는 비명 소리조차 제대로 내뱉지 못했다.

"회전하는 검은 방향을 바꾸기 어렵다는 것도 배우지 못했나?"

핸슨의 마무리는 간단했다. 팔꿈치로 병사의 뒤통수를 한 방 때린 게 전부였으니까. 병사 스스로야 상황이 믿기지 않을 정도로 어이가 없겠지만, 그의 몸은 벌써 바닥에 고꾸라지고 있었다.

"검을 뽑아!"

병사 딴에는 마지막 경고라고 생각한 다섯 번째 외침이었다. 검을 들고 있는 것도 자신이고, 공격의 자세를 취하고 있는 것도 자

신이었다. 눈앞의 멍청한 녀석은 겁먹은 표정으로 여전히 가슴에
손만 얹고 있는데도 이상하게 공격을 시작할 수 없었다. 병사의
이마로 식은땀이 흘렀다. 그리고 이번엔 정말 마지막이었다.

"검— 을— 뽑— 으— 란— 말— 이— 야!"

펵!

핸슨의 팔꿈치가 간단히 병사의 입을 막았다. 뒤통수에 정면으
로 핸슨의 일격을 맞은 병사는 역시 그전의 병사와 마찬가지로
맥없이 바닥에 고꾸라졌다.

"멍청한 놈! 언제까지 기다릴 작정이었어?"

핸슨은 바닥에 엎어진 병사의 몸을 넘으며 괜히 투덜거렸다. 장
난하듯 유리와 검을 주고받고 있던 두 명의 병사는 다른 두 명이
쓰러진 모습을 보자, 이제 싸움을 끝내야겠다고 생각했다.

"구경은 잘했지만 관람료도 네년이 내야겠다!"

병사가 몸을 훌쩍 띄우며 유리를 양단이라도 할 듯한 기세로
검을 내리그었다. 하지만 허공에 떠 있는 그의 팔목을 덥석 잡아
쥐는 손이 있었다.

"구경한 놈이 관람료를 내야지 누구보고 내라는 거야?"

손목을 핸슨에게 잡힌 채 바닥에 떨어진 병사는 완전히 균형을
잃고 핸슨에게 잡힌 손목에 의지해 몸을 지탱해야 했다. 그 모습
을 본 마지막 한 명의 병사가 핸슨을 향해 달려들며 검을 뻗어왔
다. 한 손엔 검을 들고 있었고, 한 손엔 병사의 손목을 잡고 있으
니 공격은커녕 방어할 손도 없는 핸슨이었다. 하지만 그에겐 아직
도 다리가 남아 있었고, 그의 다리는 병사의 검보다 길었다. 그리
고 유리와의 환상적인 호흡!

채챙!

푸욱!

병사의 검은 유리의 검에 막혔고, 그사이 핸슨의 다리가 병사의 가슴 깊숙이 꽂힌 것이다. 이번에 마무리는 유리의 몫이었다. 유리의 검신이 멋지게 병사의 미간을 찍어 눌렀다.

핸슨의 손에 손목이 잡힌 채 여전히 바둥거리고 있던 병사는 이제야 뭔가 잘못됐다는 것을 깨달았지만 상황을 돌이키기엔 이미 늦어버렸다. 핸슨은 병사의 손목을 뒤로 확 잡아 뺐다. 핸슨의 힘에 의해 엉거주춤 앞으로 밀려 나간 병사의 엉덩이에 핸슨의 발바닥이 작렬했다.

파악!

병사는 볼품없이 앞으로 몇 걸음 튕겨져 나갔고, 이어지는 핸슨의 발차기는 그를 바닥에 처박았다.

"끄윽……."

앓는 소리를 끝으로 그의 몸도 바닥에 누운 채 일어서지 못했다. 바닥에 쓰러져 있는 네 명의 병사를 발로 툭툭 건드려 본 유리가 신이 나서 떠들었다.

"한 주먹에 개구리처럼 사지를 뻗고 자빠질 것들이 헬리오 기병대라고 폼 잡고 다니면서 감히 나와 맞설 생각을 했다니 죽지 않은 게 다행이지."

핸슨의 비겁한 발차기가 아니었다면 그들 중 한 명도 변변히 상대하지 못했을 유리지만, 말만으로는 네 명 모두를 그녀가 제압한 것 같았다.

"유리?"

핸슨이 유리라고 부르는 데도 그녀는 생긋 웃으며 고개를 돌렸다.

"왜요, 핸슨?"

"이 싸움은 말이야, 전쟁으로 치면 정찰 같은 거야. 그냥 적을 한번 둘러보는 거 말이야."

"그런데요?"

핸슨이 유리의 이마에 송골송골 맺혀 있는 땀방울을 닦아주며 말했다.

"이제 진짜 적들이 몰려올 거라는 얘기다."

2

핸슨의 말이 무슨 말인지 이해하는 데는 그리 오랜 시간이 걸리지 않았다. 고요한 숲 속에서 검이 부딪치는 소리는 깊은 메아리가 되어 사방에 울려 퍼졌고, 세 사람은 순식간에 기병대에 의해 에워싸였다. 상처 하나 없이 바닥에 쓰러져 있는 동료들을 의식해서인지 그들은 처음의 네 명처럼 섣불리 다가오지 않았다.

유리가 조심스럽게 핸슨에게 다가가며 낮은 소리로 말했다.

"스무 명도 넘어 보이는데요?"

얼굴이야 여전히 자신만만하지만 마음속은 그렇지 못한 모양이다.

"여기 네 명이 자빠져 있으니, 저들이 다 모이면 스물한 명 일거다."

유리가 눈을 동그랗게 뜨고 주위를 한번 둘러봤다. 아직 넝쿨 속에서 몸을 빼지 않은 사람도 있어 그녀의 눈에는 정확한 인원이 보이지 않았다.

"어떻게 알아요?"

"보통 스물다섯 명씩 움직이거든."

"그러니까 핸슨이 그런 걸 어떻게 아냐구요?"

핸슨은 대답 대신 유리의 귀를 잡아 자신의 입 쪽으로 끌어당겨 속삭이듯 말했다.

"지금부터 내 말 명심해라. 저들이 공격을 시작할 때 내가 왼쪽으로 길을 열어줄 테니 이실론과 함께 빠져나가라."

실력 대신 의욕으로 승부하는 대부분의 검사가 그렇듯 유리 역시 의리 빼면 시체라고 스스로 자부하는 인물이었다.

"그럴 순 없죠. 여기까지 함께 왔으니까 죽든 살든 길을 뚫는 것도 함께해야죠."

핸슨이 입맛을 쩝 다셨다. 유리가 여기 있어 봤자 방해밖에 되지 않겠지만 그녀가 있겠다면 있는 것이다. 자신이 뭐라고 말해도 이 무대포 아가씨는 설득되지 않을 게 뻔했다.

"핸슨의 그 엉성한 발차기만으로 스물한 명을 상대하는 건 무리라구요."

그럼 그녀의 어설픈 검술은 도움이 되나? 스스로야 너무나 당연히 그렇다고 생각할 테니 어쩔 수 없었다. 그러나 이 말만은 꼭 해야 했다.

"듀리안, 이실론을 지키는 건 네 몫이다."

핸슨에게 이실론을 보호하라고 하고 자신이 적과 상대하고 싶었지만 적은 두 명이 아니라 스무 명이다. 아니, 스물한 명! 아주 다행스럽게도 유리도 스물한 명의 적을 혼자서 상대할 마음은 없었다.

"알았어요. 하지만 후방에 내가 있다는 걸 명심하세요."

그녀가 뒤에 있다는 것이 얼마나 신경 쓰이고 거추장스러운지 몰라서 하는 소리겠지만 핸슨은 그냥 웃었다.

"명심하마. 고맙다."

핸슨은 등으로 유리와 반쯤은 넋이 나간 듯한 이실론을 감싸며 숲 쪽으로 시선을 옮겼다.

이제 스물한 명의 인원이 모두 모인 모양이다. 숲을 바스락거리며 그들이 조금씩 움직이기 시작했다. 이번엔 처음과 달리 섣불리 공격을 해오지도, 쉽게 위치를 노출시키지도 않았다.

'역시 그런가……?'

검을 치켜드는 핸슨의 얼굴에도 전에 없는 긴장감이 어렸다. 적들의 인원이 아무리 많아도 이 좁은 공간에서 한꺼번에 움직이는 것은 무리였다. 어차피 공격을 해올 수 있는 인원은 네 명에서 다섯 명밖에 되지 않는다. 하지만 핸슨이 그 점이 더욱 마음에 걸렸다.

'만약 그런 거라면……'

그렇다면 이들을 모두 죽여야 할지도 모른다. 그럴 경우 넝쿨 숲은 방어벽이 아니라 장애물이 되는 것이다. 핸슨이 그런 생각을 하는 동안 넝쿨 속에서 조금씩 계속 이동하던 적들의 움직임이 멎었다. 금방이라도 터져 나갈 듯한 팽팽한 긴장감에 누구 하나 숨소리조차 흘리지 않았다. 조용한 바람이 불러와 넝쿨의 작은 잎사귀를 흔들었다. 잎사귀들의 사르락거리는 떨림마저 조심스럽게 들렸다. 유리는 더 이상 이런 긴장을 참을 수 없었다.

"뭐야? 덤벼!"

이실론이 재빨리 유리의 팔뚝을 잡았지만 이미 늦었다. 유리는 이실론을 지키라던 핸슨의 당부마저 잊은 채 넝쿨 속을 향해 불쑥 검을 찔러 넣었다.

넝쿨 저쪽의 병사도 롱 소드를 들어 유리의 일격을 막았다. 하지만 그게 다가 아니었다. 무작정 찔러오는 유리의 레이피어를 아래에서 위로 막은 병사가 검이 맞닿은 채로 손목을 살짝 비틀자 유리의 몸이 검과 함께 앞으로 한 발 밀려간 것이다.

"억?"

그의 절묘한 검술에 유리의 어안이 벙벙해졌다. 분명 조금 전 상대하던 놈들과 같은 등급의 병사일 텐데 이들은 검을 쓰는 손놀림부터 다르게 느껴진 것이다. 처음의 그들은 유리를 만만히 보고 장난처럼 상대했지만, 이들은 유리가 만만한 상대인 걸 알면서도 최선을 다한다는 차이였다.

유리는 아래쪽으로 손목이 꺾인 채 간신히 검을 잡고 있었지만 상대가 검을 잡아당기기만 하면 그대로 넝쿨 속으로 끌려 들어갈 처지였다. 적은 당연히 유리의 검을 잡아당겼다. 무거운 무기로 가벼운 무기를 잡아끌기는 너무도 쉬운 일이었다. 그래도 검사라고 유리는 미련하게 손에서 검을 놓지 않았다.

"어억—!"

유리의 몸이 앞으로 쭉 끌려 들어갔다. 그와 동시에 핸슨이 몸을 날렸다. 이실론의 핸슨의 그 큰 체구가 이렇게 날렵하게 움직일 수 있다는 것이 그저 놀라울 뿐이었다. 정신없는 유리야 어느새 핸슨이 자신의 허리를 잡아 뒤로 빼고 있다는 것도 몰랐다. 그리고 핸슨은 유리와 마찬가지로 넝쿨 속을 향해 레이피어를 찔러 넣었다. 차이가 있다면 이번에는 검이 부딪치는 소리가 아니라 비명 소리가 들려왔다는 것뿐.

"크윽!"

비명 소리와 함께 바닥에 검이 떨어지는 소리가 들렸다. 아마도 손목을 다치고 검을 떨어뜨린 모양이다.

"허허, 우리가 운이 좋은가 보다. 그냥 찔러 넣은 검에 손목이 잘린 놈도 있고."

핸슨이 유리의 긴장을 풀어주기 위해 실없는 소리를 시작했다.

"이봐! 헬리오 기병대 양반. 수고스럽게 여기까지 쫓아왔으면 서로 인사라도 해야지. 거, 가시 넝쿨 속에서 뭣들 해?"

유리도 그제야 자신이 지나치게 긴장하고 있었다는 것을 느낄 수 있었다. 그래놓고 화는 눈앞의 병사들에게 냈다.

"젠장! 헬리오 기병대면 기병대답게 정면으로 승부해야지, 비겁하게 숨어서 암코양이처럼 발톱만 휘둘러?"

핸슨과 유리의 외침이 적들의 마음에도 동요를 일으킨 걸까? 다섯 명의 병사가 넝쿨 숲을 나와 핸슨과 유리가 만들어놓은 공지로 들어섰다.

이들의 실력을 대충 파악했다는 듯 핸슨에게 세 명, 유리와 이실론에게 각각 한 명이 접근해 왔다. 이실론은 아까와 마찬가지로 가슴에 손을 얹어 옷 속의 대거를 만지작거리며 적을 노려봤다.

'이번에도 통할까? 이번에도 그 작전으로 나가기엔 뒤에 대기하고 있는 적들도 너무 많은데……'

하긴 이실론에게야 적의 숫자가 열 명이든 백 명이든 상관없었다. 대응하는 방법은 마찬가지일 테니까. 그가 걱정하는 것은 오히려 핸슨이었다. 이번에도 발차기로 이 많은 적들을 감당해 낼 수 있을지 걱정이 되는 것이다.

'하긴, 지하 감옥도 탈출했는데……'

　유리의 목격담을 근거로 하면 핸슨의 실력은 이실론이 생각하는 것 이상일 수도 있다. 이실론이 자신을 향해 다가오는 적을 외면한 채 뒤쪽의 핸슨과 유리를 쳐다봤다.

　핸슨을 향해 다가온 세 명의 병사는 정면과 좌우 양 옆에서 동시에 롱 소드를 내질렀다. 핸슨이 피할 수 있는 곳은 뒤밖에 없었지만 그의 바로 뒤에는 유리가 버티고 있었다. 핸슨이 뒤로 물러서면 적의 검에 유리를 내미는 꼴밖에 되지 않았다. 그런데도 핸슨은 망설이지도 않고 뒤로 물러섰다. 대신 그의 몸은 번개처럼 방향을 바꿔 유리의 정면을 향해 뻗어오던 검을 자신의 가슴으로 받았다. 적의 검이 핸슨의 가슴에 꽂히기 직전, 아슬하게 들어 올린 핸슨의 레이피어는 간신히 적의 롱 소드를 막아냈다. 다음은 당연히 발차기였다. 핸슨의 가슴이 완전히 노출됐다고 생각하고 자신있게 접근해 왔던 병사는 피할 여유도 없이 핸슨의 발차기에 급소를 내줘 버렸다.

　“아악—!”

　남자에겐 그곳(?)을 맞는 게 정말 치명적이긴 한 모양이다. 병사의 비명은 그야말로 검에 목줄이라도 따인 듯 처절하니 말이다. 이번에도 뒤처리는 유리였다. 급소를 부여잡고 앞으로 숙여진 병사의 등을 향해 유리가 허공에 몸까지 띄우며 팔꿈치를 내리찍었다. 온몸의 힘을 실은 유리의 팔꿈치 찍기는 또 한 명의 병사를 고꾸라뜨리기에 충분했다.

　“이런 망할 새끼! 허리도 다치고 거기도 다쳤으니 이제 장가 가도 남자 구실은 다했다!”

　어느 시골의 간판도 없는 주점을 운영하는 할머니들이나 함직한 욕이 유리의 입에서 거침없이 튀어나왔다.

어느새 방향을 바꾼 핸슨은 처음 세 명의 병사와 정신없이 검을 주고받고 있었다. 그들은 처음의 위치를 고수한 채 여전히 정면과 양 옆을 쉬지 않고 공략했다. 그런데 놀라운 것은 핸슨의 어설픈 검이 그들의 절도있는 검을 모두 막아내고 있다는 것이었다. 세 명이 합공을 하면서도 그들은 핸슨의 옷자락조차 건들지 못했다.

그때 뒤의 넝쿨 속에서 상황을 지켜보던 두 명의 병사가 공격에 합류했다. 한 명은 넝쿨 속에서 튀어나오자마자 몸을 낮추며 핸슨의 다리를 향해 검을 뻗었다. 그의 눈에 보인 핸슨의 유일한 빈틈이었던 것이다. 그러나 결과는 최악이었다.

핸슨은 그 검을 피하기 위해 허공으로 몸을 훌쩍 솟구쳤다. 순간적인 탄력이라고는 믿기지 않을 정도로 높게 도약한 채, 더욱 믿을 수 없게 공중에서 몸을 한 바퀴 휙 돌렸다. 물론 나이 마흔이 넘은 핸슨이 몸의 유연성을 자랑하기 위해 공중에서 회전을 한 것은 아니었다. 비겁하게 상대의 급소만 차는 줄 알았던 발차기가 묘기처럼 공중에서 펼쳐진 것이다.

타타탁!

핸슨의 발차기는 정확하게 세 명의 머리통에 작렬했다. 그리고 착지는 바닥이 아니라 그의 다리를 공격하기 위해 몸을 낮춘 병사의 머리 위였다. 정확히는 그의 머리통을 발로 걷어차며 바닥에 내려섰다. 핸슨의 점프 한 번에 네 명의 병사가 방어 한번 못해보고 넘어 자빠졌다.

핸슨의 어설픈 공격은 언제나 적들을 꼼짝 못하게 하지만, 유리는 용맹한 공격에도 불구하고 언제나 위기에 처했다.

"유리, 뒤를 조심해!"

이실론의 외침이었다. 자신을 향해 검을 겨누고 있던 병사가 갑자기 왜 몸을 돌려 유리를 공격하는지 이해할 수 없었다. 그러나 지금은 그의 돌발적인 행동에 이러쿵저러쿵 토를 달고 있을 때가 아니다.

눈앞의 적만도 버거운 유리가 뒤를 공격해 오는 적까지 막을 수 없는 것은 당연했다. 유리와의 사이에 두 사람의 적이나 끼어 있는 핸슨이 막아주기에도 이미 늦었다.

"이실론, 기습!"

핸슨의 외침에 이실론은 망치로 뒤통수를 맞은 것 같은 얼얼한 느낌이 들었다. 그리고 뒤통수를 맞고 앞으로 튀어나가는 사람처럼 반사적으로 유리의 등을 노리던 병사에게로 달려들었다.

"커억!"

병사가 짧은 신음을 삼키며 유리의 등 뒤로 넘어졌다. 그의 등에는 이실론의 식은땀으로 손잡이가 흥건하게 젖어 있는 대거가 깊숙이 꽂혀 있었다. 오늘 싸움의 첫 번째 희생자였다. 이실론이 사람을 죽인 것이다.

"이실론—!"

이실론보다 유리가 더욱 놀란 듯 경악에 가까운 소리를 질렀다. 오히려 이실론은 태연했다. 자신이 무슨 일을 했는지 느끼지도 못하는지 이실론은 무표정했다. 그러나 이실론의 다음 행동은 유리뿐 아니라 핸슨조차 파랗게 질리게 만들었다. 이실론은 아무렇지도 않게 죽어 있는 병사의 등에서 대거를 뽑아 피도 닦지 않은 채 다시 가슴에 찔러 넣었다. 수도 없이 싸움을 겪고, 수도 없이 죽음을 본 사람이나 할 수 있는 행동을 이실론이 태연히 하고 있는 것이다.

“저 바보 같은 녀석이 놀라서 미쳤나 봐요.”

“난 미치지 않았어! 네 할 일이나 잘해!”

“뭐, 뭐야?”

유리를 향한 이실론의 차가운 외침은 그녀로 하여금 이실론이 미쳤다고 단정 짓기에 충분했다. 차라리 미친 것이었으면… 하지만 이실론이 미쳤다고 생각하기엔 그의 얼굴은 너무나 고요했고, 눈빛은 너무나 맑았으며, 행동은 어느 때보다 침착하고 냉정했다.

“그만 끝내요.”

게다가 핸슨에게 명령 비슷한 말까지 하고 있었다. 그것도 스물한 명의 적을 맞아 정신없이 싸우고 있는 이 싸움을 빨리 끝내라니. 말투도 마치 동네 공터에서 힘 자랑하는 아이들에게 이제 지루하니까 그만 끝내라는 것처럼 나른하기만 했다. 그러나 싸움을 끝낸 것은 핸슨이 아니라 기병대의 대장이었다.

“그만두고 물러서라!”

병사들이 급급히 검을 거두며 다시 넝쿨 숲으로 물러섰다. 넓지도 않은 공터에는 쓰러져 있는 병사들로 가득했다. 처음의 네 명에다 추가된 다섯 명, 그리고 이실론의 검에 죽은 한 명까지 모두 열두 명이었다.

쓰러져 있는 부하들의 몸을 밟으며 사십 대 초반쯤으로 보이는 사내가 나타났다. 그 역시 다른 병사들과 마찬가지로 은적 색 갑옷을 입었지만 그의 어깨에는 일반 병사들의 은색 수술과 달리 불타는 듯한 붉은 수술이 보기 좋게 찰랑이고 있었다.

유리는 이제 늙은이(?)들끼리 일 대 일로 승부를 내려는 줄만 알았다. 그러나 기병대 대장의 입에서 나온 차갑고 나직한 한 마디는 전혀 의외의 것이었다.

“애들 데리고 장난이 심하군요, 밀러 대장님.”

핸슨이 눈살을 접으며 안면을 굳혔다.

“피머?”

“아직도 기억해 주시다니 영광입니다.”

핸슨의 입에서 침중한 신음 소리가 흘렀다.

“왜… 하필 자넨가……?”

핸슨에게 피머로 불린 기병대의 대장의 안색도 침중하기는 마찬가지였다.

“대장님이 여기 계시니까요. 지하 감옥을 그렇게 쉽게 탈출할 수 있는 사람이 밀러 대장님 말고 또 누가 있겠습니까? 설마 제가 모르고 있을 거라고 생각하신 건 아니겠죠?”

“역시… 그래서 밤새 말을 달려가며 쫓아왔군.”

“당연하죠. 한 번 놓친 것으로도 충분한 모욕이었으니까요.”

“이제 어쩔 텐가?”

피머 대장이 말없이 핸슨을 바라봤다. 약간은 원망과 분노가 담겨 있는 듯한 눈빛이었지만 결코 적의가 있어 보이지는 않았다. 말투 역시 그랬다.

“기회를 드리겠습니다.”

피머 대장의 정중한 말투가 조금도 낯설지 않은지 핸슨은 담담하게 그의 말을 듣기만 했다. 금방이라도 자신들을 죽일 듯한 기세로 덤벼들던 놈들의 대장이 핸슨에게 ‘대장님’이라니. 그저 놀랍고 신기한 마음에 유리는 눈을 동그랗게 치켜뜨고 이실론을 쳐다봤다. 뭔가 아는 게 있느냐고 묻는 눈빛이었다. 다행히도 살인자의 광기(?)에서 벗어난 이실론은 예전의 그 익숙한 표정, 멍한 눈빛을 하고 있었다. 유리의 눈빛에도 여전히 멍하니 고개를 젓기만 했다. 피머 대장의 말은 이어졌다.

"비록 반역자라는 억울한 누명을 쓰셨지만 이렇게 피하시는 것은 도움이 안 됩니다. 지금이라도 돌아오신다면……"

핸슨의 쓸쓸한 웃음이 피머 대장의 말을 막았다.

"훗훗훗… 날 보고 그곳으로 돌아가라고? 어디를 말하는 건가? 왕궁? 지하 감옥? 아내와 아이들이 모두 죽어버린 옛 집? 훗훗훗… 피머, 나도 돌아가고 싶지만 유감스럽게도 내겐 돌아갈 곳이 없네. 이제 남은 것은……"

핸슨이 시선이 괴로운 듯 유리와 나란히 서 있는 이실론에게로 스쳐 갔다.

"그것만은 지킬 걸세, 내 명예와 목숨을 걸고서라도."

낯선 사람처럼 싸늘한 표정으로 굳어 있는 이실론의 안면이 미미하게 떨렸지만 그걸로 끝이었다. 아무도 핸슨의 작은 시선에까지 관심을 갖지는 않았다.

"그럼, 저로서도 더 이상 어쩔 수 없습니다."

피머 대장이 검을 치켜들었다.

"대장님과 검을 겨루겠습니다."

핸슨이 안타까운 눈빛으로 보일 듯 말 듯 나직이 고개를 흔들었다.

"피머, 아직 자네에겐 무리야."

"당신이 예전의 밀러 대장님이 아니듯 저 또한 예전의 피머가 아닙니다."

핸슨은 잠시 고민했다. 하지만 이 상황을 피할 수는 없었다. 설사 이실론과 유리를 데리고 그들을 돌파한다고 해도 피머에겐 또 하나의 치욕을 안겨주는 것밖에 되지 않았다. 결국 핸슨도 검을 들었다.

"좋은 승부가 되겠군."

검과 검으로 마주한 두 사람의 눈빛이 허공에서 강렬하게 부딪쳤다. 검을 들기 전에는 대장과 부하였을지 몰라도 검으로 마주한 이상, 더 이상 그런 관계 따위는 존재하지 않았다. 검을 든 기사라면 오로지 승부만이 있을 뿐이다.

휘익! 휘익!

피머 대장의 롱 소드가 대각선으로 크게 허공을 갈랐다. 검의 잔영이 채 가시기도 전에 피머 대장은 성큼 핸슨에게 다가와 있었다. 달랐다. 아무것도 모르는 이실론이 보기에도 피머의 몸짓은 바닥에 널브러져 있는 병사들의 그것과는 차원이 달랐다. 눈에 보이지 않을 정도로 빠른 검은 물론이지만, 단 한 번의 몸짓으로 적과의 거리를 냉큼 잘라 버리는 그 과감성도 그저 놀랍기만 했다.

단 한 번의 몸짓. 광장에서 핸슨이 이실론에게 그랬듯 정말 강한 사람은 단 한 번의 몸짓으로도 보여지는 모양이다. 아니, 그때 핸슨은 보기만 해도 알 수 있다고 했었다. 그럼 핸슨은 이 사람도 이길 수 있단 얘긴가? 지금까지 발차기밖에 보여주지 않았던 핸슨이? 이실론의 목으로 꼴깍 소리까지 나며 침이 넘어갔다.

다행히도 이실론의 침 소리는 핸슨과 피머의 검이 부딪치는 소리에 잠겨 들리지 않았다. 핸슨과 피머의 검은 허공에서 미친 듯이 부딪치며 불꽃을 튕겨냈다. 마치 사전에 짜기라도 한 듯이 한 사람이 어깨 위로 검을 찌르면 다른 사람은 정확히 그 지점에서 검을 막아내고, 금세 손목을 꺾어 다리 아래를 찔러도 여전히 짠 것처럼 상대방도 검을 내려 막았다.

눈에 보이지도 않을 정도로 빠른 동작들을 그렇게 정확히 피하고 막아낸다는 것이 이실론에겐 그저 신기하게만 보였다.

비록 형편없는 실력이지만 그래도 검을 들고 싸움이란 것을 해본 유리가 보는 시각은 당연히 달랐다. 놀랍고, 감탄스럽고, 부럽고, 신기하고, 존경스럽고…… 그녀는 난생처음 진짜 기사들의 싸움을 본 것이다.

핸슨의 손에 이끌려 지하 감옥을 탈출할 때만 해도 그저 신기하고 다행스러운 일이라고만 생각했지, 핸슨이 저런 실력자였기 때문에 가능했다는 생각은 미처 해보지도 못했었다.

멍하니 두 사람의 싸움을 바라만 보던 유리가 갑자기 눈빛을 반짝였다.

"이실론, 핸슨이 이긴다는 데 3시온, 아니, 은화 세 개 걸게."

유리의 말을 이해하지 못한 이실론이 그 지긋지긋하도록 멍한 표정으로 되물었다.

"은화 세 개를 걸다니?"

"아휴, 바보. 내기를 하자고! 난 핸슨이 이긴다는 데 은화 세 개를 걸었어."

"나도 핸슨이 이겼으면 좋겠어."

"이미 늦었어. 내가 먼저 핸슨에게 걸었잖아!"

이실론은 아직도 무슨 말인지 잘 이해가 되지 않았지만 대화는 그걸로 끝이었다. 유리의 시선은 벌써 핸슨과 피머의 싸움으로 옮겨져 있었다.

그 순간 피머의 검은 핸슨의 왼쪽 어깨를 향해 힘차게 뻗어졌다. 핸슨이 왼발을 오른발 뒤로 빼며 몸을 틀자 피머의 검은 아슬아슬하게 핸슨의 가슴 앞을 스치며 허공으로 밀려갔다.

"피머, 많이 컸군."

"봐주시는 거라면 사양하겠습니다."

피머가 핸슨의 몸 쪽을 향해 어깨를 꺾었다. 핸슨의 몸과 수평으로 놓여 있던 피머의 롱 소드가 핸슨의 가슴을 양단할 듯 밀려왔다. 핸슨이 허리를 뒤로 크게 꺾으며 손으로 땅을 짚고 발을 올려 피머의 검을 차냈다. 피머가 검과 함께 뒤로 한 발 밀려난 사이, 핸슨은 그 자세 그대로 반대 편으로 몸을 일으켰다. 마치 서커스단의 곡예처럼 뒤로 재주를 넘은 것이다. 그리고 바닥에 발이 닿자마자 그대로 허공을 향해 몸을 띄웠다. 충분히 놀랐던 핸슨의 점프력이지만 이번에는 더욱 높았다. 그러나 피머는 다른 병사들처럼 멍하니 그 놀라운 점프력에 뒤통수를 내주는 바보 짓은 하지 않았다. 대신 그의 롱 소드는 허공을 무참하게 찔러댔다. 핸슨의 몸이 이동할 공간 자체를 봉쇄하려는 모양이다.

채채채채챙—!

그런데 핸슨은 공중에 뜬 채 피머의 그 무참한 검들을 막아냈다. 그리고 피머의 뒤쪽 바닥에 내려서는 순간, 예외없이 그 발차기가 피머의 등을 강타했다. 그 강력한 힘에 앞으로 튕겨가면서도 피머는 더 이상 등을 보이지 않았다. 균형을 잃고 흔들리면서도 핸슨을 향해 몸을 돌린 것이다. 그러나 기다리고 있던 핸슨의 레이피어는 사정없이 피머의 오른쪽 어깨를 꿰뚫었다. 그의 손에서 힘없이 검이 떨어졌다.

"끅!"

터져 나오는 비명을 간신히 되삼키며 피머가 재빨리 뒤로 몸을 뺐다. 핸슨은 쫓지 않았다. 약간의 거리를 둔 채 두 사람이 마주했다. 핸슨의 숨소리조차 변하지 않았지만 피머는 지친 기색이 역력했다. 게다가 어깨에서 흘러내리는 피는 은적 색 갑옷을 따라 바닥에 똑똑 떨어져 내렸다.

이 놀라운 모습을 혼자서 감상하긴 아까웠는지 유리가 이실론의 귀에 대고 속삭였다.

"세상에! 이런 기술은 처음 봐! 갑옷의 몸통과 어깨로 이어지는 이음새 부분을 정확하게 찔렀어. 그래서 저렇게 좋은 갑옷을 입었는데도 어깨가 찔린 거야."

"아아……."

유리의 설명을 들었는지 못 들었는지 이실론의 기계적으로 고개만 끄덕였다. 오히려 어깨를 떨며 흠칫한 것은 유리였다. 그러고 보니 이실론도 아까 병사의 등에 검을 꽂았었다. 저렇게 좋은 갑옷은 아니더라도 그 병사 역시 갑옷을 입고 있었을 테고, 등의 한가운데는 어깨의 이음새처럼 비어 있는 부분도 없었다. 그런데 장검도 아닌 단검으로 그 갑옷을 뚫고 등을 찌를 수 있었다니… 더구나 저 가늘고 여린 손으로. 사람이 미치면 괴력을 발휘한다더니 저 녀석도 그런 건가?

혼자서 인상을 찡그리던 유리가 이실론에게서 한 걸음 옆으로 몸을 옮겼다. 아무래도 개운치 않은 녀석이다.

핸슨은 조금 전에도 했던 질문 그대로 피머에게 다시 물었다.

"이제 어쩔 텐가?"

이번에 씁쓸히 웃는 것은 핸슨이 아니라 피머였다.

"제겐 어차피 선택의 여지가 없습니다."

핸슨은 잠시 침묵했다. 자신의 정체를 알면서도 놓치고 돌아온 피머를 그냥둘 리 없다. 더구나 자신을 향한 그의 정중했던 태도까지 보고되면 그 역시 자신과 마찬가지로 반역자로 몰릴 수도 있었다. 아니, 그럴 것이다. 자신을 두 번씩이나 놓친 울분을 피머에게 쏟아낼 것이 분명했다. 그럴 바엔 그에게 기사로서의 영광스런 죽음을 주는 게 나을지도 모른다. 핸슨의 입에서 깊은 한숨이 흘렀다.

"훌륭하게 성장했는데… 아쉽군."

"대장님과 대결할 수 있어 영광이었습니다."

핸슨은 가슴속에서 무언가 울컥하고 치미는 것이 느껴졌다. 피머는 이미 죽음을 준비하고 있었다. 어쩌면 자신의 정체를 짐작하면서 이곳까지 추적해 올 때부터 각오하고 있었는지도 모른다. 핸슨이 입술을 꽉 깨물었다.

피머는 바닥에 떨어져 있던 롱 소드를 다시 집어 들었다. 오른쪽 어깨는 아예 뼈까지 상했는지 볼품없이 처진 채 너덜거리고 있고, 검을 든 왼손은 어색하게 힘만 들어가 있었다.

이번엔 유리가 침을 꼴깍 삼켰다. 이제 피머는 죽은 것이다.

"야아―!"

피머가 마지막 발악이라도 하듯 기합성을 터뜨리며 핸슨을 향해 돌격했다. 핸슨이 허리를 숙이며 오른쪽으로 몸을 살짝 비틀었다. 물론 검을 한 번 휘두른 채. 이실론의 앞에서 눈을 홉뜨고 있는 피머의 목에 가늘게 그려진 혈선이 보였다.

스르르.

피머의 몸이 바닥으로 무너졌다. 핸슨이 재빨리 다가와 피머의 몸을 받쳐 들었다. 피머의 목에 그어진 혈선이 점점 진해지며 그 사이로 굵은 핏물이 배어 나오기 시작했다. 그러나 피머는 할 말이 남은 모양이다. 피머의 입술이 고통스럽게 옴싹거렸다.

"그때… 대장님이… 누명을 썼을 때……"

"괜찮네, 피머. 말하려고 노력하지 말게."

핸슨이 안타까운 표정으로 피머를 말렸지만 피머는 마지막 안간힘을 다해 말했다.

"전… 누명… 인 걸… 알면서도… 감히… 나서… 지 못했… 습니다. 그… 때… 전… 비겁… 했습니다… 용서… 하십시… 오……."

그게 피머의 마지막 말이었다. 이제 피머의 목에서 흘러내린 피는 바닥을 흥건하게 적시고 있었다. 핸슨의 눈에서도 참지 못한 눈물이 흘러내렸다. 그리고 식어가는 피머의 몸을 꼭 부둥켜안았다.

"피머, 한순간도 자네를 원망한 적이 없었네. 난 자네가 자랑스러워. 자네는 내가 키운, 누구보다 훌륭한 기사였어."

붉게 물든 핸슨의 얼굴이 넝쿨 숲의 병사들에게로 향하자, 그들은 벼락이라도 맞은 사람처럼 자리에 굳어들었다.

"가서 전해라! 나, 해롤드 밀러! 더 이상은 잃을 것도 없고, 물러설 곳도 없고, 피할 이유도 없다고!"

3

손톱이 부스러지도록 땅을 파 피머를 묻어준 후 핸슨은 아무런 말도 하지 않았다. 핸슨의 새로운 모습에 묻고 싶은 게 백 가지도 넘을 테지만 유리 역시 차마 입을 열어 묻지는 못했다. 분위기상 핸슨에겐 말을 할 수 없다고 해도 이실론에게까지 말을 못할 이유는 없었다. 유리가 팔꿈치로 이실론의 옆구리를 쿡쿡 찔렀다. 이실론이 고개를 돌리자 유리가 손바닥을 쫙 펴서 내밀었다. 위기를 한 번 겪고 나니까 바보라고 놀리기만 하던 자신조차 친구로 여겨지는가 보다. 이실론이 감격스런 눈빛으로 유리의 손을 잡았다. 그런데 이런 반응이 올 줄이야! 유리가 오크Orc처럼 눈을 치켜뜨며 금방이라도 이실론을 잡아먹을 듯 으르렁거렸다. 영문은 모르겠지만 화해의 악수라고 생각하고 냉큼 손을 잡은 게 잘못된 모양이다. 핸슨 때문에 차마 소리는 지르지 않았지만 상하좌우 쉴 새 없이 돌아가는 유리의 눈이 열 가지도 넘는 욕을 퍼붓고 있는

것은 분명했다. 그래도 다행히 귀에 대고 소곤거리는 말은 한마디
뿐이었다.

"돈 내놔! 은화 세 개!"

이실론이 어깨를 움츠리며 역시 소곤거리는 목소리로 물었다.

"왜?"

"아까 내기에서 내가 이겼잖아!"

"난 내기한 적 없는데?"

"분명히 했어! 내가 핸슨이 이기는 데 은화 세 개를 걸었고, 넌
피머한테 걸었어."

"나도 핸슨이 이겼으면……."

이실론의 말은 더 이상 이어지지 않았다. 유리가 이실론의 귀가
찢어지도록 잡아당긴 것이다.

"돈— 내— 놔—!"

이실론은 찢어질 듯한 귀청은 제쳐두고 앞서가는 핸슨의 눈치
부터 살폈다. 그는 목숨을 걸고 싸움을 하는데 자신들이 내기나
하고 있었다는 걸 알면 얼마나 화가 날까? 다행히도 핸슨은 무슨
소린지 모르거나, 아니면 상관하고 싶지 않은 눈치였다. 그는 뒤도
돌아보지 않고 그냥 자신의 길만 재촉했다.

"휴우……."

이실론이 가슴을 쓸어 내리며 유리를 노려봤다. 정말이지 이것
만큼은 그냥 넘어갈 수가 없었다. 절망과 실의에 빠진 사람을 앞
에 두고 내기에 이긴 돈이나 챙기는 모습이라니. 더구나 그 사람
은 목숨을 걸고 그녀를 위기에서 구해줬던 사람이다. 이실론은 모
질게 마음먹었다.

"유리! 이러면 나쁜 사람이야."

　　모질게 마음먹고 내뱉은 말이 고작 이따위라니. 스스로 생각해도 한심함에 고개를 들 수 없을 지경이었다. 그 따위 말이 유리에게 통했을 리 없는 것은 너무나 당연했고.

　　"이 빌어먹을 놈이 남의 생돈을 떼먹으려 덤벼? 야, 너!"

　　이실론이 얼굴까지 빨개지며 유리의 입을 강제로 틀어막았다. 그보다 더 빠르게 움직인 이실론의 다른 한 손은 허리춤을 뒤져 은화를 꺼냈다. 유리의 동작이 이렇게 날쌜 줄이야……. 이실론의 손에 있던 은화는 번개처럼 유리의 손으로 넘어가 버렸다. 검을 이렇게 빨리 휘두르면 아까 싸움에서 제 몸 하나도 변변히 못 챙긴 채 허둥대는 꼴은 보이지 않았을 텐데.

　　'그녀가 정말 나와 연관된 사람일까?'

　　이실론이 믿고 싶지 않은 마음으로 유리를 쳐다봤다. 저 깊고 푸른 눈. 호수 안에 담겨진 두 개의 별처럼 그녀의 눈동자는 자신의 눈동자와 너무나 비슷했다. 그 눈동자를 보는 순간 어쩔 수 없는 기대를 품게 되는 것은 거부할 수 없었다.

　　하지만 손에 쥐어진 은화 세 개에 감격하고 있는 모습은 정말이지 그녀의 존재에 대한 회의를 느끼게 했다. 근데 이건 또 뭐야? 유리의 팔이 이실론의 어깨에 척 하고 걸쳐졌다.

　　"이실론, 아까는 정말 고마웠어."

　　유리도 마음먹으면 이렇게 다정하고 친절하게 말할 수 있는 사람이라는 게 놀라울 정도였다. 죽음의 위기를 함께 넘겨온 친구보다 은화 세 개를 나누어 주는 친구가 그녀에겐 더 소중한 사람인가? 바람 빠진 풍선처럼 이실론도 온몸에 힘이 쫙 빠지는 허탈감에 사로 잡혔다.

　　'정말로, 반드시, 꼭 그녀여야만 하나?'

　지금이라도 대안이 있다면 어떤 대가를 치르고서라도 그 방법을 택하고 싶었다. 이런 생각에 사로잡혀 있는 이실론은 그녀가 무엇을, 왜 고마워하는지까지는 생각하지 못했다.

　"근데 이실론, 아까 그 병사 말이야, 분명히 갑옷을 입고 있었잖아?"

　"듀리안!"

　핸슨이 갑자기 소리를 버럭 지르며 유리의 말을 막았다. 유리는 왜 부르느냐는 표정으로 턱을 쭈욱 내밀었지만 이실론은 온몸이 바짝 움츠러들었다. 만약 핸슨이 지금까지 우리가 하던 일들을 모두 의식하고 있었다면? 미안함과 민망함과 부끄러움에 쥐구멍이라도 찾아 들어가야 할 판이었다. 하지만 핸슨의 입에서 어떤 말이 나올지 초조하기만 한 이실론과는 달리 태연하기 이를 데 없는 유리는 천연덕스럽게 묻기까지 했다.

　"왜요?"

　"그 말은 하지 않는 게 좋겠다."

　"뭘요?"

　"그 병사 얘기 말이야."

　이실론과 핸슨을 번갈아 바라보는 유리는 잠시 고민에 빠진 것 같았다. 이실론은 그들이 무슨 말을 하는지 궁금해하지 않았다. 그저 핸슨의 관심사가 내기 얘기가 아니라 다행이었고, 유리가 더 이상 핸슨의 심기를 건들지 않았으면 하는 생각뿐이었다. 미련이 남는지 몇 번 입맛을 다시긴 했지만 유리는 의외로 순순히 핸슨의 말을 따랐다.

　"알았어요."

　이실론은 허파까지 들썩이는 안도의 한숨을 간신히 속으로 되

삼켰다.

　오후 내내 유리는 입을 다물고 있는 시간보다 떠들고 있는 시간이 더 많았지만 핸슨을 자극하는 말은 더 이상 없었다. 덕분에 핸슨은 침묵 속에 오후를 보낼 수 있었다. 날이 어두워지기 시작하자 핸슨의 걸음이 늦춰지며 주위를 두리번거리는 시간이 많아졌다. 밤을 지낼 적당한 장소를 찾기 위해서였다.

　"대충 아무 데나 자리 잡아요. 뱃가죽이 등가죽에 달라붙겠어요."

　유리의 말이 있고서야 이실론은 오늘 하루 종일 한 끼도 먹지 못했다는 것을 깨달았다. 자신이야 그렇다 쳐도 핸슨에겐 결코 쉬운 일이 아니었을 것이다. 어제 보았던 왕성한 식욕을 생각하면 말이다.

　"그러잖아도 이제 다 온 것 같은데……."

　주춤주춤 앞으로 몇 걸음 더 가던 핸슨이 멈춰 섰다. 그의 발 아래로 작은 옹달샘이 소리없이 흐르고 있었다.

　"그래도 물은 있어야 되지 않겠나?"

　핸슨이 옹달샘 옆의 작은 공터에 자리를 잡았다. 그 옆에 풀썩 소리까지 내며 주저앉은 유리가 물었다.

　"불을 피워도 될까요?"

　"그래, 당장은 쫓아오지 못할 테니까 오늘은 불을 피워도 될 것 같구나. 나는 가서 토끼라도 한 마리 잡아 오마."

　이실론은 핸슨이 다시 숲 속으로 들어가는 모습을 물끄러미 바라봤다. 왠지 가슴 한구석이 뻥 뚫리는 것 같은 허전함이 느껴졌다. 이제 넉살 좋게 허허거리며 유리와 아웅대던 핸슨의 모습은 보지 못할 것만 같았다. 지금 그들과 함께 있는 사람은 떠돌이 검

사 핸슨이 아니라 해롤드 밀러란 이름을 가진 신분 높은 사람이
고, 그는 언제라도 자신들을 떠날 수 있는 사람이라는 생각이 들
었던 것이다. 상념에 잠겨 있는 이실론을 깨운 것은 유리였다.

"뭐 해? 가서 장작이라도 주워 오지 않고!"

목청이 커진 것을 보니 은화 세 개의 위력은 벌써 사라진 모양
이다. 이실론은 말없이 몸을 일으켰다.

하루 종일 굶어 오그라져 있던 위는 고기가 들어오는 것을 별
로 반가워하지 않았다. 물론 이실론만의 얘기다. 핸슨이야 워낙 식
욕이 왕성한 사람이라 그럭저럭 고기를 씹어 삼키고 있다지만 유
리는 경우가 달랐다. 그녀는 난생처음 고기 구경을 하기라도 하는
사람처럼 허겁지겁 게걸스럽게 먹어 치웠다.

"천천히 먹어. 그러다 체하면 어떡할려고."

"걱정도 팔자야. 못 먹어서 병 난 적은 있어도, 잘 먹어서 탈난
적은 없으니까 걱정 마."

결국 토끼의 오동통한 뒷다리 두 개와 토실토실한 엉덩이 살,
그리고 쫄깃쫄깃한 목살까지 모두 그녀의 차지였다. 마지막으로
유리는 옹달샘에 아예 머리를 박고 물을 마시는 것으로 식사를
끝냈다. 그리곤 옹달샘 옆의 커다란 나뭇등걸에 비스듬히 누워 기
분 좋게 배를 두드리며 아주 흡족한 표정을 지었다.

"핸슨."

유리가 핸슨을 부르는데 괜히 이실론이 흠칫했다. 그녀의 입에
서 또 어떤 소리가 튀어나와 핸슨의 심기를 불편하게 만들지 모
르기 때문이다.

"핸슨은 어디서 그런 검술을 배웠어요?"

과거와 관련된 유리의 질문을 핸슨이 반가워할 리 없었다. 이실
론은 조마조마한 심정으로 핸슨의 표정을 살폈다. 다행히도 핸슨
은 인상을 찌푸리거나 화를 내지는 않았다. 물론 대답도 하지 않
았지만. 문제는 그런데도 유리는 말을 멈추지 않는다는 점이었다.
성격이 나쁘면 눈치라도 있어야 할 텐데.

"나한테 좀 가르쳐 주면 안 돼요? 내가 제자 해줄게요."

제자로 받아달라는 것이 아니라 자기가 제자를 해주겠다니. 이
실론이 생각하기에는 둘 중 하나였다. 유리는 도무지 어법에 맞는
말을 구사할 줄 모르거나, 아니면 도무지 도리에 맞는 사고를 할
능력이 없거나. 아니, 분명 후자였다. 이어지는 유리의 말이 그걸
증명해 줬으니까.

"그럼 날 유리로 부르도록 허락해 줄게요."

유리가 이렇게까지 얘기했으니까 이제 핸슨은 고마워하며 그녀
를 제자로 맞아야 하는 걸까? 이실론은 결국 웃고 말았다. 그녀의
말 한마디, 행동 하나에 일일이 신경을 쓴다는 것은 정말이지 의
미없는 일이었다. 핸슨도 그렇게 생각하는가 보다. 피머 대장과의
싸움 이후, 핸슨의 표정에 처음으로 변화가 생긴 것이다. 희미하지
만 그도 웃고 있었다. 유리는 가능성이 있다고 판단했는지 최후의
카드를 꺼내듯 비장하게 말했다.

"나를 마누라로 삼겠다는 말도 취소시켜 줄게요."

"푸훗……."

핸슨의 입에서 바람이 새어 나오더니 이내 호탕한 웃음소리로
변했다.

"훗훗훗… 하하하하… 핫핫핫핫……!"

정말 웃겨서 웃는 걸까? 아니면 저렇게 웃기라도 해서 슬픔을

잊어보려는 걸까? 핸슨의 웃음을 보며 헤벌쭉 따라 웃는 유리와
는 달리 이실론은 괜히 저려오는 가슴에 고개를 돌렸다.

"유리⋯ 유리라 부르도록 허락해 준단 말이지? 거기다 너를 마
누라로 삼겠다는 말도 취소하도록 해주고?"

핸슨의 응답이 있자, 유리는 몸까지 벌떡 일으키며 눈빛을 번뜩
였다.

"그럼요."

"근데 한 가지 물어보자. 넌 도대체 무슨 생각으로 포트리아 기
사단 시험에 응시했던 거냐?"

"난 용병이 되려고 고향을 떠나왔어요. 젠장! 근데 누구 하나
날 용병으로 써주는 사람이 있어야 말이죠."

"당연하지. 그 실력으로 용병을 하겠다고 생각한 게 더 웃기는
구나."

"이러지 말아요. 핸슨은 아직 진짜 내 실력을 못 봤잖아요!"

"정말 어디다 실력을 숨겨두긴 하고 하는 소리냐?"

"핸스으은—!"

유리가 소리를 버럭 지르자 핸슨이 손을 내저으며 진정시켰다.

"그래, 계속 얘기해 봐라."

"뭘 계속 얘기해요? 그래서 포트리아 기사단 시험에 응시했던
거죠. 포트리아 기사단 출신이라는 타이틀만 있으면 용병으로 떼
돈을 벌 테니까."

어떤 사람이라도 유리와 열 마디 이상을 나누면 웃을 수밖에
없을 것이다. 아니면 화를 내거나. 핸슨과 이실론은 모두 웃었다.

"포트리아 기사단이 되기 위해 용병으로 경험을 쌓는다는 사람
은 봤어도 용병이 되려고 포트리아 기사단에 가입한다는 사람은

내 평생 처음 본다."

"모든 사람이 똑같이 생각하고, 똑같이 행동할 필요는 없잖아
요?"

말은 바른 말인데 이런 경우에도 해당되는 말인가? 굳이 따져
볼 필요는 없을 것 같다. 어차피 유리가 하는 말의 대부분은 상식
적인 논리로는 설득되지 않는 말이니까.

"그래서 넌 특별하게 행동하려고 실력이 안 되는 걸 알면서도
당당하게 포트리아 기사단 시험을 봤단 얘기냐?"

그런데 핸슨은 잔인하게 그녀의 말을 상식적인 논리로 풀어놓
았다. 그것도 아주 간단히, 정확한 핵심을 집어서.

유리는 금세 풀이 죽은 채 한숨만 푹푹 내쉬었다.

"진짜 검을 든 것도 얼마 안 됐고, 말은 그때 처음 타봤어요. 그
렇게까지 망신을 당할 줄은 몰랐죠."

그녀도 자신의 실력을 알고 있긴 했던 모양이다. 하긴 모를 수
가 없지. 자신의 입으로 진짜 검을 든 게 얼마 전이라고 실토하고
있으니까.

"아빠는 그랬어요. 적을 이길 수 있다는 자신감만 있으면 이미
절반은 이긴 셈이라고……."

"훌륭한 말씀이구나."

"그럼요. 아빠는 언제나 미소 지으며 주위 사람들의 고민을 들
어주곤 했어요. 비록 가난했지만 마을 사람들 모두 아빠를 존경했
었어요."

"아빠가 보고 싶니?"

유리의 파란 눈동자가 그리움을 가득 담은 채 밤하늘을 향했다.

"너무 많이요. 저기 북쪽 하늘에 피싱카의 별이 보이죠? 아빠가

가장 좋아했던 별이에요. 아빠는 피싱카만큼 대륙에 많은 영향력을 끼쳤던 존재는 없다고 했어요. 진정으로 강하고 위대했던 드래곤이랬어요. 그래서 밤하늘에서도 가장 크게 빛나고 있고. 우린 피싱카의 별에 서로의 모습을 담아놨어요. 내가 떠나올 때 아빠는 내가 보고 싶으면 피싱카의 별을 볼 거라고 했어요. 나도 아빠가 보고 싶으면 피싱카의 별을 보면 됐대요. 그 별빛이 우리의 마음을 전해주고 지켜줄 거랬어요."

별빛을 받는 유리의 눈동자는 수정처럼 맑았고, 사파이어보다 푸르렀으며, 끝없이 펼쳐진 바다보다도 넓었다. 그 안에 담긴 것은 아빠를 사랑하고 그리워하는 여린 소녀의 그리움이었다. 그녀의 눈빛은 세상의 그 어떤 것보다 아름다웠다. 이실론도 유리를 따라 밤하늘의 별들을 바라봤다. 어쩌면 자신을 그리워하는 누군가도 저 별들을 바라보며 자신을 떠올리고 있을지 모른다. 그러니까 자신도 유리처럼 별들 속에 자신의 모습을 담아두려는 것이다. 말없이 두 사람을 지켜보던 핸슨이 유리를 향해 조심스럽게 물었다.

"왜 아빠를 떠나왔는지 물어도 될까?"

유리의 시선이 밤하늘을 떠나 천천히 핸슨에게로 옮겨갔다.

"아빠는 지금 많이… 아파요."

반쯤은 누워 있던 핸슨의 몸이 벌떡 세워졌다.

"어디가?"

마치 오래전 헤어진 친구의 안부를 묻는 사람처럼 핸슨의 짧은 말엔 안타까움마저 느껴졌다. 남의 일에 무관심한 척하지만 마음으론 정이 많은 사람인 모양이다.

유리는 대답하지 않았다. 대신 핸슨이 말했다.

"그래서 용병이 되려는 거니? 아빠의 치료비를 장만하기 위해?"

유리는 고개를 끄덕거렸다.

"여자가 돈을 벌 수 있는 방법은 두 가지밖에 없더라구요. 창녀가 되거나 유명한 용병이 되거나……."

이실론은 갑자기 유리가 한없이 가엾게 여겨졌다. 저 어린 소녀가 무작정 검을 들고 집을 나설 때 그 심정이 얼마나 절실하고 안타까웠을까? 그리고 자신의 실력으론 아무것도 할 수 없다는 것을 알았을 때, 절망감은 또 얼마나 컸을까? 아차, 은화 세 개! 이실론은 번개라도 맞은 사람처럼 몸을 떨었다. 갑자기 주먹으로 자신의 머리통을 쥐어박았다. 그녀는 돈만 밝히는 못된 여자가 아니라 너무나 절실히 돈을 필요로 하는 가엾은 여자였는데, 자신은 아무것도 모르면서 내내 마음속으로 유리를 헐뜯어 버렸다. 그런 이유라면 은화 세 개가 아니라 금화 세 개라도, 아니, 주머니에 있는 돈을 몽땅 줘버려도 하나도 아깝지 않았다.

"유리, 내게 돈이 좀 있는데……."

이실론이 허리춤에 묶여져 있는 주머니를 통째로 꺼내 유리의 앞으로 내밀었다. 세어보진 않았지만 동전보다 은화가 많고, 은화보단 금화가 많다. 그리고 주머니는 충분할 만큼 묵직했다. 그 정도 돈이면 마을 주민이 몽땅 병에 걸렸다 해도 충분히 고치고도 남을 돈이다. 그런데 유리의 반응은 전혀 의외였다.

"이실론, 뭐 하는 짓이야!"

"나보다는 네게 더 필요할 것 같아서……."

"동정 따윈 필요없어. 구걸을 할 생각도 없고. 난 내 힘으로 아빠의 병을 고쳐 줄 거야. 그게 내가 검을 든 이유란 말이야!"

유리가 목청만 높이면 이실론은 한마디의 반격도 하지 못했지만 이번엔 물러서지 않았다. 오히려 유리보다 더 목청을 높여 소리쳤다.

"병이라는 건 고쳐야 할 시기가 있는 거야! 그 시기를 놓치면 고칠 수 있던 병도 고칠 수 없는 병이 될 수 있다고! 너의 자존심을 아빠의 목숨과 바꿀 셈이야?"

"그렇다고 해도 이름도 나이도 제대로 모르는 너 같은 놈의 돈을 받을 순 없어!"

유리의 외침에 이실론의 창백한 얼굴이 석상처럼 굳어버린 채 멍하니 유리가 한 말을 다시 읊조렸다.

"이름도… 나이도… 제대로 모르는 놈……. 그래, 그게 바로 나지."

이실론의 고개가 힘없이 바닥으로 떨궈졌다. 그런 놈이 건네는 돈은 누구라도 덥석 받지 않을 것이다. 아무리 친절을 베풀어도 낯선 사람은 낯선 사람일 뿐이니까.

"이실론… 미안해. 그런 뜻이 아니었어. 너도 가족을 찾아야 하잖아. 그 돈으로 사람을 사서 수소문을 하면 쉽게 찾을 수 있을 거야. 난 무슨 일이든 할 수 있지만 넌 아니잖아. 어서 가족을 찾아. 여행은 너에게 어울리지 않아……."

너무나 우울해져 버린 두 사람의 모습에 보다 못한 핸슨이 끼어들었다.

"필요없는 말씨름을 하는구나. 이렇게 하면 어떻겠니? 듀리안, 네가 이실론의 가족을 찾아주면 되잖니? 물론 호위 무사 역할도 해주고."

"하지만 전 그럴 만한 실력이……."

핸슨이 유리의 말을 간단히 막았다.

"이런, 내 제자가 풀이 죽은 채 스스로 실력이 없다고 말하다

니? 제자 수칙 제1호! 어떤 경우에도 약한 모습은 보이지 않는
다!"

유리가 어색하게 웃으며 핸슨의 말을 나직이 따라했다.

"어떤 경우에도 약한 모습은 보이지 않는다."

"그래, 그래야 이 핸슨의 제자라고 할 수 있지. 자, 어서 이실론
이 주는 돈을 받아라. 그 돈으로 아빠를 치료하는 동안 내게 검술
을 배우면 돼. 그 후에 함께 이실론의 가족을 찾아주자."

"그럼, 핸슨은 너무 손해를 보잖아요."

"너를 마누라로 삼겠다는 말을 취소시키게 해주겠다며? 그건
돈으로도 따질 수 없는 일이지. 암, 그렇고 말고."

유리와 핸슨은 함께 활짝 웃었다. 그러나 이실론은 따라 웃지
않았다. 그녀는 아직 중요한 걸 묻지 않았다. 왜 자신을 지하 감옥
에서 탈출시켜 줬는지, 그리고 이제 어디로 가려고 하는지…….

말을 해야 할까? 이실론은 잠시 망설였지만 유리의 환한 얼굴
을 보자 이내 마음을 접었다. 선택은 그녀가 하겠지만, 우선은 그
녀의 아빠를 치료하는 게 순서다. 어차피 이실론 스스로도 정말로
그곳에 가야 하는지, 또 그곳에서 자신이 무엇을 하려는지 알지
못하는데 벌써부터 그녀에게 고민거리를 주고 싶지는 않았다. 무
엇보다 모처럼 환하게 웃고 있는 유리의 행복한 얼굴을 지우기
싫었다.

이제 밤은 깊어졌다. 두 번째 밤이다. 타인이 아닌 동료가 되어
있는 세 사람의 첫 번째 밤이기도 했다.

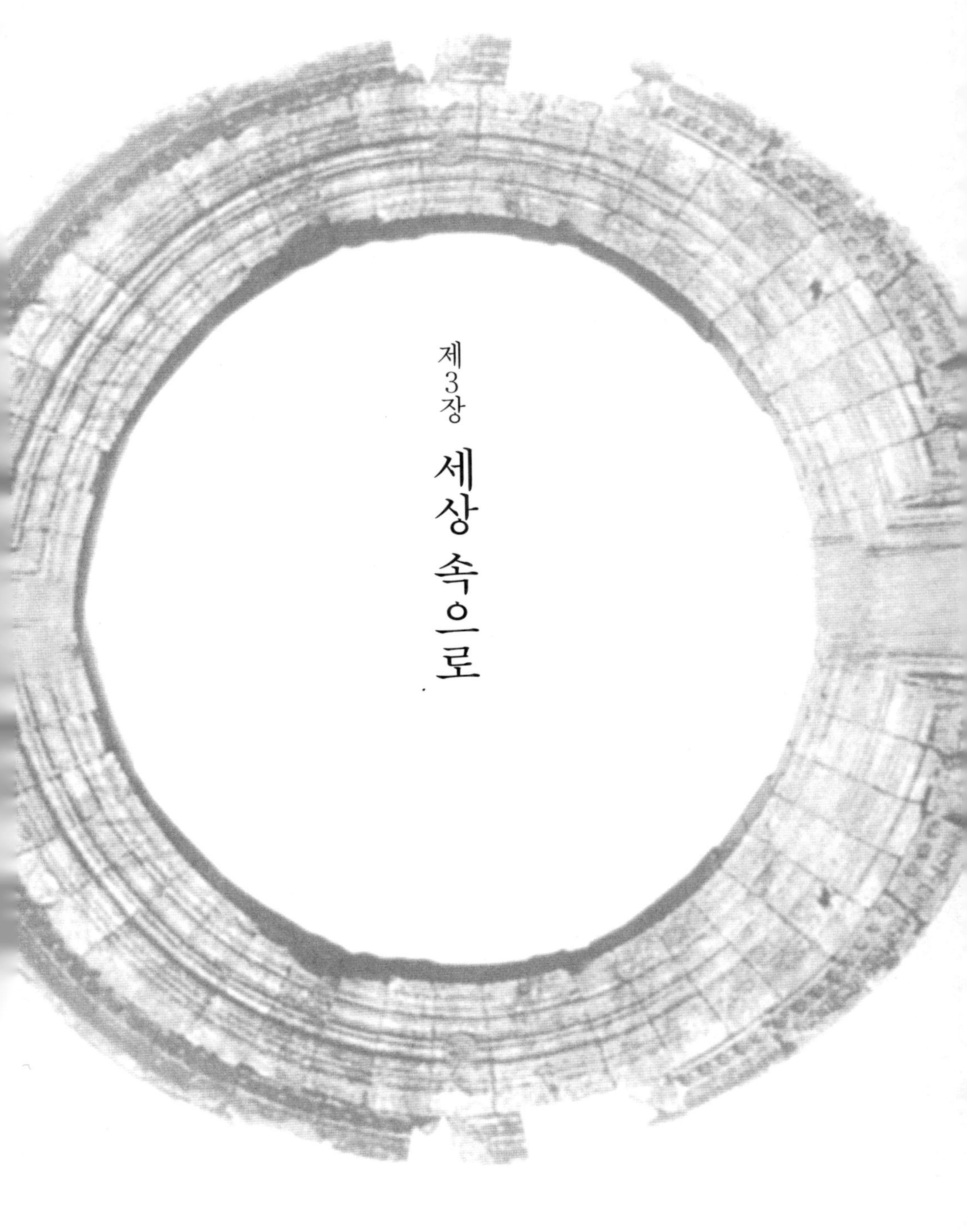

제3장

세상 속으로

1

인간의 성장이 꼭 사회라는 울타리 안에서 이루어지는 것은 아니다.

사회는 개인을 보호하는 담장이기도 한 동시에 개인을 구속하는 사슬이기도 하다.

사회 안에 소속된 인간은 대의(大義)라는 명분 아래 개인의 희생을 강요당하기도 하고, 공론(公論)이라는 구실 하에 개인의 의견을 묵살당하기도 한다.

귀족과 천민으로 양분되는 계급 사회 또한 개인의 발전을 경계 짓는 장애가 된다. 게다가 마법사도, 주술사도, 성직자도 존재하지 못한다. 인간의 사고를 발전시키는 기능 자체가 봉쇄되었기에 그들의 발전에는 더더욱 한계가 있을 수밖에 없다.

그들이 가진 힘은 '우리'라는 공동체 의식과 '경험'이라는 행동의 다양성뿐이다.

유감스럽게도 나조차 그들이 말하는 '우리'와 '경험'을 무시할 수는 없다. 내가 이실론을 내놓을 수밖에 없었던 이유 또한 거기에 있다.

그 아이에게 필요한 마지막 준비는 '우리'를 지켜낼 '경험'이었다.

해롤드 밀러가 그 아이에게 진실을 말하지 못할 것은 너무나 쉽게 짐작할 수 있는 일이었고, 그럼에도 불구하고 목숨을 걸고 그 아이를 지켜야 하는 것은 본능이자 의무이자 사명일 것이다.

한 가지 불안한 것은 해롤드 밀러에 의해 이실론의 기억과 경험이 다른 방향으로 깨어날지도 모른다는 일이었다.

그래서 나는 라리사를 보냈다.

라리사는 이실론을 지켜낼 것이다. 나의 이실론으로, 나를 위한 이실론으로, 우리 모두를 위해 희생해야 할 이실론인 채로.

…(중략)…….

감정은 이성보다 앞서고, 사랑은 의지로 통제될 수 없는 것인가?

라리사도 이실론을 사랑한다는 것이 조금은 마음에 걸린다.

'정복자의 일기'라 이름 붙은 미완의 기록에서 발췌.

"와아—!"

은빛 노을의 강에 도착한 감동을 유리는 너무나 간단히 표현했다. 사이드리스 숲을 지나오는 지난 4일 간 유리가 한 말 중 가장 짧았지만 가장 적절한 표현이기도 했다. 하지만 유리는 역시 유리! 이 장엄한 강의 신비하도록 아름다운 광경을 집약한 그녀의 한마디는 이랬다.

"강물이 은색이잖아!"

눈이 아리도록 맑고 투명한 수면은 태양의 찬란한 광휘를 받아 마치 거울처럼 눈부신 은색으로 빛나고 있었다. 그 잔잔하고 은은한 물결은 곱게 짜여진 양모 이불처럼 아늑해 보였다.

은빛 노을의 강은 찬란한 자연의 축복이자, 포트리몬 왕국을 위한 풍요로운 젖줄이었다. 그래서 포트리몬 국민은 작은 보답의 의미로 죽은 몸을 은빛 노을의 강에 내어준다. 죽은 자의 육신을 거두어 새로운 생명으로 탄생시켜 주기를 바라는 의미였다. 은빛 노을의 강에 인접해 있는 대부분의 마을에선 죽은 사람을 수장했고, 그들은 수장을 선택받은 특권으로 여겼다. 포트리몬 국민은 은빛 노을의 강에서 태어나 은빛 노을의 강으로 되돌아가는 것이다. 그런데…….

"설마 이 강을 처음 보는 건 아니겠지?"

"얘기했잖아요. 내 고향은 솔리턴이라고. 솔리턴과 은빛 노을의 강 사이엔 라이즈셋 협곡이 놓여 있다구요."

"나 같으면 라이즈셋 협곡을 넘어서라도 은빛 노을의 강은 봤겠다."

"어차피 지금 보고 있잖아요. 라이즈셋 협곡을 넘었더라면 지금쯤 후회하고 있겠죠. 이렇게 쉽게 볼 수 있는 걸 왜 그 고생을 했었나 하고."

포트리몬 왕국의 정신적 토양인 이곳이 유리에겐 그냥 보기 좋은 구경거리밖에 되지 않는 모양이다. 그런 유리에게 더 이상 무슨 말을 하랴.

"하긴 솔리턴이 은빛 노을의 강에서 가장 멀리 떨어져 있는 마을이긴 하지."

"핸슨도 우리 마을을 알아요?"

핸슨이 이실론의 어깨를 감아쥐며 앞쪽으로 걸음을 옮겨 나갔다.

"안 다녀본 데가 없으니까 어디에 있는지 정도는 안다."

유리는 고향 이름만으로도 신이 났는지 깡충 걸음으로 뒤따라오며 외쳤다.

"와본 적은 없구요?"

성큼성큼 앞서 가던 핸슨이 갑자기 걸음을 멈추며 뒤돌아섰다.

"우리가 어디로 가는지 궁금하지 않냐?"

"아차! 솔리턴은 강길을 따라갈 수 없는데… 가장 가까운 길은 트래버스 대로를 따라가는 거지만 쫓기는 처지에 그리로는 갈 수 없고……."

이실론은 주머니에서 지도를 꺼내 살폈다.

은빛 노을의 강은 포트리몬의 서부 외곽을 따라 대륙을 가로지르는데, 유리의 마을인 솔리턴은 포트리몬의 동쪽 기슭에 자리 잡고 있었다. 게다가 유리의 말대로 라이즈셋 협곡까지 사이에 있어 강을 따라서 가기에는 무리로 보였다.

"우리는 강을 따라가는 게 아니라 강을 건너 웨이트가드로 갈 거다."

"엣? 거기는 퀸츠 왕국이잖아요!"

"아니지. 퀸츠 왕국과 가까이 있다 뿐이지, 웨이트가드는 엄연히 중립령의 도시다."

"그래봤자 웨이트가드에 있는 포트리몬 사람은 도망친 범죄자나 돈독 오른 상인들뿐이라면서요?"

"우리도 도망치는 범죄자잖냐."

당연하다는 듯 말하고 핸슨은 다시 앞장서기 시작했다.

몇 발자국 뒤에서 엉거주춤 따라가던 이실론이 조심스럽게 물었다.

"우리가 강을 건너려는 걸 그들도 알지 않을까요?"

핸슨이 간단히 대답했다.

"당연히 알겠지."

"그런데 왜 아무도 없죠?"

이실론의 지적대로 나루터에는 한 명의 기병대도 보이지 않았다.

"그들은 나의 정체가 밝혀지는 것도 원하지 않겠지만, 내가 탈옥했었다는 사실은 더 더욱 알리고 싶지 않을걸? 장담이야 못하겠지만 사람들이 많은 곳에서는 함부로 움직이지 못할 거야."

드디어 유리가 노려왔던 기회다.

"왜요?"

말꼬리를 잡으며 핸슨의 과거를 캐보려는 것이다.

"제자 수칙 제2조, 사부의 과거를 궁금해하지 말아라!"

"피이~ 그런 제자 수칙이 어딨어요? 왜~ 요옹?"

이젠 아예 콧소리까지 섞어가며 물었다. 콧소리도 콧소리 나름이지, 유리가 내는 콧소리는 보통의 여인들이 내는 교태 섞인 감미로운(?) 음성보다 성난 코뿔소가 잠시 숨을 삭이는 소리에 가까웠다.

"유리, 미안하지만 아직은 아무것도 말해 줄 수가 없구나. 하지만 곧 말해 줄 수 있을지도 모르지. 그때까진 궁금해도 좀 참기로 하자. 그렇게 궁금해할 뭔가가 있는 것도 아니고……"

유리의 교태(?)는 당연히 핸슨의 대답을 끌어내지 못했지만 그래도 놀랄 만큼 정중한 대답을 얻어냈다. 근데 별로 소용은 없었

다. 정중한 거절로 뿌리칠 수 있는 사람이 있는가 하면 욕을 먹어
도 차라리 주먹 한 방으로 입을 막아버리는 것이 나은 사람도 있
는 법이다. 그리고 정중한 거절로도 매서운 주먹으로도 막아버릴
수 없는 입이 바로 유리의 입이었다.

"그러니까 이렇게 궁금해할 뭔가도 없는데 왜 말해 줄 수 없냔
말이에요?"

"유리, 핸슨이 말하고 싶지 않으면 말하지 않아도 되는 거야. 말
하기 싫은 걸 억지로 들으려고 하는 건 상대방에 대한 예의가 아
니잖아."

이실론의 이따위 말을 들어줄 유리가 아니었다.

"젠장! 누가 너한테 물었어? 왜 니가 끼어드는 거야? 너의 과거
가 지워져 버렸다고 핸슨의 과거까지 중요하지 않은 건 아니잖
아! 칠칠치 못하게 과거를 잃어버린 사람은 잃어버린 거고, 그렇
지 않은 사람의 과거라면 함께 나누어야 할 의무가 있는 거라고!
왜냐? 우린 동료니까!"

말하지 않겠다는 동료의 과거를 굳이 캐묻는 게 진정한 동료로
서의 자세일까? 하긴, 이런 생각은 해서 무엇하나. 유리의 입에서
나온 소리를 가지고……

어차피 유리야 천하제일의 뻔뻔쟁이인데. 그럼 핸슨은 천하제일
의 배짱쟁이라고 해야 하나? 이실론 자신은… 그야 천하제일의
겁쟁이지.

핸슨은 아무도 속지 않을 상인 행세를 하며 웃돈까지 얹어주고
웨이트가드로 가는 배를 구했다. 객실이 없는 배는 죽어도 타지
않겠다는 유리의 고집도 그들의 목적지가 웨이트가드라는 이유에

꺾일 수밖에 없었다. 핸슨이 구한 배는 다섯 명 정원의 돛단배였고, 당연히 객실은 없었다. 그래도 다행이 의자와 그늘은 있어 불편한 대로 그들의 목적지인 웨이트가드까지의 이틀 여행은 버틸 만했다.

세 달을 쉬지 않고 내렸다는 아나리온의 눈물(레스틴 왕조 후기의 대홍수)에도 은빛 노을의 강은 범람하지 않았었고, 포트리몬 왕국보다도 더 오랜 역사를 자랑했던 플라터니의 뿌리까지 뽑아버린 쇼쉬윈 태풍 때도 강물은 대륙을 침범하지 않았다고 한다. 게다가 강상(江上)은 한여름에도 덥지 않고 한겨울에도 춥지 않았다. 덕분에 아무리 긴 여행이라도 그늘을 만들어주는 지붕과 다리를 뻗을 공간만 있으면 별 무리 없이 여행할 수 있었다.

그런데 예상치 못한 심각한 문제가 생겼다. 배에 오른 지 세 시간도 지나지 않아 시작된 유리의 불평.

"나 화장실 가고 싶어."

한 두어 시간은 더 참았지만 이젠 더 이상 참을 수가 없는 모양이다. 얼굴이 누렇게 뜬 유리가 고래고래 소리를 지르기 시작했다.

"화— 장— 실— 가— 고— 싶— 어—!"

천하제일의 배짱쟁이(그러고 보니 이건 유리에게도 해당되는 말인데?) 핸슨이라 해도 그녀에게 그냥 볼일을 보라고 말하지 못했고, 천하제일의 뻔뻔쟁이 유리라도 그냥 볼일을 보겠다고 말하진 못했다. 천하제일의 겁쟁이는 일찌감치 붉어진 얼굴로 죄없는 바닥만 뚫어져라 쳐다보고 있고.

참다 못한 유리가 사공에게 소리쳤다.

"아저씨! 배 세워요!"

이게 어디 마차라야 세우란다고 세우지. 강 한가운데서 배를 세우면 간이 화장실이 있는 것도 아닌데. 그런데도 유리는 죄없는 사공을 향해 소리를 질러댔다.

"배 세우란 소리 안 들려요? 배 세우라니까요!"

다행히도 성격 좋은(?) 사공은 신경질을 내는 대신 미소로 대답했다.

"거, 대충 해결하쇼. 보고 싶은 마음 없으니……."

유리의 입조차 쩍 벌어지게 만든 사공이다. 이실론은 사공 아저씨에게도 적합한 표현을 생각했다. 천하제일의 느끼쟁이.

결국 유리는 해결(?)했다. 뭐, 강물에 약간의 오염이 가해졌다 해도 워낙 거대한 강이니 이해해 줄 것이다. 대신 강물에 흠뻑 젖은 유리는 젖은 옷을 짜며 여전히 풀리지 않는 분으로 씩씩댔다.

"돈이 없어서 돛단배를 탈 수밖에 없었다면 억울하지도 않아. 이게 뭐야? 배 꼬랑지에 매달려 볼일을 보다니…… 젠장! 이게 어디 숙녀에게 시킬 짓이냐고? 우라질! 큰 거였으면 어쩔 뻔했어?"

역시 천하제일의 뻔뻔쟁이는 뭐가 달라도 달랐다. 이실론 같으면 자기 입으로 그 일을 떠벌리는 일은 죽어도 하지 못할 텐데, 유리는 화가 난다는 이유로 하지 말아도 될 말까지 자기 입으로 다 하고 있었다.

다행인 것은 하루가 지나자 세 사람 모두 대자연의 화장실(?)에 익숙해졌다는 사실이다. 인간의 가장 원초적 욕구를 가장 자연 친화적 방법으로 해결하다 보니 어느새 그 일이 오락처럼 여겨지기까지 했다. 이제는 볼일을 보고 옷이 헹구어질 시간이 훨씬 지나도 물장구를 치며 배 꼬랑지에 여전히 매달려 놀고 있는 유리를 보며 사공이 감히(?) 장난을 걸었다.

"그러다 켈피Kelpie의 부름이라도 받으면 어쩔려고 그러우?"

"켈피라니요? 켈피가 아직도 강에 있단 말이에요?"

"말뿐인 줄 아시우? 얼마 전에도 강을 유람하던 모녀가 켈피의 부름을 받고 대낮에 물로 뛰어든 사건이 있었수. 숲 속의 몬스터들이야 거의 남쪽으로 이동했다지만 물속의 몬스터까지 남쪽으로 내려갈 필요가 있겠수?"

유리의 몸이 거의 수직으로 튕겨져 배 위로 올라왔다.

"이보세요, 느끼한 사공 아저씨! 그럼 물속에 켈피가 있는데도 나보고 물속에 들어가 볼일을 해결하라고 그랬단 말이에요?"

"다른 방법이 없었잖수. 남들도 다 그렇게 하는데 뭘 그러시우?"

유리의 입에서 상소리가 튀어나오기 직전이었다.

"유리, 은빛 노을의 강은 신성한 곳이다. 평화를 헤치는 몬스터 따위는 없어."

"핸슨이 물속에 들어가 뒤져 보기라도 했어요? 그걸 어떻게 장담해요?"

"허어히."

사공의 입에서 참 희한한 소리가 샜다. 유리의 반응이 재밌어서가 아니라 어이가 없어서 나온 것 같은… 아마 헛바람인 모양이다. 사공만큼은 아니지만 핸슨 역시 기가 막히다는 투로 말했다.

"이곳은 엘프Elf의 땅이니까."

유리가 주위를 두리번거렸다.

"엘프가 있다구요?"

핸슨이 숨을 크게 들이켰다. 긴말을 한꺼번에 하려고 산소를 모으는 중인가 보다.

"유리! 유리! 아무리 산골 마을에 처박혀 눈도 귀도 닫고 살며

책 한 권 읽어보지 않고, 아버지든 어머니든 하다 못해 지나가는 동네 아저씨에게조차 옛날 얘기 한번 들어보지 못한 불행한 유년 시절을 보낸 데다, 여행가나 모험가 비슷한 사람 한 명 만나보지 못했다 해도 포트리몬 왕국의 시민이면 이곳이 엘프의 땅인 것 정도는 알아야 하지 않겠냐?"

"난 모르는데요."

유리는 멍한 표정으로 이실론을 쳐다봤다. 이실론은 더 멍한 표정으로 유리를 쳐다봤다. 포트리몬 왕국에서 포트리아 기사단조차 모르는 이실론에게 엘프의 땅이라니. 최소한 지난 20일 간은 들은 적이 없었다.

핸슨은 체념했다. 유리가 아는 것이라곤 돈과 욕과 밥뿐인 것 같으니까.

"그럼 에밀리아가 황금 초원을 일군 것에 대해서는 아냐?"

유리는 당당하게 고개를 저었다.

"그럼, 레드 드래곤 에라다누스Eridanus와 골드 드래곤 정복자의 일기가 싸운 일도 모르겠네?"

'레드 드래곤 에라다누스?'

핸슨의 입에서 그 이름이 나오자 이실론의 가뜩이나 창백한 얼굴이 더욱 하얗게 변했다. 다행히도 유리의 호들갑 덕분에 이실론의 표정에 주목하는 사람은 없었다.

"하아핫! 그럴 리가 있나요? 최강의 드래곤들이 부딪쳐 대륙의 절반을 잿더미로 만들어 버린 대륙 최고의 사건을 어떻게 모를 수 있겠어요?"

대륙의 절반이 잿더미가 되어버린 사건을 신이 나서 떠들 수 있는 건가? 그런데 유리는 신이 났다. 침까지 튀겨가며 목청을 높여갔다.

"에라다누스는 남쪽 대륙의 흉폭한 지배자였고, 카시오페아는 북쪽 대륙의 온화한 지배자였죠. 근데 에라다누스의 횡포와 난동에 남쪽 대륙에는 곡물도, 보석도, 사람도 도무지 남아나질 못했어요. 그래서 사람들은 북쪽으로 이동하기 시작했고, 광분한 에라다누스가 남쪽 대륙을 박차고 뛰쳐나와 대륙을 휘젓기 시작한 거죠. 무조건 때려 부수고 태우고, 거기다 사람이고 동물이고 몬스터고 닥치는 대로 잡아먹고……."

이실론의 얼굴은 이제 하얗다 못해 파랗게 보일 정도였다.

'설마……'

처절할 정도로 애처롭게 변해가는 이실론의 표정과 상관없이 핸슨과 유리는 주거니 받거니 얘기를 이어갔다.

"유리, 에라다누스가 대륙을 휩쓸며 난동을 부린 건 사실이지만 닥치는 대로 뭘 잡아먹었다는 말은 틀렸다. 그때 수많은 생명체들이 죽은 건 지독한 가뭄과 질병 때문이었어."

"핸슨은 잠자코 듣기나 하세요."

하긴 누가 유리에게 드래곤의 전설을 얘기해 줬는지는 모르겠지만 보통의 인내심을 가지고는 끝까지 얘기할 수는 없었을 것이다. 지금처럼 혼자 흥분해서 날뛰며 자기 멋대로 얘기를 바꾸려 했을 테니까. 어디까지가 진실인지 모르겠지만 어쨌든 유리의 얘기는 계속됐다.

"그때 짜잔! 거룩하고 성스러운 사랑의 기사 에밀리아가 나타난 거죠. 에밀리아는 카시오페아와 사흘 밤낮의 전투 끝에 그를 굴복시켜 에라다누스를 막게 했어요."

"유리! 카시오페아를 설득한 건 에밀리아가 아니라 엘프들이었다.”

“잠자코 들으랬잖아요! 그래서 드디어 에라다누스와 카시오페아 간의 처절한 싸움이 벌어진 거예요. 밤낮없이 진행된 일주일 간의 싸움에 달빛마저 붉게 달구어졌고, 평화로운 호수는 화산이 되어 대륙을 덮었죠. 그들이 뿜어내는 브래스는 대륙 전체에 밤조차 사라지게 만들 정도였대요. 그 싸움은 대륙 역사상 가장 처절하면서도 황홀한 싸움이었어요. 마침내 일주일이 되던 날, 에라다누스는 더 이상 브래스를 뿜지 못했대요. 카시오페아에게 진 거죠. 간신히 목숨만 보존한 에라다누스는 남쪽 대륙으로 돌아갔고 긴 수면기로 접어들었어요. 싸움에서 이기긴 했지만 카시오페아도 타격이 심하긴 마찬가지였대요. 그 싸움 이후 카시오페아는 영원히 자신의 숲을 떠나지 않겠다는 맹세를 하고 돌아가 버렸다니까.”

유리는 턱을 바짝 치켜들며 격정적인 몸짓으로 얘기를 끝냈다. 지나친 과장만 아니라면 틀린 얘기는 아니었다.

“그때 에라다누스와 카시오페아가 싸운 장소가 바로 에밀리아의 황금 초원이다.”

“예엣?”

“네 말대로 에라다누스와 카시오페아의 싸움은 북쪽 대륙 일대를 완전히 황폐하게 만들었다. 아까도 말했지만 그 해에는 지독한 가뭄도 있었고… 그때 온전하게 보전된 유일한 땅이 바로 사이드리스 숲을 중심으로 한 엘프들의 영지였고, 남아 있는 유일한 물이 바로 이곳 은빛 노을의 강이었다. 드래곤과는 비교도 되지 않지만, 엘프들은 자신들의 모든 마법의 힘을 모아 그들의 싸움으로부터 자신들의 영지를 지켜냈던 거야.”

유리의 눈이 휘둥그레졌다.

"엘프들의 마법이 그렇게 강력해요?"

"글쎄, 그들의 마법이 그렇게 강력했다기보다 자신들의 영지를 지켜내려는 숭고한 의지 덕분이 아니었을까?"

유리가 고개를 갸웃거리며 뭔가 계산을 하는 듯 눈살을 접었다 폈다, 입을 벌렸다 오므렸다를 반복했다. 머리 속의 혼란과 충격에 넋 나간 사람처럼 앉아 있는 이실론은 완전히 이야기에 매료된 사람으로만 보였다. 핸슨의 얘기가 계속됐다.

"에밀리아가 나타난 건 그 다음이야. 에밀리아는 엘프들에게 간청해 그들의 영지 중 일부에 정착해 땅을 일구기 시작했지. 물론 잿더미가 된 땅을 그녀의 힘만으로 복원시킬 수는 없었어. 엘프들이 발 벗고 나서서 그녀를 도왔지. 그렇게 해서 만들어진 땅이 에밀리아의 황금 초원이야. 가뭄과 질병과 황폐해진 땅 때문에 절망에 빠져 있던 인간들은 마치 신기루라도 만난 듯 황금 초원으로 몰려들었고, 그들에 의해 만들어진 왕국이 바로 포트리몬 왕국이다."

"아아~"

유리가 고개를 끄덕였다. 이제 모든 게 설명됐다는 듯. 그러나 핸슨의 얘기는 아직 끝나지 않았다.

"그런데 문제는 그 다음부터였지. 비옥한 토지와 인간의 왕성한 번식욕 덕분에 인간의 수는 급격하게 늘어나기 시작했어. 인간들은 차츰 엘프들의 영지까지 파고들었고, 인간에 비해 지나치게 번식이 느린 엘프들의 숫자는 상대적으로 급격히 줄어들 수밖에 없었지. 게다가 시간이 흐르며 인간들은 엘프에게 감사하는 마음을 잃어갔고, 모든 영광을 에밀리아에게만 바쳤어. 게다가 엘프들을 무슨 구경거리를 보듯 하기까지 했지. 인간들은 엘프의 은혜를 기억하지 않았다."

"엘프들이 마법의 힘으로 인간들을 쫓아버릴 수는 없었나요?"

핸슨이 쓸쓸히 고개를 저었다.

"엘프는 대륙의 그 어떤 존재보다 평화를 사랑하고 그 평화를 지킬 줄 아는 신성한 존재들이야. 그래서 그들은 인간과 대립하는 대신 자신들의 영지를 버리고 인간들을 떠나는 쪽을 택했지. 엘프들뿐만 아니라 대부분의 몬스터들이 그때 남쪽 대륙으로 이동해 간 거야."

"하지만 언젠가 에라다누스가 깨어날 거 아니에요?"

"그렇겠지."

배 멀미라도 하듯 창백한 얼굴이 하고 있던 이실론이 처음으로 입을 열었다.

"만약 에라다누스가 깨어나면 어떻게 되는 겁니까?"

유리가 자신있게 대답했다.

"몬스터들이 모조리 북쪽으로 올라오고, 대륙은 난리가 나겠지."

"문제는 그들이 아니라 에라다누스다. 레드 드래곤은 정복과 지배의 드래곤이지. 또다시 텅 빈 대지에 홀로 있다는 걸 알게 되면……."

그 다음은 이실론도 짐작할 수 있을 것 같다.

"악몽 같은 그의 파괴가 되풀이되겠군요."

사공은 노 젓는 손조차 놓고 이들의 대화에 관심을 기울였다.

"만약 그렇게 된다면 카시오페아가 다시 에라다누스를 막아줄까요?"

유리가 눈동자를 한 바퀴 굴리며 고개를 저었다.

"카시오페아는 두 번 다시 자신의 숲을 떠나지 않겠다고 맹세했다잖아요."

손바닥만한 조각배가 금방이라도 강물 속으로 가라앉을 듯한 무거운 침묵이 흘렀다. 분위기를 바꿔보기라도 하려는지 유리가 몸을 좌우로 크게 흔들자 배가 갸우뚱거렸다. 흠칫 정신을 차린 사공의 손이 다시 노를 젓기 시작했다.

"뭐, 그거야 먼 훗날의 일이고 지금은 몬스터들마저 떠나고 평화롭기만 하잖아요."

유리의 태평스런 말에 사공도 한마디 거들었다.

"엘프들까지 떠나간 건 아쉽다 쳐도 오크Orc나 발록Barlog, 고블린Goblin 같은 흉측한 몬스터들까지 모두 떠난 건 다행이긴 하지요."

유리의 콧잔등이 찡긋하더니 아랫입술이 턱 앞까지 쭉 밀려 나왔다.

"모두 떠난 건 아니에요."

"만약 남아 있는 몬스터가 있다면 그들은 인간 친화적인 존재들이니 그렇게 미워할 필요는 없어. 자연이란 모든 생명체가 공유하며 공존하기 위한 것이지 인간들만을 위해 존재하는 건 아니니까."

이럴 때 보면 핸슨은 정말 대현자 같은 풍모가 느껴진다. 근데 생긴 걸 보면 그 생각은 금방 사라진다. 무슨 대현자가 저렇게 징그럽게 수염을 길러대겠어? 생긴 거랑 어울리지 않기는 사공도 마찬가지였다. 핸슨의 말에 깊이 감명받은 표정을 짓고 있으니까. 그 느끼한 얼굴에 깃든 감동이란⋯⋯. 거기다 사공은 한 수 더 떠 노래까지 읊조리기 시작했다. 여전히 느끼한 목소리는 그대로지만 가락은 제법 구성졌다.

하긴 노래없는 사공의 삶이란 얼마나 따분한 것인가?

거친 광야를 헤매며 메마른 우물을 팠지.

기대했던 달콤한 물 대신 내 손을 적신 건 마르지 않은 피였다네.

이곳도 한때는 푸르른 숲과 빛나는 강이 있던 곳.

그늘을 주던 나무는 어디로 가고

생명을 주던 강물은 어디로 갔나.

맨발로 뛰어놀던 주근깨 소녀는 보이지 않고

벌거숭이 몸 부끄러워 않고 물장구치던 오빠는 사라져 버렸네.

가족을 위해 농사를 짓던 아버지는 돌아오지 않았고,

그들을 기다리던 어머니 저 황량한 대지 위에서 썩어가고 있다네.

대지 위에 움푹 파인 발자국,

누군가 말하네.

에라다누스의 것이라고.

남아 있는 생명은 아지랑이뿐인가.

스쳐 가는 바람조차 죽음을 실어온다네.

메마른 대지 위에 말라가는 내 영혼.

그 희미한 생명을 부르는 그들의 속삭임.

그들의 눈빛은 태양에 실려 길을 인도하고

그들의 미소는 달빛에 묻어 나를 감싸고

그들의 숨결은 안개에 섞여 목마른 영혼을 적시고

그들의 하품은 구름에 실려와 나를 쉬게 하고

그들은 눈물은 별빛 속에 반짝이며 나를 위로했네.

3일은 걸었지만 4일은 기었지.

4일은 기었지만 5일은 뒹굴어서 왔네.
대자연의 이끌림으로 나는 마침내 그들을 만났네.
누군가 말하네.
신의 축복으로 엘프를 만났다고.

해피엔딩으로 끝나는 노래지만 사공의 목소리는 점점 슬퍼졌고, 지그시 눈을 감은 채 그 노래를 듣던 핸슨의 얼굴도 점점 어두워졌다.
"엘프를 향한 에밀리아의 노래군요."
"사공은 원래 아는 노래가 많소. 그러고 보니 인간이 엘프에게 못할 짓을 하긴 했네."
갑자기 우울해진 분위기는 하루가 지나 그들의 목적지인 웨이트가드에 닿을 때까지 반전되지 못했다. 줄곧 유리가 자고 있었기 때문에.
핸슨은 배에서 내리며 사공을 향해 너무나 다정한 미소를 지어 보였다.
"정말 감동적인 노래였습니다."
"나야 뭐, 댁들이 진지하게 들어주니 고마웠지……. 여행을 하다 혹시 엘프를 만나면 좀 전해주기나 하던가. 아직 엘프의 노래를 기억하는 인간들도 많다고… 잘 가슈."
만남과 이별에 너무나 익숙한 듯 사공은 그대로 뱃머리를 돌려 강의 저편으로 사라져 갔다. 멀어져 가는 배를 바라보며 유리는 입이 찢어져라 하품을 했다.
"오늘은 여관에서 잘 거죠?"
배를 탈 땐 객실부터, 배에서 내려선 다짜고짜 여관을 찾는 유리다. 도망 다니는 처지라는 건 도무지 생각하지 않는 태도였다.

"사흘을 숲에서, 이틀을 배에서 보냈어요. 침대가 그리워 죽겠다구요. 뜨거운 물로 목욕도 하고 싶고, 꼬챙이에 꽂은 토끼고기 대신 철판에다 제대로 구운 스테이크도 먹고 싶어요."

"레이디 듀리안께서 원하신다면 데이지 꽃으로 장식한 침대에, 비단 고래의 향유를 넣은 향긋한 욕조가 있는 여관을 찾아야지요. 스테이크는 스록 목장의 암소가 낳은 송아지고기로 하고, 스테이크를 익히는 나무는 올드 우드의 향나무로 하고, 철판은 이스턴의 테인스톤으로 한다면 레이디 듀리안께 어울리는 최고의 저녁이 될 겁니다."

물주(?)인 이실론은 겁먹은 표정으로 멍하니 서 있는데 빈털털이 두 사람은 다정히 손까지 잡고 마을을 향해 걸어갔다.

2

대륙을 관통해 흐르는 은빛 노을의 강 동쪽에 포트리몬의 도시들이 발전해 있는 것과 달리, 서쪽의 퀸츠 왕국은 크리릴 협곡과 포말하우트 산맥에 의해 강으로부터 철저히 차단되어 있었다. 물이 귀하니 토지는 당연히 척박하고, 척박한 토지는 그들에게 가난과 궁핍을 운명처럼 안겨줬다. 게다가 퀸츠 왕국 서쪽을 가로막고 있는 자코비니 사막의 모래 바람은 나날이 더해져 이제는 수도인 페니키아까지 종종 모래 바람에 휩싸인다고 한다.

열악한 자연 환경을 극복하기 위해 퀸츠 왕국은 필사적으로 군사를 양성하고 있었고, 그들의 목표는 당연히 포트리몬의 비옥한 토지였다.

은빛 노을의 강 서쪽에 위치한 유일한 도시인 웨이트가드조차 막강한 포트리몬의 힘에 눌려 중립령으로 놓여 있지만 최근 들어 퀸츠 국민들의 웨이트가드 이주가 잦아지고 있었다. 그것은 당연히 양국 사이에 팽팽한 긴장을 불러일으켰지만 퀸츠 왕국은 여전히 웨이트가드조차 점령할 용기조차 내지 못하고 있다.

그럴 수밖에 없는 것이 퀸츠 왕국의 국력과 병력이래봐야 포트리몬의 절반도 되지 않았고, 그럼에도 포트리몬이 퀸츠를 공격하지 않는 것은 그럴 가치조차 없는 땅이었기 때문이다. 하지만 비위를 거스르면 응징의 의미로 당장이라도 그들을 공격할 수 있다. 결국 퀸츠 왕국은 마음만 굴뚝같을 뿐 포트리몬을 향해 크게 기침조차 할 수 없는 처지였다.

그것은 핸슨이 이실론과 유리를 데리고 주저없이 웨이트가드로 향할 수 있는 이유가 되기도 했다. 웨이트가드 시민의 대다수는 퀸츠인이지만 그들은 포트리몬 사람들에게 함부로 시비를 걸지 못하는 것이다.

"중립령이면 헬리오 기병대는 여기까지 쫓아오지 못한다는 말이지요?"

역시 겁쟁이답게 이실론은 웨이트가드에 도착해서조차 마음을 놓지 못했다.

"이런 도시에서는 기병대보다 현상금을 노리는 사냥꾼들이 더 위험한 존재들이야. 그들은 의뢰자가 원하면 살아 있는 사람의 심장이라도 도려 갖고 가거든."

도대체 무슨 생각으로 유리가 이런 말을 하는지 모르겠다. 그러나 이실론의 생각은 분명했다. 도시엔 정말 들어가고 싶지 않다는 것!

"저어… 핸슨."

핸슨을 부르는 이실론의 발걸음은 벌써 멎어 있었다. 이실론을 보며 유리는 콧잔등을 찡긋거리며 귀찮은 표정을 지었지만 핸슨은 대수롭지 않게 말했다.

"어느 도시에나 범죄자들은 있고, 그들을 일일이 피해서 다닐 필요는 없다. 오히려 여기엔 포트리몬 사람들이 적으니까 우리에겐 더 안전하다고 할 수 있지."

핸슨의 말이 무색하게 그들의 맞은편 길에서 한 무리의 포트리몬 상인들이 몰려왔다.

다리가 휘어지도록 수북이 짐을 지고 걸어오는 말의 힘겨운 걸음과 달리 상인들의 얼굴에는 웃음이 가득했다. 아마도 만족스런 거래를 하고 오거나, 아니면 흡족할 만한 물건을 구해 가는 모양이었다. 그들에게 자연스럽게 다가가는 핸슨의 얼굴엔 어디선가 보았던 그 익숙한 표정, 이실론에게 밥값을 떼어먹던(?) 그때의 그 능구렁이 같은 미소가 걸려 있었다. 상대에 맞춰 수준에 맞는 표정을 짓자는 건가?

"헤헤헤, 웨이트가드는 언제나 상인들의 얼굴에 풍요의 미소를 안겨주죠. 나 같은 여행자에겐 설레임의 흥분을 느끼게 하고."

역시! 핸슨의 그 능구렁이 미소는 상인들에게 순식간에 전염됐다.

"헤헤, 아름다운 도시요."

"그 아름다운 도시에서도 특히 우리 아름다운 레이디에게 어울릴 만한 우아한 여관이 있을까요?"

핸슨이 그렇게 말했다고 한껏 예쁜 표정을 짓고 있는 유리의 모습이란. 상인들의 능구렁이 미소 속에 담긴 끈적끈적한 시선이 유리의 전신을 쭈욱 훑었다. 오, 유리! 제발 그만 고개를 돌려. 그들은 네가 예뻐서 바라보는 게 아냐! 그저 여자니까 보는 거지!!

저 순진한 레이디께서는 그것도 모른 채 눈을 지그시 내리깔고 이젠 도도한 척까지 하고 있다. 민망함에 차라리 고개를 돌린 것은 이실론이었다. 이제 볼 만큼 봤는지(뭐, 볼 것도 없지만) 상인이 대답했다.

"암, 있다마다요. 웨이트가드에 이 아름다운 레이디를 위해 준비된 여관이 없다면 말이 되나요? 대로의 북쪽, 여관로를 따라 쭉 가다 보면 오른쪽 두 번째 골목에 '정열의 장미'란 여관이 있소. 아름다운 레이디에게 딱 어울릴 만한 곳이오."

마지막으로 끈적끈적한 시선을 한 번 더 준 상인들은 헤헤거리며 나루터를 향해 갔다. 그리고 일행은 도시를 향해 왔다.

"정열의 장미? 여관 이름 한 번 끝내주네. 세상에 여관 이름을 그렇게 짓는 사람도 있었나? 어떤 사람인지 빨리 한번 보고 싶군."

"망할 놈들!"

여관을 찾는 건 쉬웠는데 여관 앞에 서자마자 유리는 욕부터 했다. 상인들이 말한 여관은 분명 이곳인데 정열의 장미라는 이름 따위는 없었다. 간판엔 그냥 커다랗게 붉은 장미 한 송이만 그려져 있었다.

사랑의 장미, 레이디를 위한 장미, 아름다운 장미, 장미 그림이 있는 여관. 가자! 장미 여관(?) 등등 너무나 쉽고 평범하게 표현할 수 있는 것을 그 상인들은 하필 정열의 장미 여관이라고 가르쳐 준 것이다.

"추잡한 놈들! 도대체 무슨 생각을 한 거야?"

끈적끈적한 시선을 받으면서도 좋다고 예쁜 척하고 있었던 건 누군데? 핸슨은 불붙은 유리를 더욱 붉게 만들어주는 그녀의 빨간 머리카락을 보며 이렇게 말했다.

"우린 불타는 장미라고 부르자꾸나."

머리와 얼굴에 이어 유리의 눈에까지 불꽃이 일렁거렸다.

"이건 어때요? 느끼한 남자의 불타는 욕정을 잠재워 줄 붉은 장미의 독 묻은 가시 여관!"

씩씩거리며 유리가 앞장서 여관으로 들어갔다.

데이지 꽃으로 장식한 침대도, 비단 고래의 향유를 넣은 욕조도 없었지만 여관은 깨끗하고 아늑했다. 테오도르라고 자신을 소개한 주인은 비록 퀸츠인이긴 했지만 기품있는 얼굴에 온화한 성품의 소유자로 보였다. 게다가 처음 만난 사람에게도 자신을 테드라고 부르라고 하니, 듀리안을 유리라고 부르게 하는데 그렇게 모진 대가(?)를 치르게 한 누구와는 엄청나게 다른 친절한 사람이었다. 무엇보다 그들을 감동시킨 것은 저녁이었다.

더도 덜도 아닌 적당하게 익힌 부드러운 스테이크와 금방 밭에서 뽑아 온 듯 신선한 야채와 향긋한 소스, 그리고 며칠 간의 갈증을 단번에 해갈시켜 주는 달콤한 레몬 에이드. 핸슨이야 물론 맥주를 먹었고 역시 맛이 좋다고 했다.

하긴 얼마 만에 맛보는 인간(?)의 음식인데… 맛없는 게 있을 리 없었다.

유리는 날이 밝으면 눈을 떠야 한다는 것조차 누군가 흔들어 깨우며 일깨워 주지 않으면 자각하지 못하는 사람이다. 그런데 오늘은.

"핸슨! 사부님! 일어나요!"

"이실론, 얼른 일어나!"

핸슨은 이불을 뒤집어썼지만 이실론은 벌떡 일어났다. 숲에서야 대충 함께 잤다지만 여긴 엄연한 여관이고 여자와 남자라는 이유로 방까지 따로 썼는데, 유리는 아무렇지도 않게 아침부터 남자들의 방을 헤집고 있는 것이다.

"유리, 여긴 남자들의 방이고 깨우는 건 그냥 밖에서 해야 되지 않겠니?"

유리의 대답은 간단했다.

"시끄럿!"

그녀의 붉은 머리가 아침 햇살에 바스라지며 정말 불타고 있는 것처럼 보였다. 불붙은 마녀의 머리카락처럼 말이다.

"얼른 핸슨이나 깨워서 내려와. 배고파 죽겠으니까."

단지 배가 고프다는 이유만으로 여자가 아무렇지도 않게 남자의 방에 들어와 이불까지 들쳐 올려도 되는 건가? 생각할 필요도 없었다. 어느새 방을 나선 유리의 발소리는 계단을 내려가고 있었으니까. 두 사람을 깨운 건 동료로서의 의무적인 행동일 뿐이고, 밥은 혼자서라도 먹을 작정인 것이다. 예전에 핸슨이 그랬던 것처럼. 그래도 핸슨처럼 접시가 수북이 쌓이도록 먹지는 않겠지.

아니었다. 이실론이 핸슨을 깨워 아래층으로 내려가는 그 짧은 시간 동안, 유리는 예전의 핸슨보다 더하면 더했지 결코 덜하지 않을 만큼 접시를 쌓아놓고 있었다. 차이가 있다면 핸슨의 접시는 핥아 먹기라도 한 것처럼 말끔히 비워져 있던 것에 비해 유리의 접시에는 급하게 먹다 남은 찌꺼기들도 보인다는 것뿐이었다. 이런 모습을 보면 기분이 좋은가? 핸슨에게 물어보면 그렇다고 답할 것 같다.

"허허— 역시 내 제자는 뭐가 달라도 다르구나. 그래, 검은 힘이다. 힘은 밥이고, 밥은 무조건 많이 먹어야 되는 거다! 가르치지 않아도 이렇게 열심히 밥을 먹고 있으니 넌 정말 타고난 검사다. 아암~ 타고났지. 어서 먹어라. 밥을 많이 먹는 건 검사의 기본이니까."

검사로서의 기본이 밥을 많이 먹는 거라고? 돈도 없이 무조건 밥을 많이 먹는 건 빈대의 기본 아닌가? 거기다 가르치지 않아도 열심히 밥을 먹고 있다고? 꼬챙이에 꽂아 대충 구운 그 맛없는 토끼고기도 없어서 못 먹던 유리에게?

"많이 먹어라. 아침 먹고 나면 무기를 사러 갈 거니까."

"무기요?"

유리의 눈이 번쩍 뜨여진 것은 새삼스러울 것도 없었다.

"그럼 언제까지 왕국 경비대의 레이피어를 쓸 수는 없잖냐. 퀸츠인들이 넘쳐 나는 웨이트가드에서 섣불리 포트리몬 왕국의 문장이 새겨진 검을 뽑아 들었다가 쥐도 새도 모르게 죽을 수도 있거든."

"예?"

이번에 눈이 휘둥그레진 것은 이실론이었다. 핸슨은 도시에 들어서기 전 퀸츠인들은 포트리몬인에게 함부로 적대감을 내보이지 못한다고 했었다.

"내색은 안 하지만 그들이 포트리몬인을 싫어하는 건 당연하지. 우리 때문에 자신들이 굶주린다고 생각하니까."

"우리가 그들의 식량을 뺏는 것도 아니고 노동력을 착취하는 것도 아닌데, 왜 우리 때문에 자신들이 굶주린다고 생각하죠?"

"에이, 시끄러워! 그러니까 새 무기를 산다잖아! 더 강력하고 화끈한 걸로. 그렇죠?"

유리의 한마디로 대화는 끝이었다. 그녀의 관심사는 오로지 새 무기이고, 그것만으로도 너무나 설레이는 그녀의 마음에 이실론의 고리타분한 말이 소음으로 느껴지는 것은 당연할 테니까.

핸슨은 여관 주인인 테드에게 싼값에 질 좋은 무기를 구입할 수 있는 포트리몬인이 운영하는 무기 상점을 물었다. 그 조건을 모두 충족시킬 수 있는 무기 상점이 있기나 한 걸까? 테드도 싼값에 질 좋은 무기는 장담할 수 없지만 포트리몬인이 운영하는 무기 상점이라면 한 군데를 알고 있다며 위치를 알려줬다.

테드가 알려준 무기 상점은 냄새나는 뒷골목의 허름한 건물의 입구에서부터 즐비하게 진열된 무기가 간판을 대신하는 작은 상점이었다. 상점의 주인 역시 포트리몬을 등진 범법자인지, 한쪽뿐인 눈에 나머지 한쪽 눈은 가죽으로 된 안대를 차고 있는 사내였다. 거기다 손님이 와도 인사조차 할 줄 모르니 상인으로서의 기본도 돼 있지 않았다.

"이보세요, 손님이 왔으면 안내를 해야죠."

유리의 따끔한 질책에도 사내는 말없이 턱을 한 바퀴 돌릴 뿐이었다. 물건은 이 안에 있는 게 다이니 그냥 필요한 무기나 고르라는 말인 모양이다.

모닝 스타를 다시 고를 거라는 이실론의 예상과 달리 핸슨은 배틀엑스Battleexe와 시미터Schimitar를 골라 들었다.

"두 개씩이나 필요합니까?"

이실론의 순진한 질문에 핸슨은 오른손에 배틀엑스를 왼손에 시미터를 들어 보였다. 이실론이라면 두 손으로도 그중 하나의 무기도 휘두르기 힘들 것 같았다. 핸슨이 고른 배틀엑스는 그곳에 진열된 도끼들 중에서도 가장 크고 무거워 보였고, 시미터는 그곳에 진열된 수많은 검들 중에서도 가장 특이한 모양을 하고 있었다. 특히나 시미터의 둥글게 휘어진 끝 부분은 심장이라도 후벼팔 듯 사나운 모양을 하고 있었다.

유리가 고른 무기도 핸슨의 것에 결코 뒤지지 않았다. 유리는 양쪽 모두 검날이 파랗게 선 넓고 긴 그레이트 소드Great Sword를 골랐는데, 차이가 있다면 핸슨과 달리 그녀는 양손으로도 하나의 무기를 감당하지 못해 휘청이고 있다는 점이었다.

"여자는 힘이 아니라 빠르기로 승부해야 한다."

핸슨은 유리의 손에서 그 크고 무거운 검을 뺏아 제자리에 놓고, 그녀가 가지고 있던 것과 별로 다르지 않은 레이피어를 골라줬다.

"싫어요!"

"무기의 겉모양 따위는 중요하지 않아. 어떻게 다루느냐에 따라 위력이 있고 없고가 나뉘는 거지. 자기에게 어울리는 무기를 고르는 것도 검사의 기본이야."

"하지만……."

유리의 불평은 시작도 되지 못했다.

"얼마요?"

핸슨의 선택은 끝났고, 타협의 여지는 없어 보였다.

주인은 여전히 입을 열지 않은 채 손가락 두 개를 폈다가 반으로 구부렸다.

"금화 두 개 반?"

주인이 고개를 끄덕였다. 그러고 보니 한쪽 눈만 없는 게 아니라 혀도 없는 모양이다.

"날을 손질해 줄 수 있소?"

이번엔 손가락 세 개를 펼쳤다.

"날 손질까지 금화 세 개? 좋소."

핸슨은 주인 앞에 세 개의 무기를 나란히 내려놓았다. 유리는 말도 못하고 어이가 없는 표정으로 핸슨을 노려봤다. 세상에 이깟 쇠붙이 몇 개에 금화를 털썩 내놓다니. 그러나 값을 말하는 주인이나 그 값을 지불하는 핸슨이나 너무나도 아무렇지 않다.

"금화 세 개는 너무해요."

더구나 자신의 손에 들려 있는 맘에 안 드는 레이피어를 보면 더 억울하고 아까웠다.

"무사에게 무기는 목숨이야. 무기를 살 때는 돈 갖고 흥정하는 게 아니다."

바가지 쓰는 것도 모르는 어리석은 사부의 쓸데없는 가르침이다.

"이실론은요? 이실론은 남자니까……."

최소한 덤으로 이실론의 무기 하나쯤은 챙겨야 덜 억울할 것 같다. 게다가 이실론은 남자니까 좀 더 크고 멋진 무기로 골라 나중에 자기 것과 바꿀 수 있도록.

"이실론은 필요없다. 어차피 쓸 줄도 모르니까."

이실론은 그저 돈만 내면 되나 보다. 이실론의 손이 금화 세 개를 꺼내자 유리의 군침 삼키는 소리가 들렸다. 그저 돈이라면…….

"참, 우리 무기도 팔아야죠."

유리가 날을 갈고 있는 주인 앞에 왕국 경비대의 레이피어를 내밀었다.

"얼마 쳐줄 거예요?"

주인은 필요없다는 듯 가벼운 손짓으로 무기를 쳐냈다.

"여기서 왕국 경비대의 검을 살 사람은 없을 테니까."

핸슨은 유리가 꺼내 놓은 검과 함께 자신이 들고 있던 검도 버리듯 바닥에 던졌다.

"맘대로 처리하시오."

유리의 기대와 달리 결국 무기 상점의 방문에서 유리가 얻은 것은 그전에 들고 있던 레이피어를 다른 종류의 레이피어로 바꾼

것밖에 없었다. 양쪽 허리가 묵직하게 무기를 꽂고 돌아서는 핸슨
이 그저 부럽기만 했다. 외눈박이 벙어리 주인에게 가버린 금화
세 개는 그저 아깝기만 하고.

이실론은 핸슨의 무거운 허리를 보며 저 험악한 무기가 도대체
왜 필요할까를 생각해 봤다. 없을 것 같은데… 저런 무기가 사용
되는 상황은 없었으면 좋겠다.

그러나 이실론의 바램은 상점 밖을 나서는 순간 여지없이 깨져
버렸다.

여관에서부터 쫓아왔는지, 아니면 상점 밖에서 지켜봤는지 알
수 없지만 세 명의 험악한 사내들이 길을 가로막으며 그들을 맞
았다. 날카롭게 찢어진 눈매와 검게 그을린 피부로 보아 퀸츠의
모래 바람에 맞서 살아온 사람들이 분명했다.

"웨이트가드에는 세 가지 규칙이 있지. 돈을 보이지 말 것. 무기
를 자랑하지 말 것. 함부로 등을 보이지 말 것."

"알려줘서 고맙소."

핸슨은 성큼성큼 걸어나갔다. 핸슨이 너무 당당하게 전진해 오
자 그들은 주춤주춤 뒤로 물러섰다. 유리는 뒤를 돌아봤다. 자신들
이 상점에서 몇 발자국 떨어지기가 무섭게 상점 주인은 상점의
물건을 거둬들였다. 괜한 시비에 상점의 무기라도 상할까 미리 경
계하는 모습이 역력했다.

"생긴 거랑 다르게 계산 속이 빠른 사람이군."

유리의 빈정대는 소리를 들었는지 세 명 중 가운데 있는 사내
가 차가운 웃음을 지으며 말했다. 사내의 얼굴엔 훈장처럼 깊숙한
칼자국이 대각선으로 크게 그어져 있다. 웬만한 사람이라면 그 얼
굴을 보는 것만으로도 충분히 겁에 질릴 만큼 흉측한 흉터였다.

"너희도 그 사람만큼 계산이 빠르길 바란다."

갑자기 유리가 히죽 웃었다.

"아저씨, 부인이 혹시 손톱을 길게 기르지 않나요? 그중에서도 셋째 손가락의 손톱?"

사내의 사나운 시선이 유리를 노려봤다.

"그게 무슨 소리냐?"

"얼굴에 손톱자국이 있길래요."

사내의 인상만큼이나 흉측한 도끼가 금방이라도 유리의 머리를 찍어 뭉게 버릴 듯 치켜들어졌다. 그 오른쪽에 서 있던 말대가리 사내가 그의 손목을 잡아 말렸다.

"일단 계산부터 하세."

말대가리 사내가 앞으로 한 걸음 나섰다.

"돈 주머니만 내놓으면 조용히 보내주겠다. 나도 웨이트가드의 성실한 시민으로 아침부터 시체가 길바닥에 뒹구는 모습은 원치 않거든. 거기다 우린 평화주의자이기도 하고."

손톱자국(?) 사내가 한마디 덧붙였다.

"그런데 계집은 주고 가야겠어."

유리가 얼마나 쓸데없는 존재인지 몰라서 하는 소리겠지? 거기다 말은 얼마나 많은데.

"그럼 마누라한테 혼날 텐데. 얼굴에 손톱자국 하나 더 새기고 싶어서? 하긴, 워낙에 심심한 얼굴이니 손톱자국 하나로는 좀 아쉬운 감이 있군. 하나 정도는 더 새겨야 될 것 같긴 하네. 그런데 말대가리 너! 뭐, 성실한 시민이 어쩌구? 여기는 말새끼까지 시민으로 취급해 주나 보지?"

이로써 손톱자국과 더불어 말대가리까지 그녀를 죽이겠다고 이를 가는 무리로 확실하게 포섭했다.

"네년을 잡으면 그 빌어먹을 입부터 찢어버릴 테다!"

어차피 찢어질 빌어먹을 입이라면 다물고 있을 이유가 없다.

"난 네놈을 잡아서 네 발로 기게 하고, 그 위에 앉아 채찍질을 할 작정인데? 그러다 지치면 옆에 있는 돼지의 허벅다리부터 잘라서 구워 먹고. 한 달은 거뜬히 버티겠군."

이제 나머지 한 명까지 완벽히 포섭이 끝났으니 남은 것은 싸움뿐이다. 저쪽에서 상황을 지켜보다 달려오고 있는 네 명의 나머지 가축(?)들은 두 자리도 되지 않는 지능의 한계에도 불구하고 타고난 동물적 본능에 따라 역시 가축의 무리에 합류했다. 유리가 싸움의 시작을 알리는 신호를 보냈다.

"완전히 동물 농장이군."

일곱 명이 일제히 무기를 뽑아 들었다. 동물도 머릿수가 많으면 인간을 위협하는 법이다. 더구나 무기까지 들고 있는 동물이라면 더 더욱 위험하다.

잠자코 유리의 말장난을 지켜보기만 하던 핸슨이 담담히 말했다.

"비켜라."

사내들은 원래 그렇게 뭉쳐 다니며 남의 주머니를 털어왔는지 대수롭지 않게 대꾸했다.

"비키지 않는다면?"

"다치겠지."

핸슨의 싸늘한 말도 그들의 마음을 돌리기보다 의욕을 고취시킨 모양이다.

"건방진 것들. 기어이 죽고 싶다면이야."

손톱자국의 사내가 그의 머리통만한 도끼를 휘두르며 핸슨에게 덤벼들었다. 핸슨의 허리에 그보다 더 크고 무거운 도끼가 방금 날까지 손질한 채 꽂혀 있는 걸 몰라서 하는 짓이었다. 핸슨의 손이 양 허리에 내려가는가 싶은 순간, 이미 오른손에 들린 도끼는 사내의 공격을 막고 있었고, 왼손의 시미터는 위협적으로 사내의 얼굴을 스쳐 지나갔다.

누군가 나서서 말리고 도울 틈도 없었다.

사내의 얼굴에는 날카롭고 깊은 상처가 기존의 손톱자국과 'X' 자가 되게 그어졌다. 손톱자국이 얼굴을 쥐어감고 괴성을 질러대며 바닥에 뒹굴었다.

"마누라 수고를 덜어줬으니 고맙다고 해야지. 너는 고맙다는 인사를 그렇게 요란하게 하냐?"

핸슨의 위력을 보고 나니 유리도 자신감이 솟구쳤다. 게다가 며칠 동안 핸슨에게 충실하게 배운 든든한 기본기도 있고. 유리도 방금 새로 산 레이피어를 뽑았다. 핸슨이 가르쳐 준 대로 오른발 내밀며 양손 밀어 넣어 찌르기!

"얍!"

기합 소리가 매우 중요하댄다. 기를 실은 기합 소리로 상대방의 기세를 꺾는 거래나? 그리고 왼발 옆으로 돌리며 어깨를 사선으로 돌려 내리며 베기! 또…

"얍!"

"이게 장난하나?"

말대가리의 할버드가 불쑥 찔러왔다. 아직 방어는 못 배웠는데? 괜찮다. 뒤에 핸슨이 있으니까.

채캉!

유리의 기대대로 핸슨은 발조차 떼지 않으면서 말대가리의 할버드를 가볍게 쳐냈다. 타고난 검사는 기회도 놓치지 말아야 하는 법! 유리는 재빨리 오른발 내밀어 양손 밀어 넣어 찌르기를 시도했다. 역시 기합성도 빼먹지 않았다.

"야압!"

푸욱!

유리의 레이피어가 말대가리의 옆구리에 쑤욱 들어갔다가 놀란 유리에 의해 잽싸게 빠져나왔다.

"으악!"

말대가리의 신음성이 아니라 유리의 경악성이었다. 말대가리는 지금 믿을 수 없다는 표정으로 자신의 옆구리를 부여잡고 유리를 노려보고 있었다.

"노려보면 어쩔 테야?"

금세 사기충천한 유리가 왼발 옆으로 돌리며 어깨를 사선으로 돌려 내렸다. 베기를 할 작정이었다.

"이야압!"

그런데 이번엔 유리의 검이 베어져 내리기도 전에 말대가리가 뒤로 자빠졌다. 훗훗! 바로 이거였군. 최고의 방어는 최선의 공격에 있다는 말.

유리가 말대가리를 상대로 찌르기와 베기를 연습하는 동안 핸슨의 잔인한 도끼와 매서운 시미터는 벌써 네 명이나 쓰러뜨렸다. 나머지 두 명은 쓰러진 동료도 팽개친 채 놀라서 앞만 보고 달려가고 있는 중이었다.

"이건 동물 농장이 아니라 오크 농장이잖아? 같이 무기를 들고 싸워도 인간과 오크가 다른 게 뭔지 알아? 인간은 자신이 건드려도 될 사람, 안 되는 사람을 생각으로 판단하지만, 오크는 당해봐

야 알아. 바로 당신들처럼. 근데 이렇게 당한 순간이면 이미 늦는
단 말이지. 오크의 돌대가리는 벌써 어깨를 떠나 바닥의 돌들이랑
같이 뒹굴고 있으니까 말이야. 어울리는 자리를 찾았으니 슬퍼하
는 사람도 없지."

사내들이 여기저기 상한 몸을 이끌며 슬슬 뒷걸음치기 시작했
다. 아침부터 재수없게 상대를 잘못 고른 것이다.

"그 따위 실력으로 감히 우리 주머니를 털 생각을 해? 죽지 않
은 걸 다행으로 알아!"

그들이 남겨놓은 핏자국을 보며 핸슨의 끔찍한 무기들이 다시
허리춤으로 돌아갔다.

"퀸츠인들의 기세가 예사롭지 않군."

"뭐가 예사롭지 않아요? 저런 날건달들이야 백날 설쳐 봐야 우
리 손톱 하나 건드리지 못할 텐데."

"불과 얼마 전까지만 해도 퀸츠인들은 포트리몬인의 손톱 하나 건
드릴 생각도 못했었다. 아무리 물불 안 가리는 날건달들이라고 해도."

무기 상점 앞에 바싹 붙어 심장을 졸이던 이실론이 얼굴을 잔
뜩 찡그리며 핸슨의 옆으로 다가왔다.

"그들의 굶주림이 더 심해진 모양이죠."

돈 몇 푼 때문에 낯선 이방인들을 무조건 공격한 그들의 처지
를 동정하는 듯한 이실론의 말에 핸슨이 낮은 코웃음을 흘렸다.

"원수를 갚겠다고 찾아온 적보다 더 무서운 적은 사흘을 굶은
내 빵을 뺏으려 덤비는 적이라고 했다. 굶주림은 인간을 벼랑 끝
까지 몰고 갈 수 있어. 왜냐면… 그들은 후퇴할 힘조차 없거든."

핸슨의 말뜻은 어렴풋이 알 것 같지만 핸슨이 갑자기 이렇게
어두운 표정을 짓는 것은 이실론도 유리도 이해할 수 없었다.

내일 아침 일찍 웨이트가드를 떠나야겠다는 핸슨의 재촉 때문에 부지런히 여행에 필요한 물품들을 장만하고 저녁 일찍 여관으로 돌아왔다.

모처럼만의 아늑한 잠자리와 풍요로운 식사도 오늘이 마지막일지 모른다. 식사가 끝나고도 유리는 아쉬운 듯 입맛을 다셨고, 이실론도 사람들의 소리가 듣고 싶다며 자리를 뜨지 않았다. 내색은 않지만 핸슨도 비슷한 심정인지 맥주를 홀짝이며 주위를 두리번거렸다.

그들뿐 아니라 다른 투숙객들의 대부분도 식사 후 2층의 방으로 올라가는 대신 차나 술을 마시며 저녁 시간을 보내고 있었다. 시간이 좀 지나자 상인은 상인들끼리 모여 앉아 서로 간의 정보를 교환하고, 여행가나 모험가들은 자신들이 보고 겪은 것을 서로 말해 주느라 모두들 친구가 되어 있었다. 이곳에서는 퀸츠인이든 포트리몬인이든 별로 개의치 않는 모습이었다.

맥주를 마시기에 바쁜 핸슨은 그들 틈에 끼지 않았고, 그런 핸슨을 지켜보느라 이실론 역시 조용히 앉아 있었다. 유리야 일찌감치 일행을 팽개친 채 그들 틈에 끼어 사이드리 숲에서의 전투를 침 튀기며 말하고 있었다. 기병대는 고약한 산적 무리로 바뀌었고, 핸슨과 이실론을 위기에서 구해준 건 당연히 그녀였다.

여기저기서 웅성거리는 소리에 떠들썩하던 1층의 식당이 점차 조용해지며 한 사람의 얘기로 귀가 모여져 갔다.

"20년 전에도 남쪽 대륙에 간 적이 있었소. 그때만 해도 젊었으니까 두려움에 맞서며 모험을 즐기던 때였지. 그땐 정말 코로나를 지나 오스트랠리 해변까지 갈 생각이었소."

사내의 입에서 코로나란 지명이 나오자 낮은 탄식 소리가 들렸

다. 에라다누스가 잠자고 있는 땅까지 갈 생각이었다니……. 핸슨
조차 목소리를 향해 고개가 돌려졌다.

목소리의 주인공은 백발의 노인이었다. 자신에게 쏠리는 관심을
모르지는 않겠지만 노인은 결코 으스대거나 뽐내지 않았다. 하긴
못 돼도 육십은 돼 보이는 노인이 주위의 관심을 끌기 위해 얘기
를 지어낼 리는 없었다. 생긴 걸 봐도 역시 거짓말이나 허풍을 떨
사람으로 보이진 않았다. 노인은 비록 백발이긴 했지만 머리카락
엔 힘이 있었고, 주름으로 가득한 얼굴엔 여전히 용기와 패기가
있어 보여 진짜 모험가로 살아온 삶의 연륜이 고스란히 베어 있
는 얼굴이었다. 그리고 그의 부드러운 말투는 그가 포트리몬인임
을 말해 줬다.

"위험한 순간도 많았지만 내 힘으로 해결하지 못할 정도는 아
니었지. …글쎄, 내 생각엔 거의 코로나에 접근했던 것 같소. 거기
서 트롤Troll을 만났지. 모험가로 살아오며 온갖 위기와 난관에 부
딪쳐 봤지만 그때만큼 절망적이었던 적은 없었소. 내가 가진 평범
한 검으로는 놈에게 상처조차 낼 수 없었지. 칼로 아무리 베어도
놈의 피부는 금방 재생되거든. 마치 공허하게 물속을 휘젓고 있는
것 같았소. 힘으로는 아예 상대할 생각조차 할 수 없었고, 이젠 정
말 죽었구나 하는 생각이 들었소. 모험가로서 후회없는 삶을 살았
으니 미련은 없지만 아무도 내 모험을 알아주지 않을 거란 생각
을 하니까 좀 슬프기도 하더군. 그래도 어쩌겠소? 내 힘으로 감당
못할 시련을 만났으니 받아들이는 수밖에. 그때 천사를 봤소. 정말
천사라고밖에 표현하지 못할 존재였지. …엘프였소."

숨소리조차 나지 않는 정적 속에 노인의 얘기는 계속됐다.

"천사처럼 나타난 아름다운 엘프 두 명이 나를 구했소. 엘프의

마법으로 트롤을 잠재워 놓고 날 그들의 영역으로 데리고 갔지. 잊을 수가 없었소. 그 눈부신 얼굴과 사랑으로 충만한 아름다운 미소… 그들은 내게 아낌없는 친절을 베풀었지. 죽기 전에 그 얼굴을 다시 한 번 보고 싶어서 난 이 늙은 몸을 이끌고 남쪽 대륙에 다시 갔던 거요."

노인의 말이 갑자기 멎었다. 뭔가 심각한 고민에 빠진 듯 노인의 얼굴도 순식간에 무거운 납빛으로 가라앉았다. 노인의 침묵을 참지 못한 사람들이 질문을 쏟아부었다.

"이번에는 어디까지 가셨습니까?"

"그래서 이번에도 엘프들을 만났습니까?"

"트롤은요? 여전히 트롤이 활개치고 다닙니까?"

노인이 무겁게 고개를 가로저으며 다시 말했다.

"이번엔 남쪽 대륙에 들어서지도 못했소."

"왜요?"

이건 확실히 유리의 질문이었다.

"남쪽 대륙 안이 아니라 외곽까지도 온갖 몬스터들이 장악하고 있었소. 젊었을 때 같으면 한번 뚫고 전진해 보겠다고 마음먹었을지 모르겠지만, 지금은 그럴 힘도, 그럴 배짱도 없는 대신 위기에 대한 두려움만 많아졌지."

"그래서요?"

또 유리였다.

"엘프는커녕 숲에 발조차 들여놓지 못했지. 모두들 극도로 사나워져 있었거든. 정확하게야 알 수 없지만 늙은이의 직감으론 놈들이 겁에 질려 있는 것 같았소."

"싸움이라도 난 것 아닙니까?"

“그럴 수도 있겠지.”

“그럼 엘프는 못 보고 오신 거네요?”

“유감스럽게도 그랬소. 내 평생 마지막 기회였는데……. 그래서 코로나에 들어가는 대신 자우라크 산맥이라도 등반하려고 이리로 온 거요.”

남쪽 대륙을 다녀왔다던 노인의 거창한 얘기는 이렇게 시시하게 끝이 나버렸다. 모두들 다시 자기의 자리로 돌아가 하던 얘기를 이어 하는 사람도 있었고, 몬스터들이 겁에 질려 있는 이유를 놓고 자기들끼리 격렬하게 논쟁을 벌이는 사람도 있었다.

“분명 오크들일 거야. 오크들은 자기 종족들끼리도 종종 전쟁을 벌인다니까. 게다가 놈들의 숫자가 좀 많아?”

“근데 오크 정도에 남쪽 숲이 모조리 공포에 잠겨 있겠어?”

“남쪽 숲 모조리는 아니지. 저 노인장은 안에 들어가 보지도 못했다잖아.”

“아니야, 오크들이 싸우면 숲이 공포에 잠겨 있는 게 아니라 숲이 들썩이도록 소란스러워야 맞지.”

“그건 그렇네. 그럼 오크와 트롤이 싸운 게 아닐까? 원래 오크와 트롤은 몬스터들 중에서도 싸움 좋아하기로 손에 꼽히잖아. 대신 둘이 만나면 함부로 상대하지 못하고 몇 시간이고, 며칠이고 서로 노려보기만 한다면서?”

이런 대화에 유리가 끼어들지 않으면 오히려 이상한 일이다.

“왜요?”

“오크는 자기들끼리 죽고 죽이며 피 터지게 싸우다가도 다른 적이 나타나면 어떤 종족들보다 똘똘 뭉치거든. 근데 트롤이란 놈은 웬만한 상처로는 끄덕도 안 하잖아. 피부 자체가 자동으로 재생이 돼버리니까. 그러니 오크들이 아무리 떼거지로 덤벼도 트롤한테는 상처조차 내기 힘들지. 또 트롤의 입장에선 아무리 스스로 상처를 치유하는 능력이 있다 해도 개 떼처럼 덤벼드는 오크들을 끝없이 상대하기란 벅찰 테고. 그래서 함부로 싸우지도 못하고 노려만 보는 거지 뭐."

어느덧 오크와 트롤과의 싸움은 기정사실이 되어버렸고, 화제는 트롤의 피부가 재생되는 속도와 오크의 공격력 중 어느 쪽이 유리할까로 변해갔다.

그들의 소란에도 핸슨은 아무 말도 하지 않았다. 남아 있는 맥주도 마시지 않았다. 노인이 자리에서 일어나자 핸슨도 조용히 따라 일어섰다. 이실론도 말없이 핸슨과 함께 노인을 따라갔다. 노인의 방은 2층 제일 안쪽의 방이었다. 방문을 열고 들어가려는 노인을 핸슨이 불러 세웠다.

"어르신! 남쪽 대륙에 관한 얘기를 좀 더 나눴으면 합니다만……"

노인은 뒤도 돌아보지 않고 문고리를 잡으며 무심하게 말했다.

"들어오게."

너무나 선선히 방문을 열어주는 노인의 태도에 핸슨의 행동은 예측이라도 했다는 듯 자연스럽기만 했다.

방에 들어서자 노인은 대충 침대에 걸터앉았고, 핸슨은 하나뿐인 의자를 차지하고 그의 앞에 바짝 붙어 앉았다. 이실론 또한 창가에 기댄 채 서 있었다. 노인이 먼저 말했다.

"자넨 뭘 아는가?"

"자르휜이 걷히면 에라다누스가 깨어난다는 것."

노인의 눈빛이 핸슨을 관찰이라도 하듯 뚫어지게 응시했다.

"그거야 누구나 아는 사실 아닌가?"

핸슨은 노인의 시선을 피하며 나직이 말했다.

"저도 남쪽 대륙에 간 적이 있었습니다. 한 5년쯤 됐죠. 그때 이미 조금씩 걷히고 있었습니다."

"자르휜이 걷히는 걸 느낄 정도라… 휴우~"

핸슨의 말에 노인은 깊은 한숨을 쉬었다.

"밀러 대장."

노인의 입에서 너무나 자연스럽게 핸슨의 옛 이름이 불리워졌다. 핸슨도 의외라는 듯 어깨를 흠칫하긴 했지만 새삼스럽게 놀란 표정을 짓지는 않았다.

"알고 계셨군요, 맥 브라이드 백작님."

맥 브라이드 백작이라고 불린 노인의 얼굴에 엷은 미소가 어렸다.

"우리가 만났던 게 이십 년 전쯤인가? 아, 25년 전이겠군. 요나단 왕자님의 탄생 축하연에서 봤으니까. 딱 한 번뿐이지만 자네의 그 강렬한 눈동자와 꼿꼿한 어깨는 쉽게 지워질 모습이 아니었지."

"백작님이야 워낙 유명했던 분이니까 제가 알아 보는 게 당연하지만, 백작님이 그때 본 저의 모습을 기억하고 계신다는 건 좀 의외군요."

"나도 자네 얼굴만 보고는 못 알아봤을 걸세. 일행을 보고 확신했지."

핸슨의 얼굴이 눈에 보일 정도로 확연히 굳어졌다. 의혹이 가득한 눈으로 백 브라이드 백작을 바라보는 핸슨의 긴장된 숨소리는 창가에 있는 이실론에게까지 전해질 정도였다.

"일행을 보고 알다니요? 백작님이야말로 뭘 알고 계시는 겁니까?"

"아까 엘프의 마을에 갔었다고 하지 않았나? 에스더를 만났었네."

이실론에겐 또 하나의 낯선 이름일 뿐이지만 핸슨에게 에스더란 이름이 갖는 의미는 큰 모양이다. 핸슨의 얼굴은… 설명할 수 없이 복잡했다.

"못 보고 왔다고 하시지 않았습니까?"

"에스더가 그렇게 말하길 원했네. 또 남쪽 대륙의 변화를 말해 주길 원하더군."

그녀다운 방법이다. 에스더는 언제나 주변만 보여주고 스스로 중심에 다가가라고 말했었다. 인간들이 자신의 눈으로 보지 않은 것을 믿을 리 없고, 스스로 느껴지지 않는 위기를 인식할 리 없다는 것을 그녀는 알고 있었다. 그녀는 누구보다 인간을 잘 이해하는 엘프였다.

"어떻게 지내고 있습니까?"

"좋지 않네."

"옛?"

핸슨이 이렇게 순식간에 평정을 잃는 모습은 처음이다. 그러나 맥 브라이드는 무겁게 고개를 저으며 단호하게 말했다.

"어차피 알게 될 테지만 지금은 아닐세. 내 뜻이 아니라 그녀의 뜻이었네. 그녀가 직접 자네에게 말하겠다고 했어."

"그럼 백작님이 이곳에 오신 것은?"

"그래, 에스더의 부탁이었지. 지금쯤 이곳에 오면 자네들을 만날 수 있을 거라고 하더군. 하루 늦긴 했지만 이렇게 만났으니까 다행이야. 에스더가 내게 부탁한 건 두 가지였네. 그중 하나는 국왕 폐하께 그녀의 편지를 전하는 것이고, 나머지 하나는……."

뭔가 쉽지 않은 말을 하려는 듯 맥 브라이드 백작은 잠깐 호흡을 고른 후 말을 이었다.

"자넨 자르휜의 저주에 대해 얼만큼 알고 있나?"

핸슨은 잠시 주춤했다. 일반인들이 자르휜이라고 말하는 코로나의 검은 태양은 에라다누스가 자신의 수면을 방해받지 않기 위해 쳐놓은 일종의 결계였다. 자르휜에선 대기의 흐름과 공기의 압력마저 다르다고 한다. 태양조차 검게 보이는 절대 미지의 공간이지만 인간들은 아무런 제약 없이 그 결계 안에 들어설 수 있었다. 인간을 지독히 증오했던 에라다누스는 인간들에게 그 공간을 열어놓는 대신 풀지 못할 저주를 내린 것이다.

자르휜의 검은 태양 속으로 들어갔던 사람들은 예외없이 자아분열 증세를 일으키며 주변으로부터 고립되어지고 격리당해졌다. 수많은 모험가와 드래곤 슬레이어를 자청했던 사람들이 한순간에 사회의 낙오자로 전락해 버린 것이다.

자르휜의 저주란 특정한 상태가 아니라 그 사람들의 상황을 동정해서 생긴 말이었다.

그러나 맥 브라이드 백작이 핸슨에게 묻는 의미는 달랐다. 그리고 핸슨은 그 의미를 알지 못했다.

"무슨 말씀이신지……."

"우린 자르휜의 저주를 에라다누스의 심술 정도로 생각했지. 그러나 그것은 심술도 아니고, 그의 휴식을 위한 단순한 방어도 아니었네."

"그렇겠죠. 에라다누스는 비록 난폭하긴 했지만 위대했던 드래곤이고, 하찮은 인간들을 상대로 심술이나 부릴 만큼 가벼운 존재는 절대 아니니까요. 로날드도 그 의문을 가지고 고민해 본 적은 있지만 역시 뚜렷한 답은 얻지 못했었습니다."

"린클레이터 경도 알지 못한 게 당연하지. 에스더도 최근에야 알았고, 나도 조금 전에야 확인했으니까."

조금 전에야 알았다는 말… 일행과 관련이 있다는 말일 것이다. 핸슨은 불안한 마음으로 창가에 있는 이실론을 돌아봤다. 이실론은 담담히 두 사람의 대화를 듣고 있었다. 모르겠다. 자신은 전혀 모르는 일이지만 왠지 낯설게 느껴지지 않는 얘기들. 그냥 혼란스럽기만 했다.

"자르휀의 저주는 에라다누스의 지배였네. 무의식적인 의지의 지배당함. 그들은 사회로부터 격리당하는 게 아니라 자신에게서 주변을 털어내는 거였어. 그렇게 잊혀지고 지워진 사람이 된 채 늙지도 않고, 죽지도 않아. 그들은 에라다누스의… 조악한 분신이지."

믿을 수도 없고, 이해하기도 힘들었다.

"물론 믿기 어렵겠지. 나도 그랬네. 에스더에게 몇 번이고 되묻고 캐물었지. 그런데도 이해할 수 없었네. 그 아이를 보기 전까진. …듀리안이라고 했나?"

이실론이 밤하늘을 등진 채 조용히 물었다.

"듀리안이 무슨 상관입니까?"

맥 브라이드 백작의 시선이 이실론을 향했다. 드래곤의 영혼들이 별이라는 이름으로 밤하늘에 총총히 박혀 이실론의 머리 위에서 빛나고 있었다.

"그 아이는 에스더의 힘을 이어받은 아이니까. 엘프의 힘을 가진 아이지. 그 힘은 너를 보호하기 위함이고, 네가 본능적으로 그 아이에게 이끌린 건 그 이유 때문이야."

이실론의 푸른 눈이 핸슨에게 물었다. 알고 있었는지, 그렇다면 왜 말해 주지 않았는지……. 핸슨도 이실론의 물음을 느꼈는지 나직이 답했다.

"이실론, 네가 기억하지 못할 뿐이지 너도 알고 있는 일이야. 난 네가 스스로 깨달아 가기를 바랐었고."

이실론의 닫혀 있는 기억이 열리는 게 핸슨은 두려웠다. 지금도 이실론의 혼란이 장차 그의 영혼에 어떻게 작용할지 두렵다. 그러나 이실론만큼이나 유리도 지키고 보호해야 할 의무와 책임이 있다.

"듀리안을 보면서 이해하셨다는 말은……."

"에라다누스는 카시오페아를 불러낸 에스더를 지독히 원망했었다더군. 듀리안을 보는 순간 강렬한 적의가 느껴졌네. 에스더를 향한 에라다누스의 증오가 나에게서 듀리안으로 뿜어진 셈이지."

핸슨은 잠시 할 말을 잊었다.

"그렇다면… 백작님도 자르휀의 저주에 씌여 있다는 말씀입니까?"

"중요한 건 그게 아닐세. 자네도 느꼈다시피 자르휀은 점점 건어지고 있고, 나를 지배하는 외부의 의지는 점점 커져 가고 있어. 내가 나에게서 언제 격리되어질지 알 수 없을 정도로. 아직도 에스더의 부탁이 하나 남아 있는데……."

"그럼 이실론은?"

"현재로썬 에라다누스가 저 아이의 존재를 모른다고 봐야겠지. 그것만으로도 얼마나 다행인가?"

이실론은 처음 그 자리에, 처음 그 자세 그대로 조금의 미동도 없이 서 있었다. 조금이라도 움직이면 모든 게 날아가 버릴 것만 같다.

"저의 존재란… 무엇입니까?"

정말로 대답을 필요로 하는 걸까? 핸슨의 말대로 자신은 이미 알고 있다. 아니, 알고 있는 것 같다. 그러나 아직은… 눈앞이 어둡다. 머리 속에서는 하얀빛이 맴돈다. 시계추처럼 기둥에 매달린 몸이 좌우로 요동치는 것 같다. 이대로는 도저히… 더 이상 서 있을 수가 없다. 이실론은 나비가 버리고 간 유충의 껍질처럼 볼품없이 바닥으로 무너졌다.

3

잠들어 있는 이실론의 얼굴은 창백했다. 자신이 지켜주지 못한 과거 속에서 이실론은 어떤 모습으로 살아왔을까? 그리고 자신과 함께하는 현재의 시간들은 이실론에게 어떤 영향을 끼칠까?

이실로니아 스타 밀러.

그 이름을 되찾아줄 수 있을까? 아니, 이실론이 그 이름을 다시 받아주기나 할까?

핸슨은 아픈 한숨을 삼키기 위해 턱을 괴었던 손으로 자신의 입술을 지그시 깨물었다. 지금 이 아이 앞에서 자신은 아파할 자격조차 없는 사람이다.

핸슨은 이실론의 우윳빛 뺨을 어루만지고, 금빛 머리카락을 쓰다듬었다.

"다시는 널 잃지 않을 거고 혼자 있게 두지도 않을 거야. 세상의 모든 사람을 죽이더라도 너 하나만을 지킬 수 있다면 이번엔 그쪽을 택할 테다. 과거와 같은 실수는 되풀이하지 않는다. 절대로!"

핸슨의 다짐 같은 속삭임에도 이실론의 창백한 안색은 펴지지 않았다.

핸슨이 누워 있어야 할 맞은편 침대에서는 유리가 단잠에 젖어 있었다. 맥 브라이드 백작의 마지막 경고였다. 유리를 절대 혼자 두지 말라는 것. 더욱이 자신이 옆방에 있을 때는.

맥 브라이드 백작의 말은 여전히 의문투성이지만 에스더가 전해준 얘기라면 무조건 믿을 수밖에 없다.

에스더가 표면에 나설 정도로 모든 것은 빠르게 변화되어 가고 있었다. 아직 변하지 않은 것이 있다면 이실론과 유리뿐이다. 그러나 서두른다고 바꿀 수 있는 것은 없다. 그저 시간이 허락되어 주길 간절히 바랄 뿐.

밤이 깊어가도 잠을 이룰 수 없는 핸슨의 머리 속은 복잡하기만 했다. 무언가 머리 속을 찧는 듯한 쿵쿵거리는 무거운 소리. 밤의 적막을 흔드는 그 소리를 떨치기 위해 핸슨은 두 손으로 머리를 휘감았다. 하지만 소리는 점점 가까워지며 더욱 큰 떨림을 일으켰다. 핸슨이 벌떡 일어서며 양손에 무기를 뽑아 들었다. 그 소리는 자신의 내부가 아닌 외부에서 들려오는 소리였던 것이다.

핸슨의 방문 앞에서 소리가 잠시 멎었다. 그러나 이내 '콰쾅' 문짝이 떨어져 나가는 소리와 함께 발자국의 주인이 넘어진 문짝을 밟으며 방 안으로 들어섰다.

"맥… 브라이드… 백작님!"

핸슨의 외침은 경악에 가까웠다. 핸슨의 눈앞에 있는 침입자는 틀림없는 맥 브라이드 백작이지만 핸슨이 알고 있던, 조금 전까지 그와 마주 앉아 있던 그 사람은 아니었다.

맥 브라이드 백작의 온화하던 얼굴에는 살기와 적의가 가득했고, 안타깝게 핸슨을 바라보던 눈빛은 송곳처럼 날카롭게 잠자고 있는 유리를 노려봤다. 그의 경고는 하룻밤도 지나기 전에 현실이 되어 핸슨의 눈앞에 서 있는 것이다.

핸슨은 재빨리 이실론의 몸을 침대 바닥으로 떨어뜨리고, 침대를 넘어뜨려 이실론의 방어막을 만들어냈다. 맥 브라이드 백작의 경고대로라면 그의 목표는 어차피 이실론이 아닌 유리다. 이실론은 그냥 이 밤의 소란으로부터 숨겨주기만 하면 될 것 같다.

핸슨의 몸은 맥 브라이드 백작과 침대에 누운 채 진저리를 치고 있는 유리 사이를 막아 섰다.

"유리! 일어나라! 어서!"

"왜 그래요오옷?"

단잠을 방해받은 짜증과 함께 유리가 부스스 눈을 떴다.

처음엔 잠이 덜 깬 듯 어리둥절한 표정을 지었으나 이내 자신들의 방에 침입자가 있음을 알아챘다. 유리의 몸이 튕겨지듯 침대에서 분리되더니 머리맡의 레이피어를 집어 들었다. 그제야 핸슨의 등에 가려 있던 침입자의 얼굴을 봤다.

"당신은 아까 저녁때……?"

그녀의 귀를 즐겁게 해주던 모험담의 주인이었다.

"유리, 침대 밑으로 들어가라. 절대 움직이지 마. 내 말 알겠니?"

유리는 당연히 핸슨의 말을 듣지 않았다. 영문도 모르는 데다 설령 영문을 안다 해도 동료를 앞에 두고 침대 밑에 숨는 비겁한 행동은 하지 않을 것이다. 게다가 맥 브라이드 백작이 그리 위협적인 상대로 보이지 않으니 무조건 꼬리를 내릴 생각은 추호도 없었다.

자신의 당돌함이 핸슨을 더욱 곤혹스럽게 한다는 것은… 물론 모른다.

"또 돈 때문이에요? 그렇게 안 봤는데… 순 거짓말쟁이 모험가였군요."

피하기는커녕 핸슨의 옆에 나란히 선 유리는 맥 브라이드 백작의 훌륭한 표적이 되어주고 있었다.

"어서 침대 밑으로 들어가!"

"싫어욧!"

유리의 외침과 동시에 맥 브라이드 백작의 롱 소드가 포악하게 허공을 내리그었다. 그대로 유리를 직단해 버리기라도 할 듯한 기세였다.

핸슨은 어깨로 유리를 밀치며 오른손의 배틀엑스를 크게 휘둘렀다. 맥 브라이드 백작이 핸슨의 육중한 공격을 피해 뒤로 한 걸음 주춤하자, 핸슨의 왼손에 들려 있던 시미터가 날카롭게 맥 브라이드 백작의 손목을 그었다.

일단은 그의 공격부터 봉쇄하려는 목적이었다. 공격은 적중했다.

캐카앙―!

그러나 돌아오는 것은 날카롭게 쇠가 긁히는 소리뿐이었다.

"분명히 손목을 그었어요!"

유리가 믿을 수 없다는 듯 앙칼지게 외쳤다.

"마법의 기운이 그의 몸을 감싸고 있어!"

이것도 에라다누스의 힘일까? 왜 말해 주지 않았을까? 아니, 이것조차 가능한 일인가? 잠들어 있는 에라다누스의 힘이 살아 움직이는 사람의 방어막까지 되어줄 수 있는 건가? 핸슨의 등골을 따라 싸늘한 기운이 흘러내렸다. 만약 그렇다면… 무슨 수로 그를 막는단 말인가.

맥 브라이드 백작의 롱 소드는 아무런 거리낌 없이 유리를 노렸고, 그의 검을 막는 핸슨의 모습은 차라리 몸부림이라고 해야 할 작은 몸짓에 불과했다.

침대가 부서지고, 벽에 불꽃이 튀는 소란 속에도 불구하고 움직이는 다른 투숙객들은 없었다. 어쩌면 모두 잠에서 깨어났지만 움직일 용기가 없어 침대 속에 웅크리고 있는지도 모른다.

돌기둥이라도 된 것처럼 벽의 한쪽 구석에 바싹 붙어 숨을 죽이고 있는 유리와 핸슨과의 거리도 점점 좁혀지고 있었다. 그것은 맥 브라이드 백작의 검도 유리를 향해 다가오고 있다는 의미였다. 더 이상 물러설 공간조차 없는데…….

갑자기 창 옆의 바닥에 누워 있던 이실론이 벌떡 일어섰다. 시미터의 휘어진 검 끝으로 맥 브라이드 백작의 롱 소드를 감고, 이실론을 바라본 순간.

"누군가 있다!"

이실론의 등 뒤 창문에서 반짝이던 샛별 같은 눈동자를 본 것이다. 그리고 핸슨의 외침에 밤에 묻혀 사라지는 검은 머릿결도 보였다. 뛰듯, 날듯.

그녀일지 모른다, 맥 브라이드를 감싸고 있던 마법의 원천은. 만약 그렇다면 그녀와 함께 맥 브라이드를 감싸고 있던 마법의 벽도 사라졌을지 모른다.

제발 그렇기를…….

핸슨은 맥 브라이드 백작의 롱 소드를 감고 있는 시미터를 앞으로 당기며 함께 끌려오는 맥 브라이드 백작의 머리를 향해 배틀엑스의 손잡이를 내리찍었다.

됐다! 이젠 튕겨지지 않는다. 핸슨의 일격은 그대로 맥 브라이드 백작의 머리에 상처를 내며 그를 휘청이게 만들었다. 그런데…….

"이실론은?"

이실론이 보이지 않았다. 금방까지 눈앞에, 창가에 서 있던 이실론인데.

"창밖… 으로 뛰어… 내렸어요."

"젠장!"

검으로 맥 브라이드 백작을 제압하는 것은 어렵지 않을 것이다. 그러나 그에겐 에스더로부터 위임받은 임무가 있고, 자신은 그것 또한 지켜줘야 할 책임이 있는 사람이다. 여기서 맥 브라이드 백작을 다치게 해서는 안 된다.

하지만 이실론은…….

"무슨 일입니까?"

낯선 청년이 무기를 들고 그들의 방으로 뛰어들었다. 이제야 잠에서 깼는지 여관 여기저기에서 웅성거리는 소리도 들렸다. 아마 '사라진 그녀'의 마법으로 여관의 모든 사람들이 잠들어 있었던 모양이다. 이제야 소란스러움에 잠을 깨서 달려온 것이다. 무기까지 들고.

믿을 수 있는 사람일까? 유리를 맡겨도 될 만큼 실력은 있을까? 맥 브라이드 백작을 막고 있을 만큼?

오래 망설이지는 않았다. 조금 전에 스스로에게 다짐하지 않았던가?

세상의 모두를 희생시키더라도 이실론만큼은 지키겠다고. 설사 그 세상의 모두에 유리가 포함되어 있다 해도 어쩔 수 없었다.

"이 아이를 좀 지켜주게. 저 노인의 발작도 막아주고. 두 사람 모두 다치지 않게. 부탁이네, 제발!"

청년의 대답도 듣기 전에 핸슨의 몸은 이미 창을 뛰어넘어 1층의 바닥으로 내려서고 있었다.

이실론은 대로를 달려갔다. 세상 사람 모두가 나와 그 길을 막아선다 해도 그는 찾을 수 있다. 은하수를 담아 내리는 밤의 무지개처럼 아름답게 출렁이는 저 까만 머리……. 그 까만 머리가 어둠 속을 헤치며 도시의 대로를 달려가고 있었다.

"라리사—!"

그녀의 이름은 기억난다. 그녀의 목소리도, 그녀의 체취도, 그녀의 검은 눈동자도, 그녀의 머리카락만으로도 그녀를 느낄 수 있었다. 이실론의 기억 속에 선명히 남아 있는 그녀는 이실론의 지워지지 않은 유일한 과거인지도 몰랐다.

이실론은 목청 높여 이름을 불렀다. 그러나 라리사는 뒤돌아보지 않았다. 걸음을 멈추지도 않았다. 그녀는 계속계속 밤의 어둠 속으로 멀어져 갔다.

"라리사아—!"

절규하듯 외치는 이실론의 목 메인 부름에도 라리사는 결국 돌아보지 않았다. 이제 그녀의 머리카락은 사라졌다. 폭우에 시달리는 밤의 계곡처럼 요동치던 그녀의 머리카락이 더 이상 보이지 않는 것이다. 그녀가 지나간 자리에도 텅 빈 어둠만이 가득했다.

이실론은 대로에 털썩 주저앉았다.

"가지 마… 라리사……."

혼잣말처럼 중얼거리며 이실론은 밤의 공간 속에 홀로 버려졌다. 라리사의 모습은 꿈결 속에 보였던 환상처럼 사라져 갔다.

"이실로온—!"

목메인 핸슨의 외침이 들렸다. 너무나 또렷이 현실 속에서 들려오는 외침은 이실론을 또다시 과거로부터 단절시키고 있었다.

턱 앞까지 차 오른 숨을 몰아쉬며 핸슨은 이실론을 보자마자 말없이 덥석 부둥켜안았다. 다시는 놓지 않겠다는 듯.

그러나 이실론은 무표정하게 핸슨의 몸을 밀어냈다.

밤길을 헤매던 몽유병 환자가 잠에서 깨어 허망하게 앉아 있듯 이실론도 멍하니 밤하늘만 응시했다.

"그 여자아이, 누구였니?"

"저도 잘 모르겠어요."

그녀를 놓친 것이다. 기억조차도…….

이실론은 창문에서 뛰어내리며 발목을 다쳤다. 그런 데다 달리기까지 했으니 이젠 걸을 힘도 없었다. 이실론의 가벼운 몸을 안고 여관으로 돌아가는 핸슨의 발걸음이 초조해지기 시작했다.

'유리를 혼자 두고 오다니…… 난생처음 보는 낯선 청년에게 맡겨도 될 만큼 유리의 운명은 하찮은 것이었나?'

여관에 도착해 계단을 뛰어 올라가는 핸슨의 가슴은 두근거리다 못해 울렁거리기까지 했다. 복도에 몇 명의 사내가 자신들의 방을 기웃거리며 구경하고 있는 모습이 보였다.

'설마…….'

온몸의 피가 심장으로 몰리는 느낌에 숨이 막혀왔다. 핸슨이 허겁지겁 방으로 뛰어들었다.

유리의 말똥말똥한 눈동자가 보였다. 막혔던 숨통이 확 트이는 것 같다.

"유리!"

유리의 시선은 매몰차게 핸슨을 외면했다.

바닥에선 맥 브라이드 백작의 몸이 피를 쏟고 있었고, 그 앞에는 낯선 청년이 맥 브라이드 백작의 몸을 살피고 있었다.

"죄송합니다. 다치게 하려고 했던 건 아닌데, 저 아가씨를 보호하려다 보니 그만……."

말투는 정중했지만 검게 그을린 피부와 가늘고 길게 찢어진 눈, 퀸츠인이었다. 핸슨은 낯선 퀸츠인에게 유리를 맡긴 채 이실론만 쫓아갔던 것이다. 유리가 핸슨을 외면하는 것은 당연했다.

"고맙네."

핸슨은 유리의 눈치를 보며 청년에게 인사를 하고, 맥 브라이드 백작의 상처를 살폈다. 옆구리를 깊게 찔렸는데 죽을 정도의 중상은 아니지만 당분간은 움직이지 못할 것 같아 보였다.

"테드 씨가 의사를 부르러 갔습니다. 곧 도착할 겁니다."

핸슨은 손으로 맥 브라이드 백작의 상처를 눌러 지혈을 하며 귓전에 속삭였다.

"백작님, 제 말 들리십니까?"

바닥에 닿아 있는 맥 브라이드 백작의 고개가 희미하게 끄덕였다.

"미안하네. 자네들은… 아침 일찍… 떠나게. 난… 괜찮으니까……."

말을 할 때마다 상처가 들썩이며 검붉은 피가 넘치듯 흘러나왔다.

“말씀은 하지 마십시오. 일단은 상처부터 돌봐야 하니까.”

맥 브라이드 백작의 머리가 세차게 흔들렸다.

“떠나게. 늙은이의 마음을… 더 무겁게 하지 말고. 내 일 정도는 알아서… 처리할 능력이 되네……”

고통에 숨을 헐떡이며 하는 말이었지만 의지만은 단호하고 확고했다.

“알겠습니다. 날이 밝는 대로 떠나겠습니다.”

의사가 도착했을 때, 맥 브라이드 백작은 거의 의식을 잃은 상태였다. 응급 치료를 한 후 의사는 한 달 정도는 치료해야 완쾌될 수 있을 거라면서 맥 브라이드 백작을 자신의 치료소로 실어갔다. 다행히 의사는 포트리몬인이었고, 맥 브라이드 백작의 명성을 들어 알고 있었던 덕분이다. 물론 핸슨이 건넨—이실론의 주머니에 있던—금화 두 개도 커다란 작용을 했겠지만 말이다.

이실론의 뒤틀린 발목도 치료했는데 이실론은 외마디 비명과 함께 다시 의식을 잃어야 했다. 혼란을 가라앉히기에 잠보다 훌륭한 약은 없다. 핸슨은 이실론의 깊은 수면이 차라리 다행스러웠다.

의사가 돌아가자 구경꾼들도 모두 자기 방으로 돌아가고, 퀸츠인인 낯선 청년만 남았다.

“던칸 마이어스라고 합니다.”

“난 핸슨일세. 이 아이는 이실론이고, 저 아이는… 듀리안 루밀 에르딘버크네.”

유리의 앙칼진 시선이 핸슨을 노려봤다.

“날 그렇게 쉽게 내팽개칠 거면서 뭐 하러 지하 감옥에서 꺼내 여기까지 데려왔어요?”

“정말 할 말이 없구나. 미안하다.”

"마이어스 씨가 아니었으면 그냥 날 죽도록 내버려 뒀겠군요."

"절대 그러지 않았을 거야. 널 데리고……."

"흥! 날 데리고 이실론을 쫓아갔을 거라는 소리를 하려는 거예요? 치졸한 변명 그만두세요. 어차피 이실론을 택했고, 난 버림받은 거니까."

"저어, 말씀 중에 죄송합니다만… 핸슨 씨, 한 가지 여쭤봐도 되겠습니까?"

유리를 뭘로 보고 감히 그녀의 대화에 끼어들었을까?

"시끄러워욧—! 당신이 뭔데 내 말에 끼어드는 거예요?! 핸슨은 지금 나랑 대화 중이잖아요!"

이유 불문이다. 그녀의 말에는 무조건 끼어들면 안 된다. 설사 생명의 은인이라 해도. 하긴 생명의 은인으로 치면 던칸이란 청년보다 핸슨이 먼저였다. 칭찬 한마디 못 들었지만 그녀를 지하 감옥에서 구해줬었으니까.

퀸츠인이라고 해서 여자의 이런 독설에 무감각할 수는 없는 법. 던칸은 당황함과 민망함에 어쩔 줄 몰라 했다. 그렇다고 유리가 좋게 봐줄 거라고 생각하면? 당연히 오산이다.

"덩칫값도 못하고 얼굴은 왜 빨개져서 난리예요?"

이런 말을 듣고도 참아야 하나? 그래야겠지. 이 독설의 대상은 덩칫값을 해야 할 정도로 신체 건장한 남자고, 독사 같은 입의 주인은 가녀린(?) 여자니까.

"핸슨, 어서 대답해욧!"

던칸만큼은 아니었지만 던칸 못지 않게 당황한 핸슨이 머리를 긁적이며 되물었다.

"근데 유리, 뭘 대답해야지?"

유리의 눈동자가 천장을 향해 바쁘게 굴러 올라갔다. 뭐였지? 한차례 목청을 높이고 났더니 까먹었다. 유리의 홉떠진 눈동자가 천장에서 서서히 내려오며 던칸을 향했다. 마치 '너 때문이야!' 하는 표정으로.

유리의 독사 같은 혓바닥이 또다시 말을 내뱉기 전에 던칸이 재빨리 말했다.

"에르딘버크 양이 하셨던 말씀은 핸슨 씨가 이실론을 택하고 에르딘버크 양을 버렸다는 얘기였습니다."

투박한 생김과 달리 제법 기억력은 좋았다.

"유리, 사부의 명예를 걸고 맹세하마. 두 번 다시 널 팽개치는 일은 없을 거야. 절대로!"

핸슨은 유리의 또 다른 반격이 있기 전에 재빨리 화제를 바꿔 말을 이었다.

"마이어스 군, 내게 물을 게 있다고 했지?"

핸슨은 재촉하는 눈빛으로 던칸을 쳐다봤다. 맨손으로도 오크 정도는 때려잡을 것 같은 건장한 체구와 보기 좋게 그을린 구릿빛 피부가 약간은 투박한 얼굴과 조화를 이루며 매우 용맹한 느낌을 주는 사내였다. 겉모습으로만 봐선 유리의 한마디에 얼굴이 빨개질 남자는 절대 아니었다. 그러니까 유리도 덩칫값을 하라고 했겠지만 말이다.

던칸도 핸슨의 눈빛을 이해했는지 유리가 끼어들 여유를 주지 않고 물었다.

"아까 그 모험가 노인의 행동, 자르휜의 저주 때문 맞습니까?"

"자르휜의 저주?"

유리의 귀가 솔깃했다. 눈도 동그래졌다. 아마 곧 핸슨에 대한 삐침은 풀릴 것 같다.

"맞네. 자네와도 상관있는 일인가?"

던칸은 망설임없이 답했다.

"예."

그때 노크 소리와 함께 여관 주인 테드가 방으로 들어왔다.

"그 모험가 노인은 병원으로 잘 모셨습니다."

"고맙소."

"저희는 여관 내에서 벌어지는 모든 일은 성심을 다해 책임집니다. 대신 외부에까지 연결되는 것은 될 수 있는 한 막기를 원합니다."

웨이트가드에도 치안 유지대는 있고, 그들에게까지 사건이 확대되는 것은 원치 않는다는 얘기였다. 즉, 빨리 여관에서 나가달라는 말이었다.

핸슨은 미안한 눈으로 던칸을 바라봤다. 던칸이 무슨 볼일로 며칠 간 이곳에 묵을 작정이었는지 알 순 없지만 자신들 때문에 치안 유지대를 피해 마을을 떠나야 할 처지에 처한 것이다.

"일단 함께 가세. 자네가 궁금해하는 부분에 대해 아는 한은 모두 말해 주겠네."

웨이트가드의 새벽 바람은 싱그럽고 상쾌했다.

이실론을 등에 업은 핸슨과 유리, 던칸은 도시를 벗어나자 숲길을 따라 걸었다.

"대낮부터 돈주머니를 뺏겠다고 덤비는 건달들도 있는데 우리가 왜 도망가야 하죠? 우리는 정당방위를 한 거잖아요."

"내부인이야 어떤 사고를 쳐도 눈감아주지만 외부인이 사고를 일으키는 건 용납할 수 없다, 뭐 그런 거지. 한마디로 외지인에 대한 텃세다."

"피이~ 불공평해."

"세상이란 다 그런 거야. 어차피 규칙이란 것도 정한 사람의 잣대에 따라 움직이는 거니까. 그 잣대를 읽어내는 게 요령이란 거지."

"그 말은 사부가 어린 제자에게 할 말은 아닌 것 같네요. 아직 세상의 때가 묻지도 않은 순수한 소녀에게 세상을 살려면 요령을 알아야 한다, 이런 건 바람직하지 못한 교육이잖아요."

그렇게 따지자면 유리에게 교육을 한다는 것 자체가 바람직하지 못하다. 도무지 배우는 사람의 자세가 돼 있지 않으니까 말이다.

"자르횐의 저주에 걸린 사람들은 어떻게 되는 겁니까?"

던칸이 그들을 따라온 목적이다. 자르횐의 저주.

"그들이 어떻게 되다니? 그들의 증상이야 아까도 보았다시피……."

"그들이 사라지고 있습니다. 그건 모르셨습니까?"

맥 브라이드 백작도 해주지 않았던 말이다.

"사라지고 있다니?"

질문을 하려던 사람은 던칸이고, 핸슨의 역할은 대답을 해야 하는 것인데 상황이 전도돼 버렸다.

"자네가 알고 있는 건 또 뭔가?"

"전 남쪽 대륙에서 왔습니다. 몬스터 레인져였죠."

"몬스터 레인져요? 우와—! 근데 몬스터를 잡아도 돈이 되나요?"

역시 유리답다. 논점에서도 어긋난 데다 분위기마저 깨고 있으니. 그래도 던칸은 대답했다.

"박제해서 팔기도 하고, 가죽이나 이빨, 뼈 등도 팝니다. 종류에 따라 다르지만 제법 괜찮은 돈벌이지요."

"그래요?"

돈이란 말에 유리의 눈이 번쩍했다.

"유리이."

핸슨이 나직이 유리를 부르자, 유리가 눈꼬리를 내렸다.

"예, 사부님."

"저는 친구와 팀으로 사냥을 했었습니다. 제8구역이었으니까 제법 깊은 곳에 있었죠. 녀석은 저보다 2년 정도 먼저 그곳에 있었고, 몬스터 레인져들 사이에서도 유명했던 실력자였습니다. 저 같은 풋내기랑 팀을 이룬 건 오로지 친구라는 이유 하나였습니다. 처음 1년을 녀석의 보호 아래 연명하다시피 했었죠. 녀석이 죽도록 부상을 당하는 적은 있어도 제가 부상을 당하는 일은 없었습니다. 녀석은 자기의 목숨보다 저를 더 소중하게 여겼거든요. 제가 녀석의 온전한 파트너가 된 건 2년쯤 지나서였습니다. 그때부턴 저도 부상을 당하기 시작했죠. 처음 부상을 당했을 땐 오히려 기뻤을 정도였습니다. 드디어 녀석의 보호로부터 해방된 것이니까요. 문제가 생긴 건 그 무렵이었습니다. 가고일Gargoyle 사냥을 하다 제가 많이 다쳐서 두 달 정도 사냥을 하지 못했던 적이 있었거든요. 그때 녀석이 혼자 사냥을 나갔던 모양입니다."

참으려고 했지만 도저히 참을 수 없었다.

"정말로 가고일을 잡았어요?"

꼭 묻고 싶었다.

“유리이!”

핸슨의 목소리에 조금씩 짜증이 묻어나기 시작했다. 던칸의 판단은 빨랐다. 핸슨이 유리의 입을 막는 것보다, 유리의 궁금증을 풀어주는 것이 더 쉬울 것이라고 생각했으니 말이다.

“우린 둘이었거든요. 한 명은 유인하고, 다른 한 명이 공격하고.”

“누가 유인하고 누가 공격했어요?”

그게 유리와 무슨 상관일까? 유리를 노려보는 핸슨이 정말로 화를 내려고 하고 있었다. 유리가 손을 들어 핸슨의 성난 눈동자를 막았다.

“알았어요, 알았어. 계속 얘기하세요.”

“그때부터 녀석의 행동이 조금씩 이상해졌습니다. 몬스터 레인져 중에 간혹 스스로 공포감을 이기지 못해 정신 분열을 일으키는 사람들이 있습니다. 녀석도 그런 것이길 바랬죠. 절대 그럴 수 없을 만큼 강한 녀석이라는 것을 알면서도 말입니다. 그런데 역시 아니었습니다. 녀석은 주위로부터 떨어져 나가더니 결국 저마저 외면하기 시작했습니다.”

던칸의 말이 조금씩 흐려졌다.

“그러다 어느 날 갑자기 흔적도 없이 사라져 버렸습니다. 녀석만의 실종이었으면 남쪽 대륙을 떠난 거다 생각했을 텐데, 녀석말고도 있었습니다. 그 사람도 녀석과 비슷한 시기에 자르횐에 들어갔었나 본데 둘 모두 사라진 것입니다. 뭔가 이유가 있을 거라고 생각했죠.”

“그런데?”

“아무것도 알아낼 수 없었습니다. 그래서 녀석의 고향에까지 온 겁니다. 물론 녀석이 그곳에 있을 리 없었죠. 지금은 다시 남쪽으로 돌아가려던 중이었습니다. 어차피 실마리를 찾아도 그곳에서 찾아야 할 테니까."

침묵이 흘렀다.

맥 브라이드 백작의 말과 던칸의 말에는 분명 통하는 지점이 있다. 핸슨은 등에 업은 이실론의 몸을 추스리며 그 교차점을 찾기 위해 고민했다.

자르휜의 저주는 인간들의 무의식을 지배하고, 그 인간들이 사라지고 있다는 것은 에라다누스의 의지에 의해 그들이 어디론가 보내지거나, 아니면… 그들을 불러 모으고 있다는 것. 결국 똑같은 사실을 반복해서 확인할 뿐이다.

에라다누스의 부활이 임박했다는 것.

던칸이 얼마만큼 믿을 수 있는 사람인지는 모르지만 핸슨은 그에게 빚을 졌고, 이미 말해 주기로 약속도 했었다.

핸슨의 입에서 자르휜의 저주에 대한 설명과 함께 에라다누스의 부활에 관한 이야기까지 나왔다. 그러나 던칸은 그다지 놀라지 않는 표정이다.

"남쪽 대륙에선 이미 공공연한 소문입니다."

"그랬었군. 하긴, 이미 변화가 시작됐을 테니까."

"그럼, 핸슨 씨도 남쪽 대륙으로 가시는 길입니까?"

"그런 셈이지."

두 사람은 눈빛도 표정도 변하지 않았다.

"폐가 되지 않는다면 동행해도 되겠습니까?"

특별히 그의 동행을 거절할 명분은 없었다. 그럴 필요도 없을 것 같고. 에라다누스의 부활을 앞두고 인간들끼리의 경계는 필요치 않았다. 한 사람의 힘이라도 도움이 된다면 모으는 게 옳다. 그러나 자신들의 위험한 여행에 타인을 섣불리 끼우는 것도 마음 편한 일은 아니었다. 핸슨이 선뜻 결정하지 못하고 망설이는 동안 유리가 목청을 높이기 시작했다.

"잠깐만, 지금 무슨 얘기 하는 거예요? 에라다누스가 깨어… 난다구요?"

설마… 언젠가는 깨어나겠지만 자신이 살아 있는 동안은 곤란하다. 그런데 정말 깨어날까? 별로 현실로 와 닿는 얘기는 아니다. 아니겠지, 설마. 유리는 간단히 생각을 접어버렸다. 원래 현실로 감당하기 어려운 일은 걱정조차 되지 않는 법이다. 믿기지도 않는데 걱정은 무슨 걱정? 유리는 현실적인 걱정만 하기로 했다.

"그래서 핸슨은 남쪽 대륙으로 가겠다구요? 에라다누스를 막기 위해? 사내 대장부가 큰 뜻을 품는 거야 나무라고 싶진 않지만, 그럼 나랑 이실론은 어떡해요? 우릴 도와준다고 했잖아요!"

핸슨이 평평한 바닥에 이실론을 조심스럽게 내려놓았다. 그리고 몸을 돌려 유리의 어깨를 꼭 잡아 쥐었다.

"유리, 사람은 누구나 살아가면서 숙명적인 선택의 기로에 놓이게 될 때가 있고, 네겐 지금 이 순간이 그래야 할 때구나. 평생을 살고 돌이켜 봐도 지금의 이 순간이 네 인생에서 가장 진지한 순간이어야 한다. 알았니?"

핸슨답지 않게 너무나 진지한 표정에 유리가 아랫입술을 지그시 베어 물며 불안한 목소리로 물었다.

"도대체 무슨 말을 하는 거예요?"

"질문은 나중에 하기로 하자."

핸슨은 유리의 어깨를 눌러 그녀의 몸을 바닥에 앉힌 후 말을 시작했다.

"내가 반역자가 된 것도, 떠돌이 검사로 대륙을 떠돌아다닌 것도 모두 이실론을 찾기 위해서였어. 그리고 이실론이 여행을 시작한 건 너를 찾기 위해서였고. 유리, 이실론은 너무나 중요한 사람이고 너는 이실론의 기사로 선택받은 사람이야."

무슨 소린지 알 수가 없다. 유리가 고개를 세차게 저었다. 그러나 핸슨의 말은 멈추지 않았다.

"물론 네가 원하지 않는다면 하지 않아도 돼. 이실론도 그래서 아직 말하지 않는 것 같으니까. 하지만 이건 네 평생 가장 중요한 선택이고 결정이야."

핸슨이 유리와 눈빛을 마주치며 다독이듯 다정하게 속삭였다.

"유리, 진지하게 고민하고 충분히 생각한 후에 결정해. 그럴 수 있지?"

유리는 멍하니 핸슨의 얼굴을 들여다보기만 했다.

"네가 어떤 선택을 하든, 누구도 널 원망하지도 책망하지도 않아. 이실론의 기사로 선택된 건 너의 의지가 아니었으니까 거부할 권리도 있는 거야. 알겠니?"

유리가 희미하게 고개를 끄덕였다.

'그랬었구나. 그래서 핸슨이 지하 감옥에서 날 구해줬고, 목숨을 걸고 우리를 보호해 줬구나. 그래서 내게 검도 가르쳐 주는 거고, 그래서 우리 아빠도 치료해 주겠다고 했고, 그래서 함께 이실론의 과거를 찾아주자고 했구나. 그래서, 그래서… 지금 저렇게 이실론을 소중히 안고 있는 거구나……'

잘은 모르겠지만 가슴이 세차게 고동치는 것이 이성과 감정이 아닌 본능으로 핸슨의 말을 받아들이고 있는 모양이다.

‘빌어먹을!’

그래도 자신이 특별한 사람이라는 느낌이 그리 나쁘지만은 않은 것 같다.

다시 강을 건너야 하지만 들어왔던 나루터로 다시 가는 것은 분란의 소지가 있었다. 던칸은 달리 배를 탈 장소를 알고 있다고 했고, 좀 돌아가는 먼 길이긴 하지만 핸슨은 던칸의 안내에 따라 그 길로 가기로 했다.

던칸의 안내에 따라 도착한 강가는 포말하우트 산맥의 끝자락에 있는 나직한 계곡이었는데, 피치 못할(?) 사정에 의한 도망자들이 주로 이용하는 곳이었다.

이미 날은 어두워져 오고 배는 내일 구하기로 했다.

이실론은 여전히 깨어날 생각을 하지 않았고, 핸슨은 유리에게도 생각할 시간을 주기 위해 일찍 잠자리에 들자고 제안했다.

핸슨은 유리에게 그녀가 숙명적인 선택을 해야 하며, 평생을 산 후 돌이켜 봐도 지금 이 순간이 그녀의 인생에서 가장 진지해야 할 순간이라고 말했었다. 그녀가 아무 말 없이 등을 돌리고 누워 있을 때까지만 해도 핸슨은 유리가 난생처음 진지함이란 단어를 가슴에 새기며 자신의 운명에 대해 고민하고 있는 줄만 알았다. 그런데 이런 소음이 들릴 줄이야.

“음냐음냐, 쩝, 쩝……”

유리는 고민을 하는 방법으로 생리적으로는 ‘수면’이란 상태를 취하고, 심리적으로는 ‘무아지경’이라는 단꿈 속에 빠져 있으며, 진지함이라는 단어는 ‘무아지경의 수면’에 접어들기 전에 어디 따로 보관해 둔 모양이다.

‘설마?’

핸슨은 일단 자신의 귀를 의심했다. 아무리 철부지에 무대포, 무사고(思考), 무경우의 아가씨라도 자신의 흔들리는 운명 앞에 저렇게 태연할 수는 없다. 저 입가에 맺혀 있는 하얀 방울은 절대 거품이 아닐 것이고, 그녀의 쩝쩝거리는 입술이 옆으로 벌어지는 것은 절대 미소 때문이 아닐 것이며, 그녀의 얼굴 근육이 형성하고 있는 표정은 절대 만족감이 아닐 것이다. 절.대. 그럴 수는 없었다. 그런데 이 소리는?

“히히……”

유리는 지금 이 순간에도 정말로 행복한 꿈을 꾸고 있나 보다. 이렇게 철저하게 강력한 정신력의 소유자가 적이 아니라는 사실은 핸슨으로 하여금 차라리 안도감을 느끼게 했다. 하긴 저 철없는 아가씨가 에스더의 기사니 놀랍도록 강한 정신력에 새삼 감탄할 필요는 없을 것 같다. 때때로 핸슨도 믿기지 않지만 지금 이 순간 그녀는 확실히 자신이 특별한 존재임을 인식시키고 있었다. 기사에게 어떤 순간에도 흔들리지 않는 강력한 자아만큼 든든한 무기는 없는 법이다. 최소한 유리가 그런 강력한 자아의 소유자임에는 분명했다.

핸슨의 감탄에 대꾸라도 하듯 유리는 이제 아예 잠꼬대를 한다.

“에헷, 아빠가 졌어.”

꿈속에서조차 버릇없는 아가씨다.

“1시온 내놔.”

아빠에게조차 돈 타령이니 말이다. 그녀의 아빠는 어쩌면 금화를 내놓으라고 하지 않는 것만으로도 고마워하고 있을지 모르지만. 아빠에게 돈을 건네받았는지 유리의 잠자고 있는 입술이 달이라도 삼켜 버릴 듯 귀밑까지 쫙 벌어졌다.

핸슨은 잠까지 쫓으며 유리의 표정을 관찰했다. 비록 꿈속이지만 유리는 정말로 행복한 표정 속에 환한 미소를 짓고 있었다. 그녀의 환한 얼굴 위로 별빛이 한아름 쏟아져 내렸다.

오늘 밤은 밤하늘을 가득 메운 별들조차 모두 유리를 내려다보고 있는 것만 같았다. 그 별들은 행복한 유리의 얼굴을 담아 아빠에게 건네줄 테고, 유리의 행복한 얼굴에 미소 짓는 아빠의 사랑을 다시 유리에게 전해줄 것이다. 쉴 새 없이 표정을 바꾸며 잠자는 인간이 낼 수 있는 온갖 소음을 다 내고 있는 유리를 바라보는 핸슨도 어느새 미소를 짓고 있었다.

'꿈속에서조차 아빠의 사랑을 듬뿍 받고 있는 아가씨군. 에르딘버크…… 그 이름은 대체 어디서 나온 거야? 망할 놈…….'

핸슨의 미소가 갑자기 경직되며 눈빛이 싸늘히 빛났다. 그들의 왼쪽 뒤편 수풀 속에서 부스럭거리는 소리가 들린 것이다. 핸슨은 잠자리를 청하기 위해 검을 치우는 척하면서 손에 검을 쥐었다. 그리곤 왼쪽으로 돌아 누울 것처럼 몸의 방향을 비틀어 돌렸다. 또다시 부스럭거리는 소리가 들렸다. 무게를 숨긴 사람의 발자국 소리 같기도 하고, 토끼나 다람쥐 같은 가벼운 산짐승이 움직이는 소리 같기도 했다. 그러나 산짐승이라고 생각하기엔 소리와 소리 사이의 시간이 너무 길다. 무엇인지는 모르지만 분명 조심스럽고 은밀하게 움직이고 있다는 뜻이었다.

핸슨은 일행을 둘러봤다. 유리는 비몽사몽 간에 히죽거리고 있고, 여전히 의식을 찾지 못한 이실론은 시체처럼 자고 있다. 혹시 던칸이라도 깨어 있으면 좋으련만 그 역시 잠 속에 빠져 있는 것 같다.

핸슨은 온몸의 신경이 곤두섰다. 만약 그 소리의 주인이 사람이라면 누구일지, 몇 명일지 확실히 판단이 서기 전엔 그는 섣불리 움직일 수 없었다. 그러나 그들을 노리는 누군가가 저 숲의 어둠에 몸을 숨기고 있다면 절호의 기회를 맞은 셈이다.

바삭. 바삭.

두 발이 바닥에 디뎌지는 소리다. 두 발을 가진 동물이라면? 당연히 사람이다. 더 이상의 소리가 없는 것으로 보아 한 명이고, 한 명이라면 선제공격으로 충분히 제압할 수 있을 것이다. 그 소음에 던칸이 잠에서 깨어 일행을 보호해 줄 수도 있을 테고. 핸슨이 소리가 나는 방향을 향해 몸을 일으켰다.

"아앗—!"

공격이 시작되기도 전에 들려오는 비명 소리라니. 그런데 여자의 목소리였다. 적이 여자였나? 아닌 모양이다.

"아빠! 아빠! 나예요! 유리! 아악—! 아빠, 제발—! 아아악—!"

밤의 평화를 통째로 흔드는 유리의 비명 소리는 곧 가슴 저미는 통곡 소리로 변했다.

"흑흑흑…… 엉엉엉……"

던칸이 벌떡 일어나는 소리가 들렸고, 동시에 핸슨은 공격을 포기하며 울부짖는 유리의 몸을 흔들어 깨웠다.

"유리, 유리!"

유리는 눈을 뜨지도 않은 채로 핸슨의 가슴을 파고들었다. 유리의 어깨는 핸슨의 가슴에 안긴 채 격렬하게 떨리고 있었고, 그녀의 눈물은 핸슨의 어깨를 뜨겁게 적셔왔다.

"아빠가… 아빠가…… 날……"

핸슨은 유리의 흔들리는 어깨를 다독이며 조용히 속삭였다.

"유리, 꿈이었어. 그래. 괜찮아, 괜찮아……"

비에 젖은 제비처럼 애처롭게 떨리는 유리의 어깨는 쉽게 진정되지 않았다. 흐느낌 역시 멈추지 않았다.

"아빠가… 날…… 죽이려고……."

"쉬이……."

핸슨이 유리의 머리를 다정하게 쓸어 내리며 막을 막았다.

"악몽을 말하면 기억에 남아. 어서 자라. 자고 나면 모두 잊혀질 테니……."

핸슨의 따뜻한 품에서 유리는 서서히 안정을 되찾았고, 핸슨은 조심스럽게 그녀를 다시 바닥에 눕혔다. 완전히 잠에서 깼던 것은 아닌지 어느새 눈은 도로 감겨져 있는 상태였다. 울음은 멈췄지만 흐느낌이 남아 있는 젖은 목소리로 유리가 몽롱하게 물었다.

"아빠를 구해줄 수 있죠?"

눈물로 범벅이 된 유리의 얼굴을 닦아주던 핸슨이 미안한 표정을 지었다.

"그럼, 사부를 못 믿으면 누굴 믿냐? 걱정 말고 자라."

긴장된 표정이 풀려가는 것이 유리는 다시 잠 속으로 빠져드는 것 같지만 아까처럼 행복한 미소는 짓지 않았다. 그리고 잠꼬대처럼 한마디를 덧붙였다.

"아빠는 여행을 싫어했는데……."

유리를 보듬던 핸슨의 손길이 멎었다.

'여행……? 녀석이 여행을 할 일이라면…….'

벼락을 맞으면 이런 기분일까? 온몸을 따라 뜨겁고 화끈한 기운이 세차게 요동치며 심장의 박동을 재촉했다. 머리 속을 점령해 버린 불길한 느낌은 심장의 박동 소리를 귀 옆까지 끌어 올렸다. 자신의 귀로 자신의 심장이 요동치는 소리를 듣는 것은 그리 흔하지도 않은 일이고, 유쾌하지도 못한 일이다.

"무언가 주위에 있습니다."

주위를 둘러본 던칸이 핸슨에게 말을 걸어와도 핸슨은 듣지 못했다.

아빠가 날 죽이려고…….

핸슨의 머리 속엔 잠꼬대처럼 유리가 내뱉던 말과 맥 브라이드 백작의 말이 겹치며 터질 듯 복잡하게 부풀어 올랐다.

핸슨의 얼굴은 참혹하게 일그러졌고, 유리를 바라보는 눈빛에는 당혹감이 가득했다.

"뭐, 짐작되는 거라도 있으십니까?"

핸슨의 긴장된 얼굴에 던칸도 경계를 더욱 높이며 물었다. 핸슨은 여전히 대답없이 잠자고 있는 유리와 이실론만 번갈아 쳐다봤다. 어둠 속에서도 확연히 구분될 정도로 일그러진 그의 얼굴은 밤의 어둠조차 무색케 할 정도였다.

던칸도 이제는 그가 단지 그들의 주위에 있는 이방인 때문에 긴장하고 있는 것이 아니라는 것을 느꼈다. 그러나 그가 들은 유리의 잠꼬대만으로는 이유를 짐작할 수 없었다.

"무슨 일입니까?"

"글쎄, 차마 말하기조차 두렵군."

나직이 한숨을 쉬며 핸슨이 던칸을 향해 몸을 돌렸다.

"숲 속에 있는 건 뭔가?"

"미처 못 봤습니다. 워낙에 빠르게 움직여서……."

"알았네. 자네는 그만 자게. 내가 보초를 설 테니."

"아닙니다. 저도 함께 있겠습니다."

"그럴 필요 없네. 나야 어차피 오늘 밤에는 잠을 이루지 못할 것 같으니 자네라도 좀 자두게. 내일부터는 돌아가면서 보초를 서는 걸로 하고."

던칸은 어설픈 고집으로 핸슨의 침묵을 방해하지 않았다. 그는 나서야 할 때와 돌아서야 할 때를 분명하게 알고 있으며, 끼어야 할 때와 고개를 돌려야 할 때를 정확하게 판단할 줄 알았다.

"알겠습니다."

명쾌하게 대답하며 던칸은 자기 자리로 돌아가 누웠다. 핸슨은 밤의 정적 속에 홀로 놓여졌다. 더 이상 부스럭거리는 소리도 들리지 않았다. 지루한 시간만이 어둠을 삼키며 태양을 부르고 있었다.

눈앞에 푸른 호수가 다가와 있다. 끝없이 펼쳐진 바다의 한 자락을 떼어다 놓은 듯 호수는 깊고, 푸르고, 고요했다. 호수를 감싸고 있는 푸른 숲은… 아니, 호수를 감싸고 있는 것은 검은 숲이었다. 아니, 털인가? 그 뒤로 펼쳐진 하얀 초원과 초원에 오뚝 솟은 삼각산. 그 밑으론 붉은 늪도 있고…… 지금 그 늪이 갈라지려 하고 있다.

"핸슨."

핸슨이 몸을 벌떡 일으켰다.

콰당!

갈라진 늪으로 별이 떨어졌다. 새도 한 마리 지저귀고 있는 것 같은데? 고요하던 호수는 격랑을 만난 듯 일렁였다. 근데 왜 이마가 아프지?

"이실론?"

핸슨의 눈앞에서 이실론도 이마를 감아쥐고 불안한 눈으로 핸슨을 쳐다봤다.

"왜 그렇게 놀라세요?"

"내가 잠들었었니?"

"예."

핸슨은 멍하게 주위를 둘러봤다. 상쾌한 아침 공기 속에 기분 좋은 새들의 지저귐이 들렸다. 유리야 당연히 아직도 꿈속이고.

"던칸은?"

던칸이 보이지 않았다.

"던칸이라니요?"

이실론에겐 핸슨이 아직도 잠에서 덜 깬 것으로만 보였다. 던칸이 합류한 건 이실론이 의식이 없는 동안의 일이니까.

"아, 그랬었지. 던칸도 우리의 여행에 합류하기도 했다. 아니지, 동행하기로 했다. 목적지가 같은 곳이라서."

목적지? 그런 게 있었나? 자신들의 여행은 이실론 자신의 기억을 되찾기 위해서였는데? 설마…….

"그 던칸이란 분도 기억을 잃으셨습니까?"

핸슨이 피식 웃었다. 확실하게 잠은 깼다. 이실론도 확실하게 이실론으로 돌아온 것 같고.

"발목은 좀 괜찮니?"

이실론이 발목을 몇 번 돌려봤다. 별다른 통증은 없다.

"괜찮은 것 같습니다."

"그럼 됐다."

이젠 유리를 깨울 차례였다. 유리를 깨우려던 핸슨의 손이 잠시 주춤했다. 혹시 간밤의 악몽을 기억하고 있을까 걱정스런 마음이

든 것이다. 그렇다고 마냥 자게 할 수는 없었다.

"유리?"

유리의 눈살이 팍 찌푸려지며 한쪽 눈이 빠끔히 뜨였다.

"왜요?"

짜증이 가득한 건방진 말투를 보니 간밤의 악몽을 잊었을 가능성이 높았다.

"그만 일어나서 아침 먹자."

이제 반응을 보면 확실하게 알겠지.

"아침요?"

유리가 서서히 몸을 일으키며 어깨를 가볍게 털었다. 아침 먹을 준비가 된 것이다. 악몽은? 어둠과 함께 사라진 모양이다. 아니면 아침 햇살에 밀려났거나. 게다가 이 요란한 아침 인사.

"야! 너, 이실론! 이제 깼니? 넌 어떻게 놀라기만 하면 쓰러지고, 쓰러졌다 하면 하루 온종일이냐? 허구한 날 갓난아기처럼 등에 업혀 다닐 작정이야?"

"미안해."

이실론의 고개가 처량하게 바닥으로 떨궈졌다. 콧잔등을 찡긋하는 유리에게 이실론의 기죽은 모습에 대한 연민 따위를 기대하는 건 무리일 것 같다.

"아침은요?"

코까지 킁킁거리며 유리는 아침을 찾았다.

"이제 준비해야지."

"뭐예요? 아직 준비도 안 해놓고 잠부터 깨웠단 말이에요?"

이실론은 이해할 수 없다는 표정으로 고개를 들어 유리를 쳐다봤다. 하루가 지나고, 이틀이 지나도 유리의 저 뻔뻔함에는 쉽게 익숙해지지 않는다. 핸슨이 그녀의 종자도 아닌데 왜 아침까지 준비해 놓고 그녀를 깨워야 된단 말인가? 거기다 이실론의 기억으론 어제 아침까진 분명 핸슨을 사부님이라고 불렀는데 말이다. 그런데 이실론의 눈에 유리가 어제와는 좀 달라 보였다.

"뭘 봐?"

유리의 얼굴이 이실론의 눈앞으로 확 밀려왔다. 이제 달라진 점이 정확히 보인다.

"눈이 부은 것 같은데……?"

"네가 시체처럼 누워 있었던 덕분에 죽은 줄 알고 펑펑 울어서 이렇게 됐다. 왜?! 그러니까 네 주머니에 있는 금화를 모두 털어주고도 넌 나한테 빚진 거야."

유리는 아무렇지도 않게 말했지만 핸슨은 가슴이 철렁 내려앉는 기분이었다.

'기억하고 있구나.'

그렇지 않다면 정말로 눈이 부었는지 확인한다고 호들갑을 떨테고, 정말로 눈이 부은 모습을 본다면 왜 이렇게 됐냐고 펄쩍펄쩍 뛰었을 텐데…….

이실론은 또다시 미안해진 마음에 고개를 숙였고, 핸슨은 당황한 마음을 숨기려 고개를 돌렸다. 어색한 아침의 침묵을 깨며 숲속에서 던칸의 모습이 보였다.

"배를 구했습니다."

갑자기 그가 중요한 사람처럼 느껴졌다.

4

돌아가는 배도 타고 왔던 배와 비슷했다.

천막 같은 천장과 의자 몇 개가 고작인 배. 유리도 체념했는지 그다지 불평하지 않았다.

배를 타고 가는 며칠 동안 던칸은 거의 말이 없었다. 간간이 핸슨이 묻는 남쪽 대륙에 관한 일에 대해 최대한 짧게 대답하는 게 그가 하는 말의 전부였다.

유리는 이실론의 과거를 알아보겠다고 최면 요법, 연상 요법, 수면 요법 등을 펼치며 끊임없이 이실론을 귀찮게 했지만 알아낸 것은 아무것도 없었다. 그럴 수밖에 없는 것이 말이 좋아 최면 요법, 연상 요법, 수면 요법이지 유리가 그런 고차원의 심리 요법을 제대로 알 리 없는 것이다. 어디서 들은 말은 있어 가지고.

그렇게 이틀 간의 배 여행이 끝나고 그들은 라이즈셋 협곡 어귀에 도착했다.

던칸은 배에서 내리자마자 그들이 가야 할 길에 대해 말했다.

"가장 빠른 길은 여기서 다른 배를 구해 강을 따라 엔트빌리까지 간 후 카테나치오에 들어가는 길입니다. 그러나 엔트빌리지에서 카테나치오에 가려면 워쇼스키 영지를 지나야 합니다. 아시겠지만 워쇼스키 영지를 지나는 것은 쉽지 않습니다. 다른 길은 여기서 라이즈셋 협곡을 넘어 생크 타운을 거쳐 트래버스 대로를 타고 카테나치오에 가는 길입니다. 대부분 그 길을 이용하죠."

"저기, 잠깐만요!"

유리가 정색을 하며 던칸의 말을 멈췄다. 그들이 라이즈셋 협곡으로 온 것은 유리의 고향인 솔리턴으로 가기 위해서였다. 핸슨이 손으로 흥분하기 직전의 유리를 막으며 대신 말했다.

"내가 중요한 사실들을 미처 말하지 않았군. 우리가 웨이트가드에 간 것은 헬리오 기병대의 추적을 피하기 위해서였네. 쫓기는 처지란 말이지. 그리고 또 하나. 우리는 여기 계신 레이디 듀리안의 고향인 솔리턴을 경유해서 갈 예정일세. 미안하네. 고의로 말하지 않았던 것은 아니야."

"미안해하실 필요까지는 없습니다."

던칸은 이실론이 열심히 보고 있는 지도를 빌려 펴서 유리의 고향인 솔리턴의 위치를 살폈다.

"생크 타운에서 트래버스 대로만 지나면 바로군요."

던칸은 대수롭지 않게 말하며 핸슨을 쳐다봤다. 상관없으니 함께 가고 싶다는 뜻인 모양이다.

"한 가지 물어보세. 굳이 우리와 함께 가려는 이유가 뭔가?"

"친구를 찾아야 하니까요. 친구를 찾아다니며 지금까지 만났던 사람들 중에 핸슨 씨만큼 자르휀의 저주에 대해 자세히 알고 있는 분은 없었습니다. 핸슨 씨가 남쪽 대륙으로 가려는 목적은 알 수 없지만, 여행의 동기는 저와 비슷한 거 아니었습니까?"

에라다누스의 부활. 목적은 다르지만 이유는 같았다.

"도움이 아니라 짐이 될 수도 있네."

핸슨은 아직도 젖내음 풍기는 이실론과 유리를 돌아보며 말했다. 던칸도 그들을 보며 어깨를 으쓱했다.

"도움이 되도록 노력하겠습니다."

던칸의 말에 핸슨과 이실론, 유리 세 사람은 일제히 불타는 장미 여관에서의 일을 상기했다. 냉큼 대답한 것도 당연히 유리였다.

"좋아요. 핸슨은 이실론의 경호 무사니까."

말을 하다 말고 유리가 핸슨을 얄밉게 노려보며 입술을 실룩거렸다.

"던칸은 나의 경호무사로… 아니, 나의 동료로 받아줄게요."

"고맙습니다, 에르딘버크 양."

던칸은 유리에게 감사의 인사하며 동의를 구하는 표정으로 이실론과 핸슨을 차례로 돌아봤다.

"환영합니다."

이실론에 이어 핸슨도 고개를 끄덕이며 던칸을 받아줬다. 던칸은 핸슨의 사양에도 불구하고 끝끝내 핸슨의 배낭을 뺏아 들었다. 젊은 자기가 메는 게 당연하다면서. 괜히 이실론이 붉게 물든 얼굴을 푹 떨궜다. 더 젊은 이실론은 배낭을 멜 엄두조차 못 내니 말이다. 이실론에게 그 배낭은 그냥 들어만 봐도 허리가 휘청일 정도로 무거웠다.

마지막으로 유리가 선심쓰듯 한마디 덧붙였다.

"듀리안 양이라고 부르세요."

유리도 아니고, 듀리안 '양' 이다.

라이즈셋 협곡은 소문보다 훨씬 고약하고 지독했다.
하루를 꼬박 걸어도 보이는 것이라곤 암벽과 절벽과 돌뿐이었다. 물도 그늘도 하루 종일 구경조차 하지 못했다.
이실론은 계속 다른 사람들에게 짐이 되고 있다는 생각에 안간힘을 다해 일행에서 뒤쳐지지 않으려고 걷고 또 걸었다. 그러나 저녁이 되자 다리가 쑤시고 발목은 종아리와 분리된 듯 흐느적거렸다.
다행히도 이실론보다 먼저 유리가 털썩 주저앉으며 지친 목소리로 말했다.
"더 이상은 못 가겠어요. 도대체 얼마나 더 가야 되는 거예요?"
"글쎄, 이 속도로는 이틀쯤?"
"엥? 계속 이런 길을요?"
유리는 체념하듯 아예 돌바닥에 드러누웠다.
"그럼, 오늘은 여기서 자고 가요."
"아닙니다. 물소리가 느껴집니다. 조금만 더 가면 계곡이 있을 것 같습니다."
유리가 불신이 가득 찬 눈으로 던칸을 훑었다.
"물소리는 무슨 물소리예요? 바람 소리도 없구만."
던칸이 눈을 지그시 내려 감으며 귀를 쫑긋 세웠다.
"퀸츠에는 물이 귀하기 때문에 본능적으로 물소리를 쫓습니다. 남쪽 대륙에서도 마찬가지였고……"
핸슨은 사색이 돼서 앉아 있는 이실론을 힐끔 보며 던칸에게 물었다.
"얼마나 더 가야 될 것 같은가?"

"소리로 봐선… 한 시간 이내에 도착할 수 있을 것 같습니다."

"이실론, 더 갈 수 있겠냐?"

마음 같아선 업어라도 주고 싶지만 이실론이 원치 않을 것이다.

"저는 괜찮습니다. 유리는……?"

"너도 가는데 내가 못 가겠니? 가자고, 가!"

던칸의 말대로 느린 걸음으로 한 시간쯤 더 가자 계곡이 나왔다. 가뭄에 바닥이 거의 드러날 정도로 말라 있긴 했지만, 지친 목을 축이고 부은 발을 담그기엔 충분했다.

배낭엔 솥도 있고 요리를 할 재료도 있었지만, 정작 불을 붙일 장작이나 마른 풀잎은 없었다. 결국 일행의 저녁은 마른 고기와 비스킷 몇 개가 전부였다.

"앞으로 이틀 내내 이런 저녁을 먹어야 한다면 난 차라리 오늘 왔던 길로 되돌아가겠어."

"걱정 마라. 그래도 모레쯤이면 숲이 있는 곳까지 갈 수 있을 테니까. 운이 좋으면 내일 저녁에도 갈 수 있을지 모르고."

불을 피우지 못하자 밤은 더 빨리 다가왔다.

어차피 지칠 대로 지친 몸, 딱딱한 돌바닥을 침대 삼아 어두운 밤하늘을 이불 삼아 모두들 잠에 빠져들었다.

바람이 지나가면서 흔들어놓을 작은 잎사귀 하나 없는 계곡이다.

부스럭.

누군가 그들의 배낭을 뒤적이는 소음이 마치 천둥 소리처럼 크게 들렸다. 한 시간 거리에 있는 작은 계곡의 물소리도 듣는 던칸이 잠결에라도 그 소리를 놓칠 리 없었다.

던칸의 우람한 손이 밤손님(?)의 손목을 덥석 잡았다.

“아얏!”

던칸은 하마터면 그 손목을 놓칠 뻔했다. 손가락 몇 개만큼 가는 손목에 털까지 복실복실했다. 무슨 원숭이의 손을 잡은 것 같은 느낌이다.

“뭐냐?”

“퐁.”

“뭐라고?”

던칸이 손을 당겨 그 안에 잡혀 있는 동물을 봤다. 구슬같이 톡 튀어나온 눈이 불안하게 흔들렸다. 역삼각형 같은 얼굴 주변은 털이 가득했고, 긴 꼬리가 던칸의 손목을 감아쥐고 나름대로 저항(?)을 하는 중이었다.

“브… 라우니?”

“엇! 아, 네. 아, 맞아. 몬스터 레인져라고 했지? 맞아, 브라우니야, 퐁.”

던칸은 어이가 없는지 실없는 웃음을 콧바람처럼 몇 번 내뱉었다. 브라우니는 집안일 하기가 취미이자 특기인 하우스 패어리로 이런 황량한 산중에서 마주칠 존재는 아닌 것이다.

“브라우니가 왜 이런 데 있니? 퐁은 또 뭐야?”

“내 이름. 퐁은 퐁의 이름이야.”

“여기서 뭐 하고 있었니?”

“배가 고파서. 풀 한 포기만 있었어도 퐁이 너네 배낭에서 음식을 빌리진 않았을 거야. 근데 여긴 풀 한 포기도 없어. 퐁은 너무 배가 고파서 견디기 힘들었어.”

“그래?”

던칸은 배낭에서 비스킷을 찾아 퐁에게 건네줬다.

퐁은 비스킷을 받자마자 허겁지겁 먹어댔다. 허겁지겁 먹어봤자 쥐새끼처럼 갉아먹고 있는 것이지만.

퐁의 허기가 대충 채워지는 것 같자 던칸은 못다 한 말을 다시 했다.

"브라우니가 도대체 여기서 뭘 하고 있었던 거지?"

"퐁이 여기서 뭘 하고 있었던 게 아니라, 너네들이 여기 있어서 퐁도 여기 있는 거야."

"그게 무슨 소리야?"

브라우니가 여전히 꿈나라에 빠져 있는 유리를 노려봤다.

"듀리안 양을 아니?"

"응. 퐁은 저애 잘 알아. 퐁은 지금까지 저애 따라온 거야."

"그동안 쭈욱?"

"응."

":어떻게?"

"퐁은 낮에는 사람들 눈에 보이지 않을 수 있어. 물론 보이고 싶으면 보여도 되지만."

"그래서 보이지 않게 계속 따라왔다는 거야? 왜?"

"퐁은 정말 억울해."

퐁은 속닥거리면서 던칸에게 쉴 새 없이 떠들어대기 시작했다. 결국 퐁의 수다에 핸슨도 깼고 이실론도 깼다.

퐁의 얘기를 들으며 이실론은 좀 화난 표정을 지었고, 핸슨은 어이가 없는지 쿡쿡거리며 웃기만 했다.

퐁의 수다와 함께 날이 밝아왔고 유리가 깨야 할 시간이 되었다.

"레이디 듀리안 루밀 에르딘버크. 새날이 밝았다!"

핸슨의 경쾌한 외침에 유리도 상쾌하게 눈을 떴다. 그런데 눈앞에…… 유리가 재빨리 등을 돌리며 다시 잠든 척을 했다.

"거봐! 퐁의 말이 거짓말 아니지? 얘, 얘, 일어나. 퐁은 잃어버린 내 물건을 되찾으러 왔어. 퐁의 반짝이는 금화. 그동안 보관해 줘서 고마웠어."

일행이 모두 자기 편이 되어주자 의기양양해진 퐁은 유리의 주머니로 넙죽 손을 넣었다. 유리가 화들짝 놀라며 퐁의 손을 내쳤다.

"뭐 하는 거야?"

퐁은 털복숭이 짧은 다리로 바닥을 툭툭 튕기며 거만한 자세로 유리에게 손을 내밀었다.

"너의 사부와 친구와 동료 모두 퐁의 편이야. 퐁의 금화를 돌려받게 해준댔어."

퐁의 뒤에서 핸슨과 이실론, 던칸까지 모두 고개를 끄덕였다. 그렇다고 순순히 물러설 유리는 아니다. 그것도 돈 앞에서.

"웃기지 마. 우리는 정당한 내기를 했고, 내가 이긴 거야. 인간이라면 절대 내기에서 잃은 돈을 되돌려 달라고 우기지 않아."

퐁의 처지가 너무나 가여웠는지 이실론이 용감하게도 유리의 말에 반박까지 했다.

"유리, 그건 정당한 내기가 아니었어. 퐁의 말대로라면……"

"시끄럿! 이실론, 네가 끼어들 자리가 아니잖아? 그리고 네가 들은 말도 그냥 퐁의 얘기일 뿐이잖아. 사실과 다를 수도 있다고!"

"그럼 이번엔 유리의 얘기를 들어볼까?"

말은 이렇게 하지만 핸슨도 유리의 편은 아니었다. 물론 기죽을 유리도 아니다.

"퐁은 친구가 필요하댔어요."

"브라우니는 하우스 패어리야. 집이 필요하다고. 그럴려면 인간 친구가 있어야 해. 퐁은 인간 친구가 갖고 싶었어."

"들었죠? 그래서 제가 친구해 주기로 했던 거예요."

"그 다음은?"

유리가 머리를 긁적이며 어물어물 말했다.

"퐁이 금화가 있다길래 장난 삼아 내기를 하자고 했죠."

"해가 동쪽에서 뜨는지, 아니면 서쪽에서 뜨는지?"

"아니, 뭐, 퐁이 해가 서쪽에서 뜬다고 하길래 나는 아니라고 했고, 그런데도 퐁이 우기길래 그럼 내기를 하자고 한 거죠."

"거짓말! 퐁은 해가 서쪽에서 뜬다고 한 적 없어! 얘가 먼저 동쪽이라고 했고, 나보고 서쪽을 하랬어!"

"시끄러, 시끄러, 시끄럿! 정말이지 너의 그 수다 때문에……."

"유리, 말 바꾸지 마라. 넌 퐁을 속였고, 퐁은 지금까지 너를 계속 따라왔다."

퐁의 태도는 점점 더 거만해졌고, 유리도 더 이상은 참을 수 없는 모양이다.

"그게 도대체 언제 일인데? 정 억울하면 그때 말했어야지! 넌 그때 진 걸 인정하고 순순히 금화를 내줬잖아!"

"근데 너가 퐁을 버리고 갔잖아! 금화만 뺏고 친구는 버린 거야. 퐁은 혹시나 해서 지금까지 널 따라다녔어. 근데 넌 퐁은 까맣게 잊어버렸어."

퐁의 구슬 눈에서 정말 구슬 같은 물방울이 또르륵 굴러 떨어졌다.

"유리, 어서 퐁의 금화를 돌려줘."

핸슨의 말은 나직했지만 단호하고 위협적이었다.

유리도 분위기상 자기가 돈을 돌려줄 수밖에 없음을 알았는지 크게 한숨을 내쉬고 주머니에 손을 넣었다. 금화 한 개다. 금화 한 개를 뺏자고 퐁을 속인 유리나 그 금화를 되찾자고 지금까지 유리를 쫓아온 퐁이나…….

"그리고 유리, 이제 퐁을 친구로 대해라. 친구는 필요할 때 취했다가 필요없다고 버려도 되는 존재가 아니다."

퐁의 판정승이다.

퐁의 구슬 눈이 반짝이고, 새끼 원숭이 같은 얼굴에 주름이 가득 잡혔다. 이실론이 웃으면서 퐁에게 손을 내밀었다.

"난 이실론이야. 이제 우린 친구다."

퐁이 기분 좋게 뛰어서 이실론의 어깨에 홀짝 올라앉았다.

"퐁은 너무나 외로웠어. 브라우니는 인간들에게 유용한데 인간들은 브라우니도 몬스터 취급해. 퐁은 몬스터 아니야. 하우스 패어리야."

"그래, 퐁. 너는 몬스터 아니야. 우리 친구잖아."

"기가 막혀. 퐁의 아빠 이름이 뭔지 아니? '흥' 이래. 엄마 이름은 '치' 고, 동생 이름은 '뿡' 이고, 자식을 낳으면 '똥' 이라고 짓는대."

"유리!"

핸슨이 도끼 같은 눈을 부라리며 유리를 노려봤다.

"친구에게 그런 말을 하다니. 내 평생 이렇게 모욕적인 순간은 없었다. 네가 내 제자라는 사실이 부끄럽구나. 정말 실망이다."

핸슨이 매몰차게 유리에게서 등을 돌렸다.

"미안해요, 핸슨. 잘못했어요. 다시는 안 그럴게요."

유리도 잘못은 아는지 순순히 사과하며 핸슨과 퐁의 눈치를 살폈다.

이실론의 어깨에 앉아 있는 퐁은 이실론의 등에까지 늘어졌던 꼬리를 하늘 높이 곧추세우고 혓바닥을 널름거리며 유리를 놀렸다.

유리의 사과에 화를 풀며 핸슨이 몸을 돌리자 퐁은 재빨리 꼬리를 내리고 구슬 눈을 우울하게 늘어뜨렸다.

핸슨이 퐁에게 정중하게 물었다.

"퐁, 유리의 사과를 받아주겠니?"

"퐁이 무슨 힘이 있나요? 사과를 하면 받아줘야죠 뭐."

만만치 않은 동료가 나타난 것 같다.

거기다 퐁의 수다는 유리의 말대로 좀 심하긴 심했다. 숨 쉴 때랑 침 삼킬 때 외에는 한순간도 입이 닫혀지지 않았다. 그런 퐁을 어깨에 얹고 산길을 걷다 보니 이실론은 머리가 지끈지끈 아파왔다. 물론 내색은 할 수 없었다. 그럼 퐁이 슬퍼할 테고 유리는 거보란 듯이 퐁을 괄시할 테니까.

그렇게 또 하루가 지나 라이즈셋 협곡에 들어선 지 3일째가 되자 핸슨의 말대로 나무가 보이기 시작했다. 그늘도 있고, 잡초도 있고, 간간이 산짐승도 보였다.

"오늘 점심엔 제대로 된 고기를 먹을 수 있겠군."

유리가 묘한 눈으로 퐁을 노려보며 한 말이었다.

"던칸, 토끼고기는 점심으로 적당하지 않잖아요? 브라우니 고기는 어때요? 비록 털 벗기는 데 시간 좀 걸리고 고기가 좀 질길 것 같긴 하지만, 그래도 굽기 전에 칼로 한번 다지면 괜찮지 않겠어요? 털은 내가 뽑을게요."

던칸은 바닥만 쳐다보며 피식피식 바람 빠진 웃음소리를 흘렸다. 이실론은 너무나 무서운 눈으로 유리를 경계했다. 정말 독한 여자다.

퐁은 이실론의 어깨에서 폴짝폴짝 뛰며 핸슨을 찾았다.

"핸슨에게 말할 테야. 핸슨이 이 얘기를 들었다면 넌 틀림없이 쫓겨날 거야. 그럼 퐁도 미련없이 굿바이하겠어."

"웃기지 마. 여기가 핸슨 집이라도 되니? 날 쫓아내게? 그리고 너보다는 내가 더 필요한 존재야. 이래봬도 난… 수호의 기사야."

무슨 소린지도 모르면서 하는 소리다.

"수호의 기사? 그게 뭔데?"

"너 따위는 알 거 없어."

퐁을 향한 유리의 구박이 그칠 것 같지 않자 던칸이 불붙이던 손을 멈추며 화제를 돌렸다.

"인간의 마을에 오기 전에 어디에서 살았니?

"엘프의 마을."

퐁은 당연하다는 듯이 말했지만 퐁을 바라보는 유리의 시선은 눈에 띄게 달라졌다.

"정말 엘프를 알아?"

"그럼, 퐁도 패어리야. 패어리와 엘프는 원래 친해."

조금 전까지는 돌연변이 원숭이로만 보였는데 갑자기 진짜 패어리같이 보인다.

"그럼 마법도 쓸 줄 아니?"

퐁이 자신만만하게 털 속에서(캥거루처럼 가죽에 주머니가 있는 모양이다) 포크 비슷한 물건을 꺼내 들었다.

"그럼 매직 트라이던트Magic Trident가 있는데."

"우와—!"

생긴 건 정말 포크나 다름없는데 매직이란 이름이 들어가니까 괜히 대단하게 여겨지는 모양이다. 그 용도는 잠시 후 핸슨의 토끼고기가 불 위에서 익어갈 때 밝혀졌다.

"소금!"

퐁의 매직 트라이던트에서 하얀 가루가 좌르르 뿌려졌다.

후추, 향유 기타 등등… 퐁의 매직 트라이던트가 부리는 자랑스러운 마법이었다.

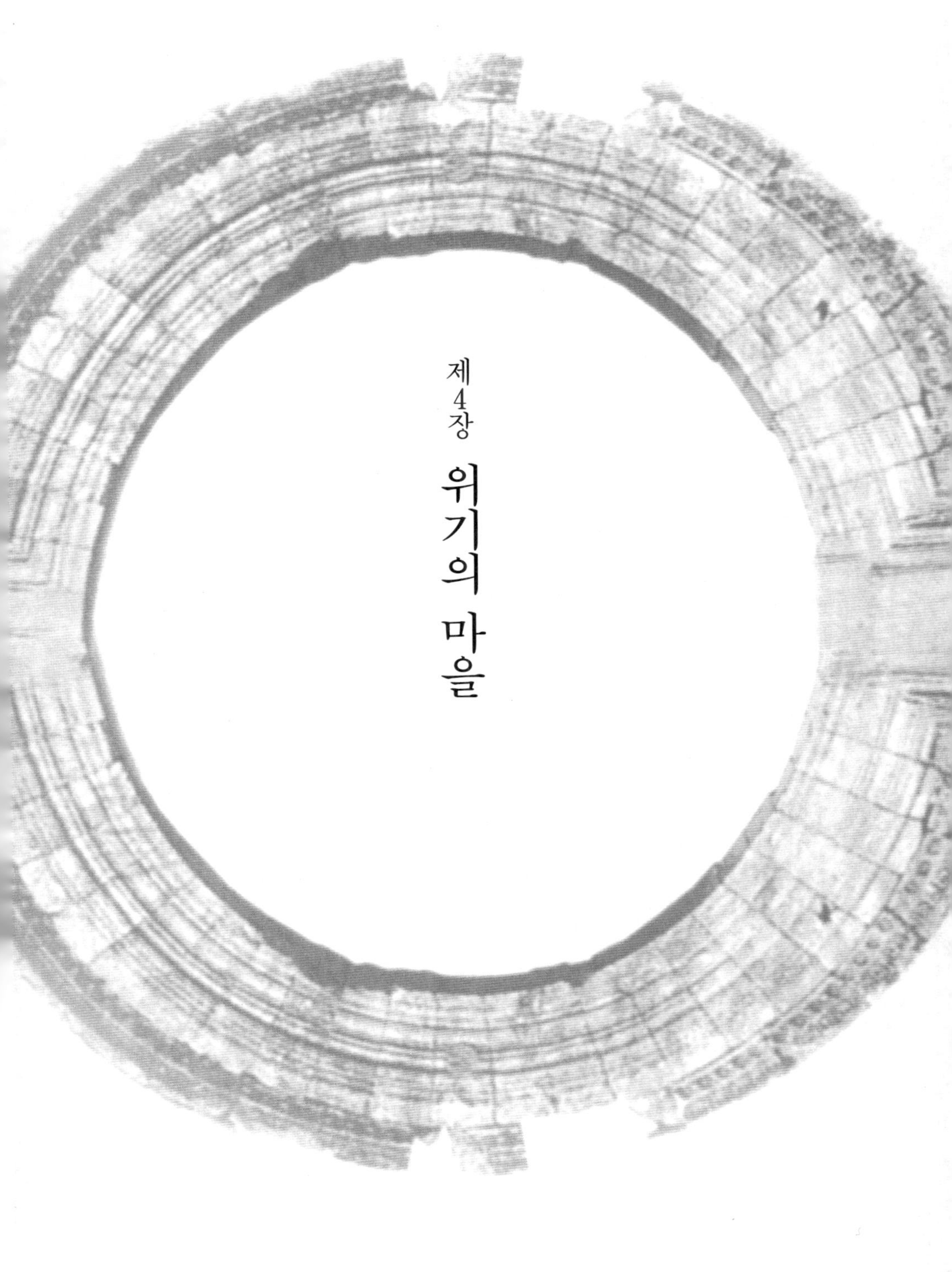

제4장
위기의 마을

1

마법은 인간의 사고를 초월하는 의지로 시행되는 힘이자, 인간의 지성이 가장 강력한 힘을 발휘하는 순간에 존재하는 힘이다.

마법사가 감탄과 존경과 경외의 대상이 됨은 당연했다.

인간의 육체로 이루어내는 발전에는 한계가 있지만, 인간의 정신이 이루어내는 경지에는 끝이 없는 것이다.

하지만 인간의 나약한 육체와 불안한 정신은 자신보다 강한 것, 뛰어난 것, 앞서 가는 것을 용납하지 못한다.

그들이 자신에게 가할 도전과 위협에 맞설 용기가 없는 것이다.

마법사는 인간의 앞에 있었기에 인간들로부터 외면당하기 시작했다.

기사는 강하다는 이유로 보호의 주체이자 대상으로 살아남았지만 마법사는 같은 이유로 박해의 대상이 되었다.

그들은 마법을 소멸시킴으로 마법사들의 강력한 힘으로부터 자유로워질 수 있으리라 믿었다. 드래곤이 없으면 더 이상의 위험이 없으리라

믿었던 것처럼.

그러나 드래곤을 소멸시키지 못한 것처럼 마법사 역시 소멸시킬 수 없었다.

마법사들이 순순히 그 응징에 응한 것은 피할 수 없어서가 아니라 평화를 위한 숭고한 희생이었다. 나는 물론 그들조차 용서할 수 없다.

무엇을 위한 희생이란 말인가? 어리석고 오만한 지배자의 절대자로서의 허영을 채워주기 위해 희생된 그들 역시 어리석고 나약한 인간에 불과했다.

자신의 존재를 귀하게 여길 줄 모르는 사람은 그것만으로도 비난받을 가치가 충분하다. 그리고 그들은 알아야 한다. 희생에는 반드시 대가가 따름을.

살아남은 마법사들은 희생당한 과거의 시간마저 보상받고자 한다.

인간은 자신을 방어하기 위해 타인을 희생시키는 것에 아무런 죄책감도 느끼지 않는다.

…(중략)…….

카시오페아는 희생자인 동시에 가해자이고, 그것은 해롤드 밀러와 로날드 린클레이터도 마찬가지다. 그들로 인해 이실론과 듀리안은 피해자인 동시에 수혜자가 되었다. 그들은 선택할 기회조차 없었고, 앞으로도 선택의 기회 따위는 없을 것이다.

'정복자의 일기'라 이름 붙은 미완의 기록에서 발췌.

라이즈셋 협곡을 넘어 생크 타운을 지나 솔리턴까지 오는 여정은 멀고 험난했지만, 쫓긴 적도 없고 이실론이 기절하는 일도 없었다.

풍의 수다에도 모두들 면역이 되어가고 있는 중이었다.

핸슨은 때때로 해롤드 밀러가 되긴 했지만 점차 예전의 핸슨으로 돌아오고 있었고, 풍의 매직 트라이던트 덕분에 유리도 더 이상 풍을 미워하지—최소한 잡아먹겠다는 소리—않았다. 물론 귀찮아하지 않는 것은 아니었지만 향긋한 밥이 주는 매력 앞에서는 귀찮음마저 감수하는 인내력을 발휘했다.

던칸은 식사 때 외에는 존재조차 느껴지지 않을 정도로 말이 없었다. 유리의 끝없는 갈굼(?)에도 던칸은 진짜 사나이답게 침묵으로만 일관했다. 그 결과 던칸은 종종 벙어리로 착각될 만큼 말을 아끼게 됐다. 이실론의 생각으론 던칸의 과묵은, 아니, 침묵은 유리의 갈굼을 견디어내기 위한 자기 수양의 과정으로 보였다. 그동안 던칸이 한 말을 모두 합해도 풍이 한 시간 동안 한 말보다 적을 것이다.

그렇게 헬리오 포트리스에서 솔리턴까지의 멀고 긴 여정이 끝나가고 있었고, 다섯 명으로 늘어난 일행은 유리의 마을이 내려다보이는 언덕 위에 서 있었다.

"우리 마을이에요. 솔리턴."

유리는 감격스런 표정으로 아래를 내려다봤다. 삼면이 높은 산으로 둘러싸여 있고, 길이라곤 자신들이 서 있는 이 높은 언덕뿐이었다. 아마 외딴 마을이란 뜻에서 마을 이름조차 솔리턴인 모양이다. 성벽처럼 산에 에워싸인 마을은 고립된 대신 견고해 보였고, 쓸쓸한 대신 조용하고 평화로웠다.

"아름다운 마을이구나."

핸슨은 담담히 말했지만 '고향'이란 단어와 그 안에 있을 '가족'이란 존재를 떠올리는 이실론의 감회는 달랐다.

"드디어 왔어. 유리의 고향… 가족이 있는 곳……. 여기서도 보이니? 어디쯤이야? 어느 집이야?"

"아니, 여기서는 안 보여. 우리 집은 저 북쪽 끝의 윈턴 산자락 밑에 있어. 반대쪽이야."

유리의 손가락 끝이 가리키는 북쪽의 산은 아직도 정상에 희끗희끗한 눈을 품고 있었다.

"저 동쪽의 산은 스프링턴 산이야. 여기서도 꽃이 보이지? 항상 꽃이 피어 있어."

"겨울에도?"

퐁이었다. 다른 때면 말에 끼어든다고 면박을 당했을 테지만 오늘은 예외였다.

"응, 겨울에는 눈꽃이 있잖니. 저기 서쪽은 폴턴 산. 지금은 평범해 보이지만 가을에 낙엽이 질 땐 세상에서 가장 아름다운 산으로 변해. 그리고 여기는 섬머힐, 여름의 언덕이야."

정말로 일행이 발을 디디고 있는 언덕은 그늘을 만들어주는 나무 한 그루 없이 태양 아래 알몸을 드러낸 채 흙먼지를 펄펄 피워내고 있었다. 이 작은 마을 안에 사계절이 모두 공존해 있는 느낌이다.

유리의 설명을 듣던 던칸이 드디어 오늘의 처음이자 마지막이 될지도 모르는 말을 했다.

"어서 가지요."

나머지는 모두 퐁의 차례였다.

"마을이다, 마을이야! 퐁, 마을에 와본 지 너무 오랜만이야. 퐁, 집에 가면하고 싶은 일 너무 많아. 요리도 하고, 청소도 하고, 빨래도 하고, 너네들 목욕할 때 물도 따뜻하게 데워줄 거야. 저녁엔 문을 잠그고, 아침엔 창문을 열어. 너네들 외출하면 집을 지키고, 외출에서 돌아오면 차를 끓여줘."

정말로 그 일을 다 할까? 아니, 정말로 그런 일들이 즐거울까? 이실론의 어깨에서 들썩거리며 벌써부터 흥분해 있는 퐁을 보자니 그런 것도 같았다. 대륙은 넓고 이상한 종족은 많다고 외치던 그 유명한 모험가 기무췬(?)의 말이 떠올랐다. 하긴, 그 유명했던 모험가도 무모한 도전으로 지금은 폐인이 되어 사라져 버렸지만.

자기가 독수리라도 되는 양 이실론의 갸녀린 어깨에 떡하니 자리 잡은 퐁의 길쭉한 꼬리가 이실론의 허리에서 찰랑거렸다.

"애, 애, 너네 집에는 방이 몇 개야? 방이 많아야 퐁, 청소할 거 많아서 좋은데. 좋아하는 음식은? 참, 접시는 몇 개나 있어? 예쁜 접시가 많아야 식탁을 꾸밀 수 있는데. 퐁은 식탁에 꽃 꼽는 거 좋아해. 설마 양초가 없는 건 아니겠지? 양초 없으면 성찬 준비할 수 없어. 그리고 또… 휴우~ 퐁, 집에 가본 지 너무 오래돼서 또 뭐 준비해야 되는지 기억 못하겠어. 이실론, 또 뭐가 있지?"

'애'와 '쟤'는 퐁이 유리를 부르는 호칭이다. 친숙함의 표현으로 받아주면 좋을 텐데 아쉽게도 유리는 인내심만큼이나 이해심도 없었다. 그나마 얘기의 끝이 유리가 아니라 이실론을 향한 질문인 게 천만다행이다. 만약 '애'라고 시작한 말의 끝이 유리를 향해서였다면 퐁의 삼각형 꼬리는 유리의 손에 쥐어 잡힌 채 몇 바퀴 돌려졌을 것이다.

퐁이 말만 좀 줄인다면 유리의 꼬리 돌리기에 대해서 핸슨이 가만있지 않았을지도 모른다. 그러나 핸슨도 퐁의 수다에 너무 지쳤는지 유리의 잔인한 꼬리 돌리기를 나무라진 않았다. 최소한 퐁이 삐쳐 있는 한 시간 정도는 말이 없으니까.

하루에도 몇 번씩 있는 일이라 모두들 면역이 돼 있긴 하지만 마을에 들어설 때도 그 상태라면 아무래도 퐁의 첫인상에 문제가 생길 수도 있었다. 물론 그 걱정을 하는 사람도 이실론뿐이지만.

"글쎄… 나도 일반 가정 집에 가본 지 오래돼서, 아니, 기억이 없어서……."

"기억이 없다니? 착한 이실론은 가정 집 가본 적 없단 말이야? 그럼 어디서 살았는데? 아아, 참! 이실론, 기억 잃어버렸다 그랬지? 괜찮아, 잃어버린 건 되찾으면 돼. 퐁도 잃어버린 금화 되찾았잖아. 더구나 기억 같은 건 되찾지 못하면 다시 만들면 돼. 좋은 기억 계속계속 다시 생기면 원래 오래된 기억은 사라지는 거야."

이게 이실론이 퐁을 좋아하는 이유다. 이실론에겐 너무 심각하고 마음 아픈 일도 퐁을 거쳐 나올 땐 아무 일도 아닌 일이 돼 있다. 때론 정말 아무것도 아닌 일에 지나치게 집착하는 바람에 모두를 피곤하게 할 때도 있지만 한 번의 위로는 열 번의 짜증도 참게 했다.

"그래, 퐁. 기억이란 원래 사라지지 않은 과거의 잔재일 뿐이야. 까짓 찾지 못하면 네 말대로 기억을 다시 만들면 되지 뭐. 이렇게 좋은 친구들과 함께 만드는 기억이니까 얼마나 아름답고 소중하냐? 자, 가자! 오늘은 이실론이 처음으로 가정 집이란 곳에 가보는 날이닷!"

퐁를 만난 후 많이 명랑해진 이실론이 기분 좋게 외치며 씩씩하게 앞장서 갔다. 그러나 이실론이 앞장서는 것은 자신의 어두운 표정을 남들에게 들키기 싫어서였다.

좋은 친구들과 함께 만드는 아름다운 기억. 그래서 이실론은 과거를 찾고 싶었다. 지나간 날들에 대한 미련이 아닌, 그 흔적 속에 남아 있을 자신의 가족과 친구… 그리고 추억. 이실론이 되찾고 싶은 것은 그런 기억 속에 남아 있을 자기 자신의 모습이었다.

"우와—! 저 반짝이는 포크 좀 봐. 접시도 빨간 색, 파란색, 노란 색, 장미색, 물방울 색… 다 있어! 어어어~ 저건, 저건… 얼음이잖 아? 얼음이야! 얼음! 얼음! 겨울도 아닌데 얼음이 있어!"

퐁은 이실론의 어깨가 부러지도록 들썩거리며 소리쳐 댔다. 퐁의 화살표 꼬리가 가리키는 곳은 생선 가게였다. 겨울이 아닌데도 얼음까지 있는 생선 가게라니. 사실 퐁뿐만 아니라 일행 모두 신기해하고 있던 참이었다. 유리가 자랑스러운 듯 어깨를 으쓱이며 생선 가게 주인 아저씨를 향해 손을 흔들며 말했다.

"샘 아저씨! 잘 지내셨어요?"

가슴부터 무릎 아래까지 내려오는 헝겊을 두른 생선 가게 샘 아저씨가 나른한 고개를 들어 유리를 쳐다봤다.

"어, 듀리안 아니냐? 그동안 어디 있었니? 왜 그렇게 마을로 내려오지 않았던 거야?"

엄청나게 친한 척했던 유리의 손이 무안할 정도로 샘의 대꾸는 유리에 대한 무관심, 그 자체였다. 유리가 여행을 떠났던 건 몰랐다 쳐도 지금의 모습만 봐도 여행에서 돌아오는 사람이란 건 충분히 짐작할 수 있을 텐데. 원래 그런 사람인지, 아니면 원래 그런 사이인지 유리는 전혀 상관 않고 친절하게 말했다.

"여행을 갔었거든요. 지금 돌아오는 길이에요."

"그랬구나."

역시 무관심한 대답과 함께 샘은 다시 나른하게 고개를 떨궜다.

얼음을 앞에 두고도 저렇게 나른한 표정이라니.

"샘 아저씨는 새벽마다 윈턴 산의 얼음 동굴에서 얼음을 가져와. 그래서 이 시간이면 항상 지친 표정으로 저렇게 나른하게 앉아 있어."

저 나른한 표정의 사내가 새벽마다 산에 올라간다는 사실은 믿기 어렵지만 확실한 증거가 눈앞에 있다. 얼음! 그 투명한 물의 결정체 위에서 생선은 싱싱하게 얼은 채(?) 주인을 기다렸다. 그리고 그 싱싱한 생선의 주인이 되고 싶어 안달인 입이 떠들어대기 시작했다.

"생선 사자. 싱싱하고 좋은 생선이야. 얼음이 생선 싱싱하게 지키고 있어. 퐁, 생선 요리 잘해. 오늘 저녁 생선 요리해 줄게."

누가 떠드는지 관심도 없는지 샘은 퐁을 쳐다보지도 않았다. 윈턴 산의 얼음 동굴에서 얼음을 가져오는 일은 생선을 파는 것조차 귀찮게 여겨지게 할 정도로 피곤한 일인 모양이다. 그럼 얼음은 도대체 왜 가져오는 거야?

문제는 그게 아니다. 이곳은 숲이 아니라 마을인 관계로 이실론은 퐁의 수다가 걱정스러웠다. 자칫하면 마을 사람들의 구경거리가 될 수도 있고, 그들을 향해서도 '애', '쟤' 하면서 떠들어대다간 쫓겨나기 십상이었다. 더욱이 이렇게 작은 마을에선 목소리 큰 한두 사람의 주장만으로도 그런 일은 결정될 수 있었다. 그 목소리 큰 사람이 언제, 어디서 퐁을 발견할지 모르니까 항상 조심시켜 좋은 인상을 남길 필요가 있는 것이다.

"퐁, 아까 인간 마을에 내려가려면 어떤 준비를 해야 되냐고 물었었지? 내가 생각하기엔 가장 중요한 건 말을 줄이는 일인 것 같아. 네 말이 듣기 싫다는 건 아니야. 난 절대 그렇지 않지만 혹시 마을 사람들 중에 싫어하는 사람이 있을 수도 있잖아. 네가 하는 말을 시끄럽다고 생각하고, 다른 사람들에게 시끄러운 퐁을 쫓아 버리자고 할 수도 있단 말이야. 너도 알겠지만 어떤 마을에든 나쁜 사람들이 있고, 그 사람들은 자신이 나쁘다는 걸 인정하는 대신 다른 사람도 그렇게 생각하게 만들려고 하거든."

아마도 퐁의 귀에는 나쁜 사람들이란 말과 퐁을 쫓아버리자는 말이 가시처럼 박힌 모양이다. 시계추처럼 경쾌하게 흔들리던 삼각형 꼬리가 힘없이 축 처져 버렸다.

"그래도… 퐁, 패어리잖아?"

마지막 희망인 듯, 미련인 듯, 집착인 듯한 퐁의 짧은 말. 이실론은 모든 인간들을 대표해 진심으로 퐁에게 미안한 마음을 느꼈다.

"너도 알잖아. 인간들이 요정은 물론 엘프들까지 모두 남쪽 대륙으로 쫓아버렸다는 거. 정말 미안하게 생각해. 하지만 어쩔 수 없어. 인간들은 때론 잔인하거든. 그러니까 미리 조심하는 게……."

"알았어. 퐁, 이실론이 하는 말 이해했어."

퐁은 모든 종족을 대표(?)해 이실론의 사과를 받으며 고개를 떨궜다. 일행은 이제 몇 개 되지 않는 상점들이 있던 거리를 벗어나 한적한 주택가로 접어들고 있었다. 지나가는 사람들이 퐁에게 별로 관심을 갖지 않는 것은 아마도 원숭이로 착각했기 때문일 것이다. 이실론은 차라리 다행이라고 생각했다. 퐁이 사람들의 이목을 끄는 건 너무 불안하고 위험하니까. 그래서 미안한 마음을 꽉 누르며 과일 가게를 지날 때 퐁에게 바나나를 사줬다.

"이거라도 먹어. 그럼 기분이 좀 풀릴지도 모르잖아."

이실론의 생각을 알 리 없는 퐁은 감격스럽게 바나나를 받아 들었다.

"고마워. 이실론, 좋은 친구야."
정말 미안했다.

상점들과 함께 집들이 밀집해 있던 마을의 중심가를 지나자 마치 산책로인 듯 예쁘게 조경된 숲길이 나왔다. 숲 사이로 이따금씩 통나무 집이 보였고, 그 숲길마저 끝나가는 듯한 지점엔 나지막한 울타리 안에 하오의 햇살을 즐기는 양 떼들의 목장이 나왔다. 목장의 한쪽 옆엔 멋드러진 빨간 지붕에 빨간 벽돌로 정성스럽게 지어진 집이 자리해 있었다. 유리는 목장의 낮은 울타리를 사뿐히 뛰어넘어 목장을 가로지르며 빨간 벽돌집을 향해 달려갔다.
"워렌 아저씨! 워렌 아저씨!"
요란한 외침만큼이나 요란한 주먹이 현관 문을 거침없이 두들겨 댔다. 이 시끄러운 방문자를 환영이라도 하듯 현관 문 아래의 뚫려 있는 구멍을 통해 털북숭이가 머리를 내밀었다.
"멍멍 짖는 개다!"
이실론의 어깨에 앉아 있던 퐁이 재빨리 등으로 자리를 옮겼다. 집은 좋아도 개는 싫은 모양이다. 하긴 기본적으로 집 지키는 임무를 수행한다는 점에서 경쟁적인 관계일 수도 있다. 그렇다면 힘도 더 세고, 때론 상대를 물 수도 있는 이빨까지 있다는 점에서 개가 퐁을 위협할 가능성이 컸다. 퐁이 가진 것이래야 저 포크 비슷한 매직 트라이던트뿐인데 그 매직 포크의 역할이래야 고작 요리를 하고, 청소를 하는 것뿐이니까.
다행히도 개의 표적은 멀리 떨어져 있는 이실론의 등 뒤에 있는 퐁이 아니라 바로 앞의 유리였다. 은회색의 탐스러운 털을 수북이 기르고 있는 개는 유리의 주위를 빙빙 돌며 요란스럽게 짖어댔다.

"쟤, 물어버리면 어떡해?"
유리가 미워도 다치는 건 싫은 모양이다.
"걱정 마라. 저렇게 꼬리를 흔드는 건 반가움의 표시니까."
"꼬리?"
퐁의 삼각형 꼬리가 하늘을 향해 치켜올려졌다.
"킬킬킬킬…… 반가우면 꼬리를 흔든다고? 정말 체통없는 동물이네. 킬킬…… 퐁, 꼬리는……."
그 꼬리의 기능은 말할 필요도 없이 사람을 약올리는 데 쓰이고 있었다. 대상은 주로 유리, 상황은 주로 손가락질을 대신한 삿대질, 그리고 결과는 참담한 공중 회전. 퐁은 뭐라고 말하고 싶었는지 몰라도 더 이상은 할 수 없었다. 현관 문이 열리며 사람의 머리가 나오기도 전에 시작된 요란한 환영의 인사가 퐁의 말문마저 막은 것이다.
"유리, 유리! 드디어 왔구나. 무사히 돌아왔어! 이 말괄량어 아가씨야!"
이윽고 드러난 얼굴은 핸슨만큼이나 수북한 털로 얼굴을 장식하고 있는 남자였고, 그 남자는 문을 열고 나오자마자 유리를 덜렁 들어 올렸다.
"그새 더 무거워졌는데? 밥은 굶지 않고 다녔구나. 장하다, 으리유리! 그럼 이제 우리 써클링이 아직 유효한지 어디 볼까?"
남자는 유리를 덜렁 든 채 빙빙 돌기 시작했다. 유리의 몸이 남자의 회전에 따라 허공을 휘저으며 돌려졌다. 유리가 퐁의 꼬리를 잡고 돌릴 때랑 비슷한 상황이 연출되고 있었다. 퐁은 유리의 한 손에 의해 수직으로 원을 그리며 회전당했고, 유리는 남자의 두 손에 안긴 채 수평으로 원을 그리고 있다는 차이 정도가 있을 뿐.

"꺄르르르…… 내려줘요! 나도 이젠 숙녀라구요! 꺄르르르……
어지러워요!"

진짜 다른 점은 여기에 있었다. 퐁이 회전할 땐 대륙이 통째로
흔들리는 것처럼 요란한 비명 소리가 터져 나왔는데, 유리의 회전
에선 재밌어 미치겠다는 광소(?)가 터져 나온 것. 하긴 회전을 가
하는 사람의 마음가짐이 다르니 회전을 당하는 사람의 느낌도 당
연히 다르겠지.

그래도 변하지 않는 것도 있다. 이 지독한 유리의 독설.

"워렌! 이 늙다리 양치기 아저씨야! 당장 날 내려놔! 으악! 날
안 내려놓으면 저놈의 울타리를 부숴 버리고 양들을 모두 산으로
쫓아버릴 거얏! 이이익! 두고 봐! 온 대륙 늑대들이 다 몰려와 저
놈의 양들을 다 잡아먹게 만들 테니까. 끼르르륵… 끅."

결국 워렌의 회전이 멎었다. 가뜩이나 정리도 잘 안 하는 유리
의 빨간 까치 집 머리가 차마 눈뜨고 볼 수 없을 정도로 제멋대로
휘날리고 있었다. 유리가 중심을 잡기도 전에 워렌의 투박한 주먹
은 유리의 머리에 꿀밤을 먹였다. 딱! 하는 소리가 날 정도니 유
리의 눈에선 눈물이 찔끔했다.

"워어레에엔!"

유리의 이 흉폭한(?) 외침만으로도 그 고통(?)은 충분히 느낄
수 있었다.

"후훗! 워렌, 좋은 사람이야."

여전히 이실론의 등 뒤에 몸을 숨기고 있던 퐁이 온몸을 뒤틀며
감탄성을 뱉었다. 그 소리가 유리의 귀에 들리면 퐁은 유리의 어지
럼증까지 합한 회전을 당해야 할 테니 당연히 목소리는 작았다.

이젠 워렌의 큰 목소리 차례.

"이 버릇없는 아가씨야! 도시에 나가서도 그렇게도 보고 배운 게 없단 말이야? 내 장담하건대, 루밀 씨가 딸이 이렇게 지독한 독설을 내뱉는 걸 보면 아마 거품 물고 쓰러질 게다."

루밀. 유리의 이름에도 들어 있다. 듀리안 루밀 에르딘버크 에르딘버크라는 긴 성을 대신해 마을 사람들이 유리의 아빠를 부르는 호칭이 루밀이었다. 아빠의 이름은 금방이라도 폭발할 듯 이글거리던 유리의 성질(?)을 한낮의 태양에 녹아 사라지는 눈처럼 흔적도 없이 사라지게 만들었다.

"아빠는요?"

조금 전의 흥분은 간데없이 유리의 목소리는 차분했다.

"아직 집에 들르지 않은 거니? 하긴… 그랬겠구나. 그랬었어. 그러니까… 그렇지."

워렌은 도저히 연결될 수 없는 단어들을 나열하며 혼자서 머리까지 끄덕였다. 게다가 저 진지한 표정이란?

"잘한 일이야. 정말 다행이지. 그래, 잠깐만 기다려라. 같이 들라가자."

워렌은 다시 집 안으로 들어갔다. 유리는 잠시 고개를 돌려 여전히 목장 너머에 있는 일행들을 바라봤다. 이실론은 유리의 호수같이 푸른 눈동자에 마치 돌이라도 던져진 것처럼 잔잔한 파둔이 일고 있는 것이 느껴졌다.

'역시 아빠를 만나는 일이란 가슴 떨리는 일인가? 저렇게도?'

유리는 분명 긴장해 있었고, 초조해하고 있었다. 그 모습을 바라보는 던칸의 각진 얼굴이 눈살을 접으며 핸슨을 향했다. 핸슨은 수염에 반쯤 덮힌 입술을 살며시 베어 물었다.

'역시 그런 건가?'

집 안으로 들어갔던 워렌이 다시 나왔을 땐 한 손에 공구 상자로 보이는 나무 상자를 들고 있었다. 그 나무 상자가 정말로 공구 상자라면 그 안엔 못이나 망치 같은 쇠붙이들이 들어 있을 테고, 그런 건 일반적으로 이웃집을 방문하는 손님이 들고 가는 물건은 아니었다.

유리의 긴장감은 더욱 커졌고, 그녀는 워렌에게 자신의 일행을 소개시켜 주는 것까지 까먹고 말았다. 목장을 우회해 앞서 가는 워렌은 일행과 마주치지 않았고, 결국 일행은 어영부영 두 사람의 뒤를 따라 말없이 걸을 수밖에 없었다.

"악—!"

오랜만에 돌아온 집을 보며 할 수 있는 첫 마디가 고작 이런 것이라니. 그러나 유리가 아닌 누구라도 이 집을 보면 같은 말밖에 하지 못했을 것이다.

"누구야? 누가 이렇게 했어? 워렌, 당신이에요? 아저씨가 이랬어요? 왜요? 왜! 왜!!"

워렌의 가슴을 치던 유리의 주먹이 갑자기 허리춤으로 가더니 검을 뽑아 들었다. 워렌은 손에 들고 있던 공구 상자까지 떨어뜨리며 뒤로 물러섰다.

"유리!"

핸슨이 유리를 불렀으나 유리의 몸은 이미 돌진하기 시작했다. 다행히도 대상은 워렌이 아니라 그녀의 집이었다. 판자로 겹겹이 쌓인 채 못질에 또 못질이 돼 있는 집. 창문도 문도 없었다. 누군가 들어가지도, 나오지도 않을 목적으로 폐쇄시켜 버린 듯 꽉 박혀 버린 집. 그 집을 막고 있는 판자를 향해 유리의 검이 미친 듯 휘둘러졌다.

"부숴 버릴 거야. 다 부숴 버릴 거야! 용서하지 않겠어! 절대 용서할 수 없어! 아빠아—!"

유리는 검을 바닥에 꽂은 채 주저앉아 흐느꼈다. 워렌이 그런 유리를 향해 다가가 그녀의 어깨를 감싸 안았다.

"유리, 루밀 씨가 원한 일이야. 어쩔 수 없었어. 너도 알잖니? 루밀 씨는 지금."

"됐어요. 그만둬요. 알아요."

일행 중 아무도 나서지 못했고, 나설 수도 없었다. 퐁도 이 분위기에 동참하면 좋으련만.

"인간은 빛 좋아하잖아. 근데 왜 빛을 막았지? 환기를 안 시키면 공기 나빠지는데. 퐁은 이해할 수 없어. 쟤 아빠는 왜……."

이실론이 등까지 손을 뻗쳐 간신히 퐁의 입을 틀어 막았다. 친구에게 할 수 있는 행동은 아니었지만, 슬픔에 잠긴 또 다른 친구를 위해 어쩔 수 없는 행동이었다. 그리곤 핸슨을 쳐다봤다. 이 이해할 수 없는 상황에도 불구하고 핸슨은 뭔가 짐작이라도 한 듯 불안하고 슬픈 표정으로 그 집과 유리를 번갈아 쳐다봤다.

"워렌 씨, 저 판자를 뜯어내는 건 너무 위험한 일일까요?"

던칸의 말이었다. 겉으로 보이는 그의 단단한 외모에서 동정이나 연민을 기대하긴 어렵지만 원래 겉모습만으로 사람을 판단할 수는 없는 법이다. 별 감정이 섞이지 않은 듯 담담하게 내뱉은 말이지만 그 안에 담긴 안타까움은 이 자리의 모든 사람이 느끼고도 남을 정도였다. 퐁만 빼고.

"위험해. 위험한 일이야. 사람이 햇볕 막을 땐 다 이유가 있어. 함부로 열지 마. 안 돼. 퐁, 느낄 수 있어. 위험해. 퐁을 믿어. 퐁은 패어리잖아."

유리의 칼날 같은 시선이 퐁에게 박혔다. 퐁은 찔끔하며 이실론의 등 뒤로 몸을 숨겼다. 덕분에 그 매서운 눈빛은 피했지만 말까지 피하지는 못했다.

"그럼 넌 가!"

퐁에게 이보다 더 무서운 말이 있을까? 퐁은 이후로 쭉 침묵했다. 그리고 유리는 워렌의 공구 상자에서 망치를 꺼내 들고 판자를 떼어내기 시작했다.

"아빠, 내 말 들려? 유리가 돌아왔어. 아빠의 딸이 돌아왔다구. 이젠 돈도 있어. 아빠 치료할 수 있단 말이야. 조금만 기다려. 조금만……"

유리의 암팡진 손길이 닿는 곳마다 못이 뽑혀 나왔고, 판자가 하나둘씩 집에서 떨어졌다. 처음 드러난 것은 현관의 손잡이 부분이었다. 현관의 손잡이가 보이자 유리의 손길은 더욱 빨라졌고, 결국 그녀의 초조하고 급한 마음은 손에 상처를 만들고 말았다. 판자에 반쯤 걸려 있던 못에 손바닥이 찢어진 것이다. 워렌이 유리의 손을 잡았다.

"이제 아저씨가 할게. 아무래도 내가 빠르지 않겠니?"

워렌은 유리를 대신해 망치를 받아 들며 일행을 향해 눈짓했다. 핸슨이 유리를 데리고 오며 퐁에게 물었다.

"퐁, 혹시 상처도 치료할 수 있나?"

"당연하지. 퐁, 요정인데. 매직 트라이던트도 있잖아. 다들 조용히 해. 주문을 외우려면 집중해야 되거든."

퐁이 유리의 손바닥을 향해 매직 트라이던트를 겨냥하며 주문을 중얼거렸다.

"이슬 속의 정기와 꽃잎 속의 향기와 꿀벌의 달콤한 침이 만나 그대 잉태되어 뿌리 내렸으니, 이제 햇살과 바람과 빗속에 대지를 뚫고 그 싹을 열어 잎으로 성장하리라. 숲은 그대의 향기로 채워지고, 동물은 그대의 딜용함으로 배를 불리고, 인간은 그대의 권능으로 구원받으리다."

주문과 함께 퐁의 매직 트라이던트에서 부서지는 별빛처럼 눈부시게 빛나는 은빛 가루가 뿌려졌다. 은빛 가루가 유리의 손바닥에 닿자 향긋하고 시원한 냄새가 코 속으로 화 하게 밀려왔다. 퐁이 뿌듯하게 매직 트라이던트를 들어 올렸다.

"이제 헝겊으로 묶어주면 돼."

엥? 그냥 묶어주면 된다고? 설마? 그 거창한 주문을 외고, 눈부신 가루를 뿌려댔는데도 유리의 손은 그대로였다. 피는 좀 덜 나는 것 같지만 아주 멈춘 것은 아니었고, 상처는 조금이라도 ㄴ은 흔적조차 보이지 않았다. 근데 헝겊으로 묶으면 된다니? 이실톤이 퐁에게 조심스럽게 물었다.

"퐁, 주문 제대로 왼 거 맞니? 내가 보기엔 상처가 별로……."

"퐁, 마나Mana를 다루는 마법사가 아니야. 그냥 치료해 주는 거지 상처를 없앨 수 있는 것은 아니라고. 퐁, 주문으로 손에 약 발라줬어."

정말 요정 맞아? 하긴, 매직 트라이던트도 이름 값 못하긴 마찬가지지. 과묵한 던칸조차 그냥 넘어가기 힘든 모양이다.

"약이라면 내 주머니에도 있었어."

퐁이 이실론의 어깨에서 펄쩍 뛰었다.

"감히 패어리의 약과 인간의 약을 비교하다니?! 인간들의 약으로 상처를 낫게 하려면 며칠이나 걸리고 흉터도 남잖아. 퐁의 약은 달라. 두고 봐!"

"됐어. 고마워."

유리가 짧게 말하며 자기 손으로 헝겊을 감고 다시 집을 향해 몸을 돌렸다. 이제 판자 두세 개만 떼어내면 문이 열릴 것 같다. 유리는 벌써 문을 향해 다가갔다.

집 안은 엉망이었다. 온통 부서진 가구며 금방이라도 무너져 내릴 듯 금이 간 벽, 게다가 천장은 온통 거미들이 장악한 채 집을 지어댔고, 어둡고 습한 집 안의 공기는 완벽한 폐허를 연상케 했다.

유리는 아빠의 침실로 뛰어 들어갔다. 그곳에 있었다. 해골이나 다름없는 몰골로 힘없이 침대에 누워 있는 사람. 그 사람이 유리의 아빠였다. 그러나 유리는 울지 않았다. 대신 침대에 다가가 힘없이 늘어져 있는 아빠의 손을 꼭 잡아 쥐며 속삭였다.

"잘못했어. 유리가 아빠를 두고 떠나는 바람에 아빠가 이렇게 됐어. 이젠 괜찮아, 유리가 돌아왔으니까. 이제 아빠도 괜찮을 거야. 아빠를 치료할 돈도 벌어왔어. 거봐. 유리가 해낼 수 있다고 했지? 유리는 약속 지켰으니까 이제 아빠 차례야. 아빠도 예전처럼 건강하게 다시 일어나야 돼. 알았지?"

루밀 씨가 유리의 말을 들을 수 있는지는 분명치 않다. 그렇지만 눈가를 적시고 있는 물기는 분명 그녀를 느끼고 있음을 말해 줬다.

반가운 인사말도, 감격의 환호성도, 슬픔의 눈물도 흘리지 못하는 이 부녀의 안타까운 재회를 바라보던 핸슨은 착잡한 심정으로 고개를 떨궜다.

기쁨이 지나치면 눈물이 나지만 슬픔이 지나치면 차라리 아무런 감정도 느낄 수 없는 모양이다. 유리의 건조한 목소리가 아빠의 가슴에 부딪치며 쓸쓸히 새어 나왔다.

"아빠가 죽으면 유리도 죽을 거야. 유리를 살게 하는 길은 아빠가 건강하게 일어서는 거야."

퐁이 이실론의 등 뒤에서 성큼 내려와 루밀 씨에게 다가갔다. 루밀 씨를 향해 매직 트라이던트를 겨냥하고 또다시 거창한 주문을 외웠다. 역시 은빛 가루가 뿌려졌고……

"아빠는 병든 게 아니야. 영양실조야. 밥을 먹지 않은 거야. 오랫동안 밥을 먹지 않아서 아픈 거라구."

"확실… 하니?"

"퐁도 병 정도는 알아낼 수 있어. 이제 괜찮아. 다시 밥 먹으면 건강해질 거야. 퐁이 있으니까 걱정하지 마."

퐁은 할 일이 생긴 것이 너무나 반가운 듯 신이 나서 주방 쪽으로 달려갔다. 그러나 남겨진 유리의 표정이란, 그 절망적인 표정엔 17세의 소녀가 감당하기엔 너무나 큰 아픔이 담겨 있었다.

"아무것도 없어. 퐁, 재료 없으면 요리할 수 없어. 물도 없어."

유리가 주방으로 달려갔다. 퐁의 말대로 먹을 수 있는 음식은 아무것도 없었다. 루밀 씨는 집 안에 한 톨의 음식도 남겨두지 않은 채 밖에서 집을 폐쇄시키도록 함으로써 서서히 죽어갈 생각이 었나 보다. 인정하고 싶진 않아도 상황은 그랬다. 워렌이 퐁에게 말했다.

"내가 뭘 좀 가져오마."

"오랫동안 밥 굶은 사람 수프 먹어야 돼. 수프 만들 수 있는 재료 가져와."

워렌은 황급히 자신의 벽돌집을 향해 뛰어갔다.

던칸은 묵묵히 창문을 막고 있던 판자들부터 떼어내기 시작했다. 퐁은 쉴 새 없이 떠들며 거미줄을 치우고 집 안을 정리했다. 유리는 아빠의 손을 꼭 잡고 죽어가는 얼굴에 숨결이라도 불어넣을 듯 아빠의 얼굴을 쓰다듬었다.

핸슨의 표정도 유리 못지 않게 절망적이고 슬펐다. 이실론도 슬프지만 핸슨처럼 넋을 놓을 정도는 아니었다.

"저어, 유리. 퐁의 말이 맞다면 너희 아빠는 병든 게 아니잖아. 근데 너는 아빠의 치료비를 장만해야 한다고 하지 않았어?"

"맞아. 아빠는 병든 게 아니지만 난 아빠의 치료비가 필요해."

"설명을 부탁해도 되겠니?"

유리가 아빠의 손을 잡은 채로 이실론을 향해 고개를 돌렸다. 마치 모든 상황을 부정이라도 하는 듯, 지금 이 순간의 유리는 냉정하도록 침착하고 담담했다.

"아빠의 병은 육체의 병이 아니라 마음의 병이었어. 이따금씩 광기를 보이셨거든. 그럴 때면 완전히 다른 사람처럼 행동했어. 날 죽이려고 한 적도 있었고. 아마… 그래서 내가 떠나는 것도 허락하셨던 것 같아. 그리고 이렇게 혼자 남아서… …그러셨던 거야."

철부지인 줄만 알았던 유리는 정확히 알고 있었다. 그녀 스스로 냉정하지 못하면 그런 아빠를 도울 수 없다는 것을. 유리는 모든 상황을 직시하고 순순히 인정했다.

"어떤 사람이 그러는데, 이런 병은 마법으로 치료해야 된대."

"마법?"

마법은 없다. 포트리몬은 이미 오래전에 마법을 사악한 힘으로 규정해 국법으로 엄격히 금지하고 지속적으로 단속해 왔다.

물론 국가에서 금한다고 해서 마법에 대한 사람들의 동경과 열망은 쉽게 사라지지는 않았다. 그러나 200여 년이 넘는 시간 동안 여섯 번의 왕조가 바뀌면서도 마법의 박해는 수그러들지 않았고, 결국 간헐적으로 내려오던 마법의 혈통마저 이제는 거의 끊겨 있는 상태나 다름없었다.

"카테나치오에 가면 아직도 마법사들이 있대. 돈만 있으면 만나 볼 수 있을 거라고 했어."

어둡던 방 안에 환한 빛이 새어들었다. 던칸이 집 밖에서 침실의 창문을 막고 있던 판자들을 떼어낸 것이다. 그리고 열려진 창문으로 던칸이 말했다.

"물론 카테나치오에 가면 마법사를 자청하는 사람들이 있긴 합니다. 남쪽 대륙에선 아직도 공공연히 마법을 사용하니까요. 하지만 진짜 마법사를 만나기란……. 저는 아직까지 본 적이 없습니다."

유리의 마지막 희망마저 뺏아버린 것이 마음에 걸리는지 던칸이 어색하게 고개를 돌렸다.

"던칸이 못 봤다고 존재하지 않는 건 아니잖아요!"

유리에게 던칸의 말은 재고할 일고의 가치도 없는 말인 모양이다. 핸슨도 유리의 선택에 동조했다.

"그래, 찾아보지도 않고 포기하는 건 어리석은 사람들이나 하는 짓이다. 일단은 기력을 회복하는 게 우선일 것 같구나. 그리고 함께 카테나치오로 가면……."

핸슨은 말을 멈추고 길게 한숨을 쉬었다.

"모든 게 잘될 거야."

왠지 자신없는 목소리다.

2

우울한 마음만큼이나 어두운 아침이다.

태양마저 가려 버린 잿빛 하늘이 지붕 위까지 내려와 있다. 유리의 초라한 집이 힘겹게 하늘을 이고 있는 것만 같다.

"비가 올까요?"

이실론의 물음에 던칸이 간단히 답했다.

"아니, 비 냄새가 나지 않아."

라이즈셋 협곡에서 이미 물에 대한 던칸의 감각을 확인한 바 있었다. 비는 오지 않을 것이다. 그러나 어두운 날씨가 주는 알 수 없는 불안만은 지워지지 않았다.

앞마당에서 기지개를 켜던 핸슨이 애써 명랑하게 말했다.

"차라리 잘됐다. 어차피 하루 종일 집수리를 해야 될 텐데 더운 것보다야 선선한 게 낫지."

"밥 먹어. 퐁의 아침이야. 어서 들어와."

주방에서 들려오는 퐁의 목소리에도 뭔가 불만이 가득했다. 식탁에 차려진 음식도 간단했다. 워렌이 가져다 준 호밀 빵과 신선한 야채 샐러드, 그리고 양송이 수프가 아침 식단의 전부였다.

"좀 더 거창한 아침을 기대했는데… 퐁?"

핸슨이 불만으로 가득한 퐁의 얼굴을 식탁 너머로 쳐다봤다.

"퐁도 물론 요리하고 싶지. 근데 이실론이 부탁했어. 요리는 하지 말라고."

이번엔 모두의 시선이 일제히 이실론에게 향했다.

"루밀 씨는 아직 음식을 드시지 못하는데… 우리끼리만 맛있는 식사를 하는 건 좀… 그리고 요리를 하면 냄새도 날 테고……."

결국 루밀이 회복될 때까지 그들도 맛있는 음식은 삼가자는 얘기였다. 유리가 호밀 빵을 넙죽 떼어 입에 넣으며 말했다.

"그럴 필요까진 없어. 아빠도 원치 않을 테고, 우리에게도 바람직하지 못해. 우리라도 잘 먹고 힘을 비축해 둬야지. 아빠를 모시고 카테나치오까지 가는 게 쉽지는 않을 테니까."

퐁이 있지도 않은 입술을 씰룩이며 이실론에게 거 보란 듯 눈을 부라렸다.

아침은 단출하지만 훌륭했다. 갓 구워낸 빵은 따뜻했고, 양송이 수프는 담백하면서도 부드러워 말 그대로 입 안에 감기는 느낌이었다. 샐러드 위에 얹혀진 드레싱도 향긋했고. 브라우니의 음식 솜씨는 수다만큼이나 최고였다.

아침 식사가 끝나자마자 모두들 바쁘게 움직였다. 유리는 누워 있는 아빠의 입에 수프를 흘려 넣어주고, 냄새나는 아빠의 몸을 정성스럽게 닦아줬다.

핸슨과 던칸은 아직도 남아 있는 판자를 떼어내고, 집 여기저기를 수리하느라 부산하게 움직였다. 퐁은 실내 청소 담당이었는데 놀랄 정도의 빠른 속도로, 신기할 정도로 말끔히 그 일을 해내고 있었다.

마땅히 할 일이 없는 이실론은 자진해서 마당 청소를 하기로 했다. 그냥 잡초나 좀 뽑으면 되는 일이지만 그것도 쉬운 일은 아니었다. 우선 잡초와 잔디를 구분하는 것도 쉽지 않았고, 계속 쭈그리고 앉아 있어야 한다는 것도 이실론에겐 힘겨운 일이었다. 한 시간도 지나지 않아 다리가 저리고 어깨가 뻐근했다. 그러나 이렇게 찌뿌둥한 날씨에 웃통까지 벗어젖히고도 구슬땀을 흘리며 일하는 핸슨과 던칸 앞에서 고단한 내색을 할 수는 없는 노릇이었다.

그나마 점심때 양젖을 짜 들고 온 워렌의 말에 의하면 이실론이 뽑은 것 중 잡초보다 잔디가 더 많다고 했다. 그때부터 마당을 정리하는 일도 워렌이 맡았다.

결국 이실론은 그렇게 피하고 싶었던 퐁의 조수 노릇을 해야 했다. 이미 청소를 끝낸 퐁은 지금 환경 미화 작업을 하는 중이었다. 퐁의 매직 트라이던트가 그 영험한 능력을 발휘해 바느질을 마친 커튼을 벽에 다는 것이 이실론에게 주어진 몫이다. 근데 이 간단한 일이.

"아니아니, 좀 더 위로. 아니야, 좀 더 밑. 이상해. 균형이 잘 안 맞는 것 같아. 약간 오른쪽으로. 아니야, 원래대로 해봐. 안 되겠어. 잠깐만 기다려 봐."

그리곤 퐁은 그 짧은 다리로 바닥을 튕기며 고민에 잠겼다. 커튼을 좀 더 높게 달 것인지 말 것인지. 그 시간 동안 이실론은 쭉 커튼을 들고 위태롭게 서 있어야 했다. 퐁의 말에 의하면 직접 보면서 고민해야 된댄다.

식탁보를 만드는 일도 비슷했다. 퐁은 벽장 속에서 찾은 네 장의 낡은 헝겊을 가지고 이실론에게 차례대로 식탁에 씌워보라고 했다.

"빨간 색."

이실론이 빨간 헝겊으로 식탁을 덮었다. 퐁이 구슬 눈을 몇 바퀴 굴리더니 머리를 저었다.

"보라색."

빨간 헝겊을 걷어내고 보라색 헝겊을 그 자리에 덮었다. 퐁의 고민이 있고, 또 다른 색. 네 장의 헝겊으로 이 일을 네 번쯤 반복한 후에야 결론이 났다.

"아무래도 내일 시장에 가서 새 천을 사야겠어. 퐁의 마음에 드는 색으로 직접 고를 거야."

네 장의 헝겊은 네 명의 사람을 위한 넵킨으로 탄생했다.

당연히 빨간 색을 배정받은 유리 때문에 저녁 식탁에서 약간의 소동이 있긴 했지만, 병자 앞에서 소란을 피우는 것은 현명하지 못하다는 퐁의 충고 때문에 유리도 참았다. 대신 퐁이 기대했던 빨간 머리와 빨간 넵킨의 결합은 이루어지지 못했다. 그 우스운 광경을 생각하며 퐁은 제법 즐거워 했었는데.

하루 종일 땀 흘리며 일한 후 먹는 저녁은 그야말로 꿀맛이었다. 이실론은 막연히 이런 것이 노동의 즐거움인가 보다 생각했다. 그러나 한편으론 그런 생각조차 자신과는 거리가 먼 일처럼 여겨졌다.

'노동은 어리석은 인간들에게 필연적으로 붙어 다니는 삶의 고단함이라고 했는데……'

어디서, 누구에게 들은 말인지는… 기억나지 않는다.

다음날 아침 일찍 유리는 워렌과 함께 마을로 내려갔다.

마을 사람들에게 인사도 하고 아빠를 위한 음식도 좀 장만해야
했다. 거기다 퐁이 적어준 '당장 필요한 생필품 목록'도 큰 종이
가득이었다. 주로 무지개 색 헝겊, 우아한 꽃병, 물방울 무늬 접시,
스윙 레이스 같은 사치성(?) 물품이라 유리가 얼마만큼 장보기에
반영할지는 알 수 없지만 말이다.

나머지 사람들의 일과는 비슷했다. 달라진 점이 있다면 어제만
해도 위태롭고 어수선하던 집이 오늘은 말끔하고 아늑하게 변했
다는 것. 그리고 루밀이 드디어 침대에서 몸을 반쯤은 일으켰다는
것 정도였다. 퐁의 진단으론 내일부터는 씹어먹는 음식을 먹을 수
도 있을 것 같다고 한다. 그 말을 하고 기운을 차리는 것도 잠깐
이다.

유리가 돌아오고 집은 한동안 시끌벅적했다. 유리가 퐁이 원한
물품을 절반밖에 사 오지 않은 데다 사 온 것 중의 절반은 또 퐁
의 마음에 들지 않은 것이다.

시끄럽긴 하지만 이미 익숙해진 퐁의 불평과 투정 속에 어제와
다르지 않은 하루가 저물어가고 있었다. 노크 소리가 들리기 전까
지는.

현관 밖에 서 있는 사람은 솔리턴의 촌장이자 최고 연장자인
모리스 브룩맨이었다.

"어, 모린 할아버지네. 어? 근데 저건 뭐야?"

모리스 브룩맨의 뒤엔 스프링턴 산 앞의 꽃밭 소유주인 질 갈
라인의 아들, 비토리오 갈라인이 서 있었다.

“저 밥맛없는 인간이 우리 집엔 무슨 일이지?”

유리가 심드렁한 표정으로 현관 문을 반 정도만 열고 머리만 내밀었다.

“이 밤중에 무슨 일이세요, 모린 할아버지?”

노골적인 불쾌감을 표현했던 비토리오 갈라인이란 기름기 도는 청년에겐 너무나 유리답게 아는 척도 하지 않았다.

“아버님이 많이 회복되셨다면서?”

“예, 덕분에요.”

자신이 집을 비운 동안 아빠를 외면했던 원망 때문인지 유리는 빈정거리는 투로 성의없이 말했다.

“들어가도 되겠니?”

“글쎄요. 손님들이 와 계셔서……”

기다렸다는 듯 비토리오 갈라인이 앞으로 나섰다.

“우리도 그 손님 때문에 왔어. 너희 집에 몬스터가 있다면서?”

퐁이 금방이라도 뛰쳐나갈 기세로 눈을 부라렸다. 던칸이 퐁의 꼬리를 잡고 말렸다. 이실론도 손으로 퐁에게 절대 말하지 말라는 신호를 보냈다.

분한지 숨을 헥헥거리지만 퐁도 상황은 이해했다. 인간들에게 외면당하며 남쪽 대륙에서 살아온 시간도 있는데 이런 오해 정도는 당연하다고 할 수 있었다.

퐁은 금세 풀 죽은 모습으로 식탁 위에 오롯이 서 있었다.

현관 앞에서 유리가 더 가시 돋힌 목소리로 빈정대는 소리가 들렸다.

“몬스터라니요? 갈라인 씨가 몬스터를 본 적이나 있어서 하는 소리예요?”

“만약 너희 집에 몬스터가 없으면 우리를 들어가지 못할 이유도 없을 텐데?”

“누가 그 따위 소릴 해요?”

흥분한 비토리오를 제치며 모리스 브룩맨이 유리의 말에 답했다.

“생선 가게 샘이 새벽에 얼음을 날라오다 봤다는구나. 그의 말이 사실이라면 난 이 마을의 촌장으로서 그냥 묵과할 수가 없단다.”

“이웃 사람이 비참하게 죽어가는 모습을 방관하는 건 촌장이 해도 될 일이구요?”

아빠가 병에 걸리기 전에는 마을 사람 모두 아빠를 존경하고 신뢰했었다. 그들은 고민이 있으면 아빠를 찾아와 해답을 얻어갔다. 자식을 낳고 이름을 지어달라고 조르는 사람도 있었다. 질 갈라인 씨 역시 매년 봄이면 올해는 어떤 꽃을 심어야 풍작이 될지도 아빠에게 물었었다. 촌장인 모린 할아버지조차 힘든 일이 있으면 아빠를 찾아와 조언을 구할 정도였다. 그런 그들이 아빠가 병에 걸리자마자 철저히 외면했던 것이다.

“우린 그럴 수밖에 없었다, 듀리안.”

“그럴 수밖에 없었다니요? 아빠를 죽게 내버려 둘 수밖에 없었단 말씀이세요?”

“그는 너무 위험했어. 우리로선 도저히……”

“됐어요. 돌아가세요!”

유리가 현관 문을 ‘쾅’ 소리가 나도록 닫아버렸다.

밖에서 비토리오 갈라인이 고래고래 소리를 질러댔다.

“건방진 계집! 아닌 척해봐야 소용없어! 네년이 아빠를 치료한답시고 해괴한 몬스터랑 엉터리 마법사들을 불러 모은 걸 다 알

아. 내일 아침 당장 생크 타운에 가서 영주님께 보고하겠어! 영주님의 기사들이 몰려오고 나서도 지금처럼 큰소리를 칠 수 있나 두고 보겠다고!"

핸슨이 고개를 설레설레 저으며 문을 열었다.

"들어오시오."

"싫어요!"

유리가 앙칼지게 소리쳤지만 그들은 이미 집 안으로 들어서고 있었다.

"핸슨이오. 보시다시피 마법사가 아니라 떠돌이 검사올시다."

그들이 집 안으로 들어서자 핸슨은 손으로 식탁 위에 있는 퐁을 가르켰다.

"저건 몬스터가 아니라 몽키요!"

퐁의 가슴이 찢어지는 소리가 이실론에게까지 들리는 것 같다. 모리스 브룩맨과 비토리오 갈라인이 뚫어져라 퐁을 쳐다봤다. 퐁은 화답이라도 하듯 식탁에서 불쑥 솟아올라 브룩맨의 어깨에 앉았다. 이내 비토리오 갈라인의 머리 위로 자리를 옮겼다.

괜히 초조한 마음의 이실론은 바나나까지 까서 퐁에게 건네줬다. 퐁도 눈치 챘을 것이다. 마을에 들어설 때 왜 이실론이 바나나를 사 줬는지. 그러나 어쩌랴. 퐁은 맛있게, 그리고 최대한 귀엽게 바나나를 먹었다. 영락없는 원숭이의 모습이다.

두 사람은 이어서 이실론과 던칸을 훑었다. 이실론은 마법사라고 하기엔 너무 어렸고, 던칸은 핸슨과 마찬가지로 검사의 분위기가 물씬 풍겼다. 혹시 퀸츠인이란 것이 시비거리가 될까 염려했지만, 두 사람 모두 퀸츠인을 본 적이 없는 덕분에 그가 퀸츠인이란 것조차 알아보지 못했다. 그냥 좀 낯설고 거칠게 생긴 사람이란 인상을 받은 정도가 다였다.

"루밀 씨를 좀 봐도 되겠니?"

"무슨 자격으로요?"

유리는 여전히 뽀로통했지만 굳이 막지는 않았다.

루밀의 모습을 보자 두 사람 모두 놀라는 기색이 역력했다. 이렇게까지 형편없는 몰골로 있을 줄은 미처 짐작하지 못했던 모양이다.

"루밀, 내 말이 들리나?"

루밀의 눈이 끔벅거렸다. 아직 말은 못하지만 눈빛으로도 기본적인 의사 소통은 다 됐다.

"몸조리 잘하시게. 쾌차하길 빌겠네."

모리스 브룩맨이 횡하니 나가자, 비토리오 갈라인도 불만이 가득한 표정으로 뒤를 따라 나갔다.

"재수없는 인간들!"

"퐁은 몬스터도, 몽키도 아니야. 퐁은 패어리야."

퐁의 구슬 눈에 금방이라도 떨어져 흐를 것 같은 물방울이 맺혔다. 몬스터로 오해받은 설움보다 앞으로도 인간의 마을에 살기는 힘들 것 같은 절망감이 퐁의 작은 어깨를 더욱 작게 만들고 있었다.

이실론이 퐁을 번쩍 들어 가슴에 꼭 안았다.

"슬퍼하지 마. 퐁은 나랑 살면 돼. 우린 친구잖아."

핸슨은 나직이 안도의 한숨을 쉬며 유리에게 물었다.

"저 사람들이 저러는 다른 이유가 있는 거니?"

"물론이에요. 갈라인 씨의 꽃밭은 마을 사람들 대부분의 생계를 책임지죠. 그런데도 마을 사람들의 존경을 받는 사람은 갈라인 씨가 아니라 우리 아빠였어요. 갈라인 부자는 그게 늘 불만이었죠. 자기도 매년 아빠에게 어떤 꽃을 심으면 좋을지 물어왔으면서 말이에요. 아빠가 병들자 갈라인 부자는 기다렸다는 듯 마을 사람들을 휘어잡기 시작했었어요."

"촌장은 뭐 하고?"

"모린 할아버지요? 모린 할아버지는 아무런 힘도 없어요. 모린 할아버지도 그 꽃밭에서 일하거든요."

"촌장인데?"

"우리 마을의 촌장은 그냥 제일 나이 많은 사람이 해요. 실질적인 촌장 역할은 아빠가 했던 셈이죠. 지금은 갈라인 씨가 하고. 그 사람들은 아빠가 다시 건강해지는 게 싫은 거예요."

이 작은 마을에서조차 권력을 위한 분쟁이라니… 다소 어이가 없긴 하지만 인간들이 사는 모습이란 원래 그렇다. 부는 권력을, 권력은 부를 부르고, 부와 권력을 가진 사람은 절대적인 영향력을 행사하기 마련이다. 그 영향력은 더 큰 부와 권력을 가져다 주고, 그렇게 지배 계층과 피지배 계층으로 나뉘어가는 것이다.

"영주님은 뭐 하시니?"

"생크 타운에 누워서 배 두들기고 계시겠죠. 솔리턴같이 작은 마을에서 일어나는 일이야 상관도 안 하죠. 세금만 제때 잘 내면."

핸슨이 안타까운 눈으로 아직 누워 있는 루밀을 쳐다봤다.

"빨리 회복돼야 할 텐데…… 퐁?"

"퐁, 충분히 신경 쓰고 있어. 끼니때마다 수프에 회복약을 넣는다고. 퐁의 회복약 아니면 앞으로도 일주일은 누워만 있었을 거라고."

하긴, 유리의 손도 이틀 만에 흔적도 없이 말끔히 나았다.

"빨리 일어나게. 더 이상 우리를 궁지에 몰아넣지 말고."

핸슨은 마치 오래된 친구에게 말하듯 루밀에게 간곡히 부탁했다. 루밀의 눈이 고통스럽게 감겼다.

무료한 하루다.

집은 더 이상 손볼 곳이 없는 데다 그들은 외출조차 할 수 없었다. 마을 사람들과 부딪치는 것은 아무래도 불안한 일인 것이다.

나른한 오후의 햇살을 쬐고 있던 던칸이 느닷없이 핸슨에게 제안했다.

"저어, 핸슨 씨. 윈턴 산에 가보지 않으시겠습니까?"

"윈턴 산에?"

"저는 겨울을 본 적이 없습니다. 얼음은 봤지만 눈은……."

퀸츠엔 겨울이 없었다. 두 왕국 사이엔 강 하나뿐이지만 다른 것은 너무나 많았다. 은빛 노을이 강 북쪽을 높게 가로막은 크릭릴 협곡은 겨울의 차가운 바람으로부터 퀸츠를 보호해 줬다. 그러나 유감스럽게도 비를 뿌리는 구름까지 막아 퀸츠를 긴 가뭄에 시달리게 했다. 남쪽으론 포말하우트 산맥이 그 역할을 했고.

"그럴까? 나도 한여름까지 얼음을 품고 있는 동굴은 본 적 없는데……."

간단히 의기투합한 두 사나이는 윈턴 산에 가기로 결정했다. 짐이 될 게 뻔한 이실론은 아예 나서지 않았고, 퐁은 이실론이 가지 않으니 자기도 가지 않겠다고 했다.

이 와중에 경치 구경이냐고 핀잔을 주긴 했지만 유리는 얼음 동굴로 가는 길을 상세히 알려줬다.

유리야 아빠 곁에 남은 거라지만 이실론은 퐁의 곁에 남은 셈이 됐다. 이실론과 퐁은 따사로운 오후의 햇살을 받으며 앞마당에 나란히 드러누웠다. 그리고는 오후 내내 퐁의 인생 역정을 듣고 있는 중이다.

엘프의 영지를 떠나—왜 떠났는지 몇 번이나 물었지만 절대 대답해 주지 않았다—처음 도착한 곳은 카테나치오였다. 그러나 너무 무서 워서 하루 만에 그곳도 떠났다. 역시 뭐가 무서웠냐는 이실론의 질문을 무시하고 자기가 하고 싶은 말만 했다.

산에서 주로 풀잎과 이슬을 먹었고, 지나가는 인간을 보면 그 앞에 모습을 나타내도 될지 안 될지를 고민했던 일들이 긴 얘기 의 대부분들이었다. 금화를 어떻게 얻었냐는 질문에는 간단히 대 답했다. 숲에서 주웠다고. 그 다음은 알고 있는 얘기다. 그 금화로 유리와 친해지려고 해봤는데 사기(?)만 당하고, 그래서 그 뒤로 쭉 쫓아왔던 얘기 말이다. 유리가 포트리아 기사단 모집 시험에 응시할 때 퐁도 웃었다는 말에 이실론도 웃었다.

"헤더림튼 캐슬의 지하 감옥은 정말 끔찍했어. 다시 엘프의 영 지로 가버릴까 고민도 했었다니까. 퐁은 두 번 다시 그런 곳 보고 싶지 않아."

이실론이 팔로 머리를 괴며 퐁 쪽으로 몸을 돌렸다.

"지하 감옥을 봤니?"

"그럼. 퐁의 금화를 가진 여자애가 그리로 가는데 퐁도 가야지. 근데 묻지 마. 정말 끔찍하고 무서웠어. 사람들이 막 썩어가고, 손 이랑 발이 잘려진 채 뒹굴고 그래."

퐁은 생각만으로 끔찍한지 얼굴을 한껏 찡그리며 구슬 눈을 좌 우로 바쁘게 돌렸다. 퐁의 말이 거짓일 리는 없지만 이실론은 믿 기 어려웠다. 핸슨에게 죽어서야 나올 수 있는 곳이라고 듣긴 했지만 퐁의 말은 또 다른 느낌을 갖게 했다.

　그 아름답고 평화로워 보이던 성의 지하에서 살이 썩어가고, 손발이 잘려진 채 뒹굴고 있는 사람들이 있다니……. 유리가 지하 감옥에 갇혔을 때 핸슨이 했던 말이 떠올랐다.

　겉으로 평화로워 보이는 왕국일수록 알고 보면 더 엄격한 법이 있고, 매서운 벌을 내리는 법이다. 그래야 평화가 유지되니까. 최소한 겉으로는.

　알 듯 말 듯 뭔가가 담겨 있는 말이다.

　어쩌면 포트리몬도 모래 위에 지어진 신기루가 아닐까. 피와 고통과 죽음을 딛고 선 평화라면 결코 진실은 아닐 텐데…….

　이실론은 눈을 감았다. 햇살은 여전히 따사롭다. 그러나 마음은 오히려 차갑게 느껴진다. 계속되는 퐁의 얘기도 더 이상 들리지 않는다.

　"뭐 하고 있나?"

　"옛?"

　눈을 떠보니 벌써 석양이 붉게 내려앉고 있었다. 이실론은 퐁과 나란히 앞뜰에 누워 잠이 들었던 모양이다. 퐁도 핸슨의 기척에 잠에서 깨고 있었다.

　"얼음 동굴은 어땠어? 퐁도 가고 싶었는데……."

　"좋았어."

　짧은 대답이지만 던칸의 얼굴엔 흥분한 기색이 역력했다. 내색은 하지 않지만 핸슨도 만족한 표정이다.

　"들어가자."

집 안으로 들어서자 세 사람은 약속이라도 한 듯 루밀의 침실부터 찾았다. 병자와 그를 간호하는 애틋한 딸을 남겨두고 자신들끼리 너무 한가로운 하루를 보낸 미안한 마음 때문이었다. 어쩌면 유리의 따끔한 질책을 받아야 할지도 모른다고 생각했는데.

"오셨습니까?"

놀랍게도 루밀이 웃는 얼굴로 그들을 맞았다.

"어, 일어났네? 일어났어! 벌써 일어났어!"

흥분한 퐁이 팔짝팔짝 뛰는 가운데 루밀이 또 한 번 말했다.

"그렇지 않아도 유리에게 여러분의 얘기를 듣던 중이었습니다. 퐁, 네 얘기도 들었다."

"정말? 정말로 쟤가 퐁의 얘기도 했어? 쟤는 퐁을 미워하는데."

"아빠에게도 그렇게 얘기했어. 너는 미워하는 일행이라고."

유리의 집에서 처음으로 웃음소리가 넘쳤다.

"이렇게 빨리 회복되시다니… 듀리안의 마음이 아버님을 일으킨 모양입니다."

던칸의 인사에 유리가 아빠와 꼭 잡은 손을 들어 보였다.

"그럼요. 하루 종일 아빠한테 에너지를 부어줬는걸요."

"에르딘버크 씨, 정말 다행입니다. 이대로 가다간 유리도 쓰러지지 않을까 걱정했는데……."

"내가 너니? 픽픽 쓰러지게?"

유리의 면박에도 이실론은 별로 창피하지 않았다. 얼굴이야 좀 붉어진 것 같지만 상관없다. 유리가 웃고 있고, 그 옆에 루밀 씨가 앉아 있는 모습만으로도 충분히 즐거웠다.

"아직은 말씀을 많이 하시지 않는 게 좋겠습니다."

화목한 분위기에 찬물을 끼얹는 말이긴 했지만 핸슨의 말은 맞왔다. 아직 루밀은 웃으며 말할 정도로 건강해 보이지는 않는다.

루밀도 어색한 미소로 핸슨의 말에 답하며 다시 자리에 누웠다.

"나가자."

핸슨은 화난 사람처럼 방에서 휑하니 나가 버렸다.

남겨진 사람들은… 당연히 황당한 표정을 짓고 있다. 루밀의 회복은 모두가 진심으로 축하할 일이지 화를 낼 일은 아닌데…….

핸슨의 냉랭한 표정은 저녁 식탁에서도 별로 변화가 없었다. 덕분에 모두들 기쁜 마음을 뒤로한 채 묵묵히 식사에만 몰두했다.

퐁의 진단대로 루밀도 오늘 저녁엔 양고기를 얇게 갈아넣은 수프를 먹었다. 아주 적은 양이긴 하지만 고기를 먹기 시작했으니 회복은 더욱 빨라질 거라고 했다. 퐁의 말을 과신한 탓인지 핸슨의 말을 무시해 버린 것인지, 루밀과 유리는 그치지 않고 대화를 나누고 있었다.

"너에게 그런 모습을 보이다니."

"왜 그랬어?"

유리의 목소리는 냉정할 정도로 담담했다. 유리의 그 담담함은 루밀로 하여금 대답을 피할 수 없게 만들었다.

"네가 돌아오는 게 두렵더구나. 내 손으로 널 헤치게 될까 봐……. 날 가둔 게 내 의지로 할 수 있는 마지막 일이었어. 이제 난 내 의지로 죽음조차 행할 수 없는 사람이야."

"마음 약한 소리하지 마. 아빠가 이렇게 약해지면 난 어떡하라고?"

"우리 유리가 얼마나 강하고 단단한 사람인데? 거기다 이렇게 좋은 친구들까지 얻었으니까 아빠는 아무런 걱정 안 한다. 잘 견딜 수 있을 거야."

"듣기 싫어! 난 아빠 없으면 아무것도 못해. 아무것도 안 할 거야!"
"바보 같은 딸이로구나."
"그래, 아빠는 바보 같은 딸을 뒀어. 그러니까 죽지 말란 말이야! 죽지 말라고!"

유리의 울음소리가 들렸다. 며칠 동안 참고 참았던 눈물이 드디어 터진 모양이다. 병든 아빠 앞에서 차마 흘리지 못하고 삼켜야 했던 눈물이다. 아빠의 미소 앞에서, 아빠의 목소리 앞에서 결국 터져 버린 울음은 서러운 흐느낌이 되어 그칠 줄 몰랐다.

유리를 달래는 루밀의 목소리는 들리지 않는다.

저렇게 한바탕 울고 나면 유리가 모든 걸 받아들일 거라고 생각하는 걸까?

스스로 죽음을 선택해야 할 정도로 심각한 병이라면, 유리의 기대처럼 쉽게 고쳐지지 못할 것은 충분히 짐작할 수 있는 일이다.

어쩌면 루밀은 유리를 떠나보내는 연습을 하는지도 모르겠다. 쓸쓸하고 힘없이 돌아서는 아빠의 모습, 그 속에서 유리가 이별을 맞이할 준비를 하게 하는 것. 루밀은 그 멀어짐을 시작하고 있는지도 모른다.

끝내 루밀은 유리를 달래지 않았다. 루밀을 대신해 유리에게 다가간 사람은 핸슨이었다.

"아빠는 좀 더 쉬셔야 해."

핸슨은 울먹이는 유리의 어깨를 감싸고 마당으로 나갔다.

어두워지는 마당에 앉아 유리의 울음이 그칠 때까지 핸슨은 아무 말도 하지 않았다. 그냥 그렇게 그녀를 지켜주기만 했다.

밤하늘엔 하나둘 별들이 떠오르고 있다. 울음이 멈추고도 멍하니 하늘만 쳐다보던 유리가 잠긴 목소리로 핸슨을 불렀다.

“고마워요.”

“고맙긴. 우린 동료잖아.”

“아빠는요……”

유리의 입에서 깊은 한숨이 새어 나왔다. 말을 할 듯 말 듯 몇 번 입술을 열었다 닫았다를 반복하던 유리가 결국 힘없이 말했다.

“…여행을 갔었어요. 남쪽으로……”

“……”

유리는 알고 있다. 아빠의 병이 무엇인지. 핸슨도 느끼고 있었다. 루밀의 병이 무엇인지.

어둠보다 깊은 절망이 두 사람 사이를 감도는 밤이다.

유리의 눈에서는 아직도 눈물이 흐르고 있다.

3

　간밤의 절망을 보상이라도 해주듯 루밀은 놀라운 회복을 보였다. 해골처럼 푹 파였던 눈에 생기가 돌기 시작하고, 눈 밑을 장식했던 검은 그림자도 거의 보이지 않았다.

　"퐁의 회복약 때문이야. 놀라워. 퐁도 몰랐어. 이렇게 놀라운 약효를 발휘할지."

　퐁은 모든 게 자신의 공인 양 들떠서 생색을 냈다.

　원인이야 어쨌든 언제 또다시 터질지 모를 몬스터 시비를 피해 하루라도 빨리 마을을 떠나고 싶은 일행에겐 대단히 고무적인 일이었다.

　아침부터 유리의 집을 찾았던 워렌도 루밀의 놀라운 회복을 보곤 경악에 가까운 반응을 보였다.

　"이런 젠장! 이렇게 멀쩡히 일어날 분이 그동안 왜 그렇게 유리를 애태웠단 말입니까? 어떻게 뒷감당을 하려고. 루밀 씨, 나라면 영원히 침대에서 일어나지 않을 겁니다."

"누굴 처녀 귀신으로 만들려고 그래요?"

"무슨 소리야? 너는 아저씨한테 시집 오기로 했잖아."

"그런 소린 나한테도 했었소."

우울함을 숨기려 애써 명랑한 척하는 유리의 보조를 맞춰 핸슨도 한마디했다.

"이런, 내 딸이 기껏 털복숭이 늙은이들이나 좋아하다니… 아빠는 너무 실망이다."

어디까지가 진심이고 어디서부터가 연극인진 모르지만 모두 웃었다. 분명한 건 루밀은 회복되고 있고, 그건 진심으로 환영할 일이라는 것이었다.

"엇! 근데 저게 뭐야?"

이실론의 어깨에 앉아 낄낄대던 퐁의 조막만한 손이 창문 너머 앞마당을 가리켰다. 앞마당의 푸른 잔디 위엔 하얀 털을 복실거리는 양이 얌전히 묶여 있었다.

"내게 선견지명이라도 있었나 봅니다. 저건 루밀 씨의 회복 기념 선물입니다."

유리는 깡총거리며 워렌의 털복숭이 얼굴에 입까지 맞췄지만 루밀은 고개를 저었다.

"그러지 말게. 자네가 가져다 주는 우유만 해도 충분히 고마운데……."

"그럼 며칠 빌려드리는 걸로 하죠 뭐. 당분간 우유를 가져다 드리지 못할 것 같아서요. 병자에게 우유가 없으면 안 되잖아요."

"무슨 소린가?"

"다시 늑대가 나타났나 봅니다. 간밤에 두 마리나 당했지 뭡니까."

핸슨이 약간 놀란 표정을 지으며 말했다.

"늑대가 마을에까지 내려온단 말이오?"

"흔한 일은 아니지만 전혀 없는 일도 아닙니다."

워렌은 대수롭지 않게 말했지만 유리도 믿을 수 없다는 표정이다.

"말도 안 돼요. 난 그런 얘기 처음 들어요."

"하긴, 유리 네가 태어나기도 전의 일들이니까. 그땐 가끔씩 이런 일이 있었어. 그동안 이런 사고가 없었던 게 오히려 이상할 정도였지."

"그래서요? 어떡하려구요?"

"어떡하긴. 밤낮없이 지켜야지. 그래서 당분간은 목장을 떠날 수 없을 것 같아. 어제 한 번으로 끝나면 다행이고, 아니라면 다른 대책을 세워야겠지."

"어떤 대책요?"

"글쎄, 차차 생각해 봐야지."

아침을 먹으면서도 내내 화제는 워렌의 양을 습격한 늑대에 관한 것이었다.

던칸은 윈턴 산이 늑대가 서식하기에 좋은 환경을 가졌으니 있을 수 있는 일이라고 말했다. 그러나 핸슨의 의견은 좀 달랐다. 늑대가 마을까지 내려오기엔 윈턴 산은 사람들의 출입이 너무 빈번하다는 것이다. 사람들이 많아지면 야생 동물들은 자연히 줄어들고, 그 예로 아침마다 얼음 동굴에서 얼음을 가져온다는 생선 가게 주인을 들었다. 늑대가 그렇게 많으면 그 사람이 아직도 온전할 수 없다는 게 핸슨의 말이었다.

잠자코 듣기만 하던 유리가 핸슨의 말에 제동을 걸었다.

"윈턴 산은 사람들의 출입이 거의 없어요. 그러니까 사람들의 출입이 많아서 늑대가 없을 거란 핸슨의 말은 틀렸어요."

"무슨 소리냐? 마을 사람들이야 윈턴 산에 자주 안 가는지 몰라도 여행객들은 있잖냐?"

"여행객이라니요? 우리 마을에 무슨 여행객이에요? 여관도 하나 없는 작은 마을인데."

핸슨과 던칸의 눈이 부딪쳤다. 두 사람 모두 의혹으로 가득 찬 눈길이다.

"우리가 어제 본 발자국만 해도 여럿인데?"

"생선 가게 샘 아저씨겠죠."

"한 사람의 것이 아니었으니 하는 말이지. 윈턴 산에 가는 길이 이 길밖에 없냐?"

"물론 생크 타운에서 올 수도 있고, 북쪽에서 바로 내려올 수도 있지만 본 적은 없어요. 윈턴 산에 여행객이라니……."

유리는 끝내 인정하지 않았다.

루밀은 식탁에 앉아 있는 것만도 힘겨운지 아무 말도 하지 않았다.

아침이 끝나고 루밀과 함께 모두 햇볕을 쬐기로 했다. 그냥 평화롭기만 한 시간인 줄 알았는데 핸슨이 갑자기 방에 들어가더니 검을 가지고 나왔다.

"그동안 푹 쉬었으니 오늘부턴 다시 연습이다."

"무슨 소리예요? 아직은 검술을 연습하는 것보다 아빠를 돌보는 게 우선이라구요."

핸슨은 교활하게 유리 대신 루밀에게 물었다.

"에르딘버크 씨?"

"유리, 아빠도 보고 싶구나. 부탁이다."

유리는 어쩔 수 없이 마당의 가운데로 나갔고, 퐁은 즐거운 마음으로 남아 있는 사람들을 위한 향긋한 차를 끓여 왔다.

루밀은 어떻게 생각할지 모르지만 핸슨과 유리가 검술 연습하는 모습은 그리 좋은 구경거리는 아니다.

"왜 때려요?!"

"검을 든 적에게 그런 말이 통할 것 같냐?"

"왜 찔러요?!"

"이게 만약 검이었으면 넌 항의할 시간조차 없었어. 벌써 죽었으니까."

"아얏!"

"비명은 적에게 약점을 노출시키는 거야."

"아빠아!"

"싸움에선 누구도 널 도와주지 못해. 널 지킬 수 있는 사람은 너 자신뿐이야."

"왜요?"

오랜만에 들어보는 익숙한 질문이다.

"검을 든 사람에게 '왜'라고 묻는 건 오크들이나 하는 짓이야."

퐁은 그 소리를 자장가처럼 즐기며 햇살을 쬐고 있었지만 이실론에겐 그 소리가 터지기 직전인 활화산의 포효 소리로 들렸다. 저 비무가 끝난 후의 유리의 신경질은 다 어디로 갈까?

던칸이야 이미 유리의 악담과 신경질로부터 이미 초월의 경지에 들어선 사람이고, 루밀은 아빠라는 든든한 직위가 있다.

'아무래도 불길하군.'

이실론은 찻잔을 내려놓고 비무가 끝난 유리에 상납할(?) 시원한 냉수를 들고 마당으로 나갔다.

오랜만의 연습이라 고단했는지 유리는 아빠의 침대에 기대 일찌감치 잠에 취했다. 루밀이 유리를 제치고 거실로 나갔다. 거실엔 핸슨이 우두커니 앉아 있었다. 루밀과 핸슨의 눈빛이 부딪쳤다. 핸슨은 핏발까지 선 눈으로 루밀을 노려봤다. 루밀은 말없이 핸슨의 시선을 피하며 마당으로 나갔다. 루밀이 사라지고도 그 자리를 한참이나 더 노려보던 핸슨이 이윽고 몸을 일으켰다.

마당 한가운데 우두커니 서 있던 루밀은 핸슨이 나오는 인기척을 느끼자 천천히 앞으로 걸어갔다. 핸슨은 조용히 그의 뒤를 따랐다. 루밀의 걸음이 멈춘 곳은 집에서 약간 떨어진 숲의 큼직한 바위 앞이었다.

바위에 등을 기대고 선 루밀은 핸슨이 다가오는 모습을 보며 조용히 말했다.

"너무 일찍 왔네."

루밀 옆에 나란히 자리를 잡으며 멈추어 선 핸슨이 낮은 코웃음을 흘렸다.

"훗, 10년 만에 만나는 친구보고 일찍 왔다니? 우리가 언제부터 엘프나 드워프처럼 수백 년을 살아가는 종족이 됐나? 우리가 언제부터 10년이란 긴 시간을 하나의 계절처럼 가볍게 잘라 버릴 수 있는 영원의 시간을 약속받았나? 우리가 언제부터……."

점점 격앙돼 가는 핸슨의 목소리는 루밀의 낮고 차가운 한마디에 잘려 버렸다.

"그 아인가?"

"이봐! 로날드 린클레이터!"

"그 이름은 버린 지 오래야. 여기선 모두들 루밀이라고 부르지. 루밀 에르딘버크. 이젠 그게 내 이름일세. 자네도 그렇게 불러주게."

"이름 따위가 무슨 상관이야?"

"아니, 상관있네. 자네는 모를 거야. 루밀이란 이름 안에서 내가 얼마나 평화롭고 행복하게 살아왔는지."

루밀은 여전히 조용하고 침착했지만 핸슨은 거칠게 그의 멱살을 잡아 쥐었다.

"좋아, 루밀이라고 불러주지. 루밀! 그렇게 평화롭고 행복했으면 쭉 그렇게 살면서 친구를 기다리고 있을 노릇이지, 네깟 녀석이 뭘 어떻게 하겠다고 남쪽 대륙엘 가? 자기 한 몸 제대로 살피지도 못하는 놈이 뭘 하겠다고 남쪽 대륙을 휘젓고 다녔냐고?"

핸슨의 핏발선 눈을 보면서도 루밀의 차분한 얼굴은 조금도 변하지 않았다.

"해롤드, 아까부터 말하고 싶었는데 그 수염 너무한다고 생각하지 않나?"

"이 빌어먹을 놈!"

루밀의 멱살을 잡고 있는 핸슨의 두 손이 부르르 떨렸다. 루밀이 가볍게 핸슨의 손을 털어내며 다시 바위에 등을 기댔다.

"유리에게도 검이 필요한 나이가 됐으니까. 유리에게 레블라이트 검을 찾아주는 것만은 내 손으로 하고 싶었는데… 근데 이곳까지 가져오진 못했네. 제대로 지켜낼 자신이 없어서 말이야. 엘프의 마을에 맡겨뒀지. 자네가 찾아줘야겠어. 자네가 할 일이 많군. 유리에게 검도 가르쳐야 할 테고, 버릇도 좀 가르쳐야 할 거야. 내가 워낙 멋대로 길러놔서. 그리고 돈을 너무 좋아해. 가난에 한이 맺혔는지 원. 그것도 자네가 좀 바꿔줬으면 좋겠어. 여자애가 돈을 너무 밝히니까 남자애들이 싫어하더라고. 난 내 딸이 남자에게 인기가 없는 건 싫거든. 남자가 너무 많아도 곤란하긴 하지만. 자네가 좋은 신랑감도 골라줘야 할 거야. 유리의 남자 보는 안목은 형편없거든. 그리고 또……."

"자기 한 몸도 챙기지 못하는 인간이 남한텐 바라는 것도 많군. 자네가 해. 버릇을 들이는 것도, 남자를 고르는 것도 다 자네가 해. 나도 내 한 몸 추스르기 벅찬 인간이니까!"

루밀이 입을 다물었다. 어둠 속에 무거운 침묵의 시간이 흘러갔다. 그 흔한 바람 소리조차 없는 밤이다. 루밀은 숨소리조차 내지 않았고, 쉴 새 없이 한숨 소리를 내뱉던 핸슨이 침묵을 깨며 물었다.

"이제 어쩔 텐가?"

"말하지 않았나? 내 의지론 죽음조차 선택할 수 없다고."

"이실론의 힘이라면."

핸슨의 마지막 희망이었지만 루밀은 말할 기회조차 주지 않았다.

"자넨 아직 아무것도 말하지 않았더군. 현명한 선택이야. 그 아이는 혼란에 차 있어. 스스로 상황을 이해할 때까지 자네도 말하지 않는 게 좋을 거야. 많이 힘들겠군……."

"남 걱정 하지 마."

"어떻게 걱정을 안 할 수가 있나? 자네에게 모든 짐을 떠맡기게 됐는데."

"웃기지 마. 나 혼자선 아무것도 못해. 자네도 함께 갈 거야. 마법사를 찾으면 돼. 마법의 힘으로……."

“해롤드, 자네 무언가를 착각하고 있군. 날 보게. 난 자르휀의 저주에 걸렸어. 에라다누스의 저주에 걸려 있다고. 세상의 어떤 마법사가 에라다누스의 힘을 거역할 수 있겠나? 그런 마법사는 존재한 적도 없네.”

“난 봤어.”

웨이트가드에서 맥 브라이드 백작을 보호하던 마법사 소녀. 그 소녀는 분명 맥 브라이드 백작에게 마법을 사용하고 있었다. 비록 마법의 벽으로 그를 보호한 것에 불과하지만 자르휀의 저주에 걸려 있다 해도 마법의 힘이 이어지는 것만은 분명했다.

핸슨의 집념에 루밀도 포기했는지 가벼운 실소를 흘리며 물었다.

“만약 그런 마법사가 있다 해도 어딘가에 꼭꼭 숨어 있을 텐데 어떻게 찾을 텐가?”

“퀸츠로 가세. 그곳엔 분명 마법사들이 남아 있을 거야.”

마법사에 대한 박해가 시작되자 많은 마법사들이 은빛 노을의 강을 넘어 퀸츠로 건너갔다는 것은 공공연한 비밀이었다. 그리고 그들의 행적에 대해서는 아직까지도 많은 부분이 비밀로 남아 있었다.

가난하고 힘없는 나라에서 마법의 힘이란 얼마나 매혹적인가? 퀸츠에서 그들을 숨겨주고 양성했을 가능성은 충분했다.

“어리석은 사람 같으니…… 마법의 박해를 시작한 건 레스틴 왕조였네. 그걸 잊었나?”

레스틴 왕조는 포트리몬 역사상 가장 강력했던 왕조였다. 그리고 그 당시 퀸츠는 왕국다운 면모조차 갖추지 못하고 있었다. 마음만 먹는다면 그들을 추적하지 못할 이유가 없었다.

"하지만 퀸츠까지 그들을 추적해 갔다는 기록은 없잖은가?"

"아니, 그들은 갔었네, 퀸츠까지. 그리고 철저히 숨겨왔지. 자신들이 퀸츠에서 한 일을 차마 말할 수 없었겠지. 그러나 기록은 남아 있네. 숨기고 있을 뿐……."

루밀은 루밀로 살기 전, 그러니까 로날드 린클레이터란 이름으로 살던 시절 왕국의 촉망받는 프리션스 스콜라(Prescience Scholar : 예견학자)였다. 마법사와 성직자가 없는 왕국에서 스콜라는 최고의 지식인으로 가장 존경받는 계층의 하나였고, 그중에서도 프리션스 스콜라가 갖는 지위는 대단했다. 프리션스 스콜라는 과거의 일들을 토대로 미래를 예측하는 일들을 했는데 왕국에 소속된 프리션스 스콜라는 왕국의 모든 비밀 문서를 열람할 수 있는 특권이 주어졌다. 물론 영원히 함구하겠다는 맹세를 해야 했고, 그 맹세를 지킬 수 있는 의지도 프리션스 스콜라가 되기 위한 조건 중 하나였다.

로날드 린클레이터란 이름과 함께 프리션스 스콜라라는 지위를 버리고도 루밀은 자신의 맹세를 깨지 않았었다. 핸슨에게조차 아무런 말도 해주지 않았던 것이다. 그러나 루밀은 지금 말하고 있다. 진실을 말해 주지 않고선 결코 이 고집쟁이 친구의 마음을 돌리지 못할 것임을 알기 때문이다.

"자네 말대로 마법사의 힘을 탐낸 퀸츠인들은 처음에 그들을 숨겨주고 보호하려고 했네. 그러나 그들에겐 그럴 힘이 없었지. 마법사를 숨겨줬다 적발되면… 마을을 통째로 불질러 버리고 주민들은 모조리 죽여 버렸네. 역겨울 정도로 잔인한 학살이었지만 효과는 대단했지. 겁에 질린 퀸츠인들은 서로가 서로의 감시자가 되기 시작했으니까. 혹시라도 마을에 마법사가 숨어 있을까 봐 오히려 두려워하기까지 했네. 마법사들은 결국 퀸츠에서도 발 붙일 곳이 없었네. 그렇게 소멸된 거야."

전쟁 중에도 마을을 통째로 불지르고, 주민을 모조리 학살하는 일은 쉽게 벌어지지 않는다. 그런데 단지 마법사 몇 명을 죽이기 위해 그런 일을 했다니⋯ 그것도 레스틴 왕조라면 황금 초원을 일군 에밀리아의 체취도 채 가시기 전인데⋯⋯.

"정말로 그런 일이 있었다면 단지 몇백 년의 짧은 세월 속에 묻히진 못했을 거야. 우리가 숨겨도 퀸츠인들은 기억할 것 아닌가?"

"그들은 기억조차 갖지 못했네. 그들뿐 아니라 그 일을 행한 헬리오 기병대의 기억 역시 지워졌지."

루밀의 말은 핸슨을 더 복잡하게 만들고 있다.

기억을 지우다니⋯⋯ 물론 마법사가 있다면 간단하게 해결될 수도 있을 일이다. 그러나 마법사를 모두 죽이고 그들의 기억을 지웠다니.

"속 시원하게 말 좀 하게!"

"내가 말해 줄 수 있는 건 거기까지일세. 마법사들은 존재하지 않는다는 것. 더 이상 알고 싶다면 엘프의 영지에 갔을 때 에스더 님에게 묻게."

밤바람의 공기를 모두 삼켜 버리기라도 하듯 핸슨이 크게 헛바람을 들이켰다.

"자네의 말은⋯ 그 일에⋯ 엘프가 개입됐었단 말인가?"

"⋯⋯."

루밀은 침묵으로 대답했다.

엘프가 그런 일에 개입한다는 것은 상식적으로 이해할 수 없는 일이다. 그러나 기병대만으로 마법사를 모조리 제거한다는 것 역시 상식적으로 이해되지 않는 일이다.

초자연적인 힘을 가진 누군가의 도움이 있었을 것이란 짐작은 해봤지만 그것이 엘프일 줄이야…….

자신의 단순한 머리로 이유를 생각한다는 것은 애당초 불가능한 일이다. 핸슨은 시도조차 하지 않았다. 지금은 루밀의 일을 생각하는 것만도 벅차다.

"그래서 어쩌자는 건가?"

간단히 본론으로 돌아와 버렸다.

"자네가 아니면 누구에게 부탁하겠나?"

핸슨이 얼음장같이 차가운 얼굴로 루밀을 노려봤다.

"그렇게 태연한 얼굴로… 지금 나보고 자네를 죽이라는 건가?"

루밀은 정말로 태연했다. 그의 얼굴에 보인 감정이라면 마치 오랜만에 방문한 친구에게 저녁밥을 짓게 해서 미안하다는 정도? 아니, 그 정도의 미안함도 없었다. 오히려 당당하게 요구하고 있다는 쪽이 적합할 표현이 될 정도로 루밀은 태연했다.

"그 방법밖에 없지 않은가?"

핸슨도 더 이상은 화내고 싶지 않았다. 지금 이 뻔뻔스러운 친구에겐 화를 낸다는 것조차 화가 날 정도로 불필요한 일임을 깨달은 것이다.

"그 아비에 그 딸이군."

핸슨은 처음 자신의 자리였던 루밀의 옆 바위에 다시 등을 기댔다.

"극복할 수 있을 거야. 무슨 수를 써도 방법을 찾아낼 걸세."

"쯧쯧, 세월은 자네에게 지혜 대신 만용을 줬나 보군. 그런 방법은 없네. 자네도 알잖은가? 내가 유리를 헤치기 전에 자네가 날

없애야 하네."

"자넨 유리를 헤치지 않아."

"그렇게 될 걸세."

"그렇지 않아!"

"난 느낄 수 있네."

"딸만도 못한 인간 같으니라고. 유리는 알고 있어. 자네의 광기가 무엇 때문인지. 그런데도 그 아인 내색 않고 버텨왔어. 빌어먹을 놈. 딸 하나는 제대로 길렀다 했더니……."

어둠 속에서 루밀이 희미하게 웃는 것이 보였다.

"그래, 강한 아이지. 에스더 기사가 아니었더라도 그 아인 버텨낼 거야. 버틸 수 있을 거야."

"자네 걱정이나 해, 이 무식한 학자 놈아."

변하지 않은 친구의 독설에 루밀은 또다시 웃었다. 10년이란 시간 동안 변한 것이라곤 얼굴의 주름뿐이다. 지치고 병들어 사라져 가는 영혼이지만 슬픔의 눈물을 흘려줄 딸이 있고, 그 딸의 어깨를 잡고 위로해 줄 친구도 이렇게 옆에 있다. 루밀은 고개를 들어 밤하늘의 달을 쳐다봤다.

월광(月光)이 찬연한 밤이다. 아직은 불완전한 모습이지만 이제 이틀 만 있으면 완전한 모습으로 별빛마저 삼키며 밤하늘을 독차지할 것이다.

루나의 밤인 것이다.

핸슨이 갑자기 생각난 듯 눈을 반짝이며 말했다.

"루나의 밤이야! 루나의 밤엔 자르휜의 저주도 힘을 잃을 걸세. 그날……."

핸슨은 흥분된 숨을 몰아쉬며 생각에 잠겼다. 그날이 어쩌면 유일한 기회일지도 모른다.

인간들은 루나의 밤을 드래곤의 안식일이라고 한다. 드래곤의 영혼들마저 자취를 감춘 루나의 밤엔 오로지 달만이 존재한다. 그러나 루나의 달은 빛나기만 할 뿐 어둠을 밝히지는 못한다. 칠흑 같은 어둠의 밤. 마법의 주인인 드래곤은 영혼조차 쉬고 있는 밤이기에 인간의 마법이 최고조에 달하는 날이기도 했다.

혹시 루나의 밤이라면 인간의 마법으로 자르휜의 저주를 벗어 버릴 수 있을지 모른다.

한데… 마법사가 없다. 유리의 말처럼 마법사를 찾아 카테나치오에 간다 해도 이틀밖에 남지 않은 시간으로는 불가능하다. 아직도 루나의 밤이 마력을 지니는지도 확신할 수 없다. 그리고 루나의 밤을 이용해 마법을 사용해도 과연 에라다누스의 저주마저 풀 수 있을지……. 핸슨은 자신도 모르게 고개를 젓고 있었다.

드래곤의 힘 앞에서 인간이란 얼마나 나약한 존재에 불과한지…….

더욱이 마법이 부정되는 지금, 루나의 달은 단지 아름답지만 불길한—가장 완벽한 모양으로 가장 무기력함을 보이는—작은 상징에 지나지 않았다.

온몸의 피가 새어 나가듯 핸슨은 갑자기 허탈감이 밀려오는 것을 느꼈다. 루나의 밤도 결국은 아무것도 해결해 주지 못할 것이다.

핸슨의 절망을 함께 느끼는지 루밀이 예전처럼 꿈꾸는 목소리로 말했다.

"달은 비우기 위해 채우는 걸까, 채우기 위해 비우는 걸까?"

"흥, 꼭 무식한 놈들이 할 말 없으면 달이 어쩌니, 별이 어쩌니,

바람이 어쩌니 헛소리를 하며 나 같은 놈들의 생각을 흔들어놓지. 자기가 한 말에 책임질 주제도 되지 못하는 것들이 말이야. 달은 비우지도, 채우지도 않아. 자네가 그랬잖아. 달은 스스로의 존재를 확인하기 위해 변한다고. 그러나 결국 원래의 모습으로 돌아옴으로 역시 스스로의 존재를 확인하는 거라고. 변화는 바뀌기 위한 것이 아니라 스스로를 찾기 위한 것이라고. 그때 그 소리는 단지 떠나기 위해 지어낸 변명에 불과했나?"

"그래, 달은 그렇게 변하지. 달은 어제를 버림으로 내일을 맞이할 공간을 만드는 거야. 저 달을 보게. 한 달 전에도 저 달은 똑같은 자리에 똑같은 모습으로 있었지만, 자네가 그때 본 달과 오늘의 달이 같다고 말할 수 있겠나? 자네가 1년 전 오늘에 본 달이 저 달과 같다고 말할 수 있겠나?"

"무슨 얘긴지 모르겠네."

"오늘은 어제보다 소중하고, 내일은 오늘보다 소중하단 얘길세. 과거에 얽매여 미래를 포기하지 말게."

루밀의 말은 언제나 핸슨의 검을 이겼었다. 지금도 루밀은 말로써 핸슨에게 죽음을 구하려 하고 있다.

"헛소리 집어쳐! 자네의 괴변에 흔들리기엔 나도 너무 늙었으니까."

"루나의 밤이 다가오네. 어둠에 묻혀 존재하지 않는 시간이라면 어떤 일이든 벌어질 수 있지. 그 지독한 어둠이 다가오는 것이… 두렵네."

핸슨은 주저않고 집을 향해 걸음을 옮겼다. 어둠 속을 씩씩거리며 걸어가는 핸슨의 등 뒤로 루밀의 나직한 말이 다가왔다.

"인간이 생식(生食)을 하면 어떻게 되는 줄 아나?"

핸슨의 걸음이 멎었다. 더 이상 걸을 힘도 없다. 멈추어 선 핸슨의 등 뒤에 대고 루밀은 계속 말했다.

"피가 뜨거워지네. 겉으로 느껴질 정도로. 그의 의지는 점점 강하게 다가오고, 내 자신은 나에게서 멀어지고 있어. 내 몸이 회복되는 게 두렵네. 자네가 결심해야 해. 더 이상 내가 비참해지기 전에!"

핸슨은 귀를 막았다.

'난 정말이지… 할 수가 없네……. 내 손으론… 절대……'

루나의 밤이다.

유리는 아빠와 손을 잡고 마당으로 나갔다. 집 밖에 나서자마자 두 사람은 서로를 잡은 손에 힘을 꼭 줬다. 이 지독한 어둠에 묻혀 서로를 잃어버리기라도 할 듯이 손을 꼭 잡은 두 사람이 한 걸음 한 걸음 보조를 맞춰 조심스럽게 마당의 가운데로 나갔다. 아마 걸음이 멎는 것과 동시에 두 사람은 루나의 달을 올려다볼 것이다. 그러기로 약속했으니까. 유리는 그 눈부신 밤의 여신을 바라보며 소원을 빌었다.

"아빠의 저주를 풀어주세요. 아시잖아요, 우리 아빠가 얼마나 정직하고 훌륭하게 살아오신 분인지. 아빠에게 그런 저주는 어울리지 않아요. 예전의 아빠로 돌려주세요. 제발."

유리의 간절한 바램을 담은 말이 칠흑 같은 어둠 속에 고요한 파장을 일으키며 퍼져 나갔다. 루나의 달에까지 닿아야 할 텐데. 다음은 아빠 차례다.

"당신의 빛과 어둠은 싫소. 내게 필요한 건 피와 죽음뿐이오!"

동시에 칼날처럼 솟은 아빠의 송곳니가 유리를 향해 다가왔다.

"아빠!"

유리의 몸이 부르르 떨리며 무엇엔가 세차게 부딪쳤다. 발은 바닥을 굴렀고, 팔은 무엇엔가 튕겨지며 유리의 이마를 때렸다. 유리의 머리가 번쩍 들어 올려졌다. 떨리는 마음을 진정시키며 주위를 둘러봤다. 그녀는 아빠의 침대에 엎드려 잠이 들었던 모양이다.

'아빠?'

어스름한 새벽 안개가 덮어오는 방에서 아빠는 아무 일 없이 자고 있다. 유리는 폐부가 들썩이도록 안도의 한숨을 깊게 쉬었다. 그리고 내려간 이불을 덮어주려는 순간이었다.

아빠의 입가에 묻은 피, 턱을 따라 흘러내려 셔츠까지 물들인 검붉은 핏자국.

헙! 유리는 손으로 입을 눌러 간신히 비명을 삼켰다. 이가 부딪치는 소리를 죽이려 이 사이에 입술을 끼워 넣고 힘을 줬다. 그녀의 몸은 자신도 모르게 뒤로 주춤거리며 물러섰다. 아빠의 방에서 나왔다. 여명이 터오는 시간이지만 그녀에게 보이는 공간은 온통 암흑뿐이다. 아무것도 보이지 않았다. 유리는 손을 더듬어 걸음을 옮겼다. 그녀가 찾는 곳은 이실론의 방이다. 핸슨과 던칸과 퐁이 자고 있을 방. 유리의 휘청거리는 발이 간신히 그 방을 찾았다. 떨리는 손은 쉽게 문고리를 잡지 못하고 몇 번이나 헛손질을 하고서야 유리는 간신히 그 문을 열 수 있었다.

침대엔 이실론과 던칸이, 그들의 발치엔 퐁이 쪼그리고 자고 있었다. 바닥에 이불을 깔고 잤던 핸슨은 머리끝까지 이불을 뒤집어 쓴 채 잠들어 있다. 모두 있다. 유리는 지그시 눈을 감았다.

'내가 잘못 본 걸 거야. 그 따위 악몽을 꾼 후라.'

그러나 선뜻 아빠의 방에 다시 들어갈 용기가 나지 않았다. 찬

바람을 쐬고 나면 좀 나아지겠지. 유리는 마당으로 나갔다. 안개를 실은 촉촉한 새벽바람이 그녀의 머리카락을 날렸다. 가슴이 들썩이도록 몇 번이나 크게 심호흡을 하고 나니 조금씩 시야가 걷혀왔다.

새벽 이슬을 머금고 싱그러운 아침을 맞이하는 나무와 대지. 그 대지 위에 누워 있는 양의 시체……. 헉! 유리가 쓰러지지 않은 건 그럴 정신조차 없어서였다. 어제는 건강한 모습으로 우유를 내주던 양이었는데, 지금은 거칠게 뜯기고 찢긴 채 죽어 있는 것이다.

유리는 그 죽음에 애도를 표할 잠깐의 여유도 없이 그 시체를 없애야 한다는 생각부터 했다. 누군가 그 죽음을 보기 전에 흔적을 없애야 한다. 유리는 뒤뜰로 뛰어갔다.

'삽이 있어야 하는데…….'

한데 보이지 않았다. 삽과 함께 놓여 있던 연장들은 모두 제자리에 그대로 있는데 삽은 없었다. 양의 시체를 날라야 하는데 손수레도 없다. 그러나 이유를 따져 볼 여유는 없었다. 유리는 대충 아무거나 집어 들고 곧장 뒤뜰 너머의 숲으로 갔다. 어차피 땅을 깊게 파서 완전하게 양을 묻어줄 시간은 없다. 일단 대충 땅을 파양을 옮겨놓은 후 나뭇잎으로 덮어두면 될 것이다. 그리고 삽을 찾는 대로 기회를 봐서 구덩이를 만들어 매장시키면 된다. 유리는 손에 든 괭이로 땅을 후벼팠다. 새벽바람 속에서도 유리의 전신에는 식지 않고 땀이 흘렀다.

안개가 걷혀갈 즈음, 얕지만 대충 구덩이가 만들어졌다. 유리는 다시 마당으로 뛰어왔다. 이제 새벽의 푸르름은 사라졌다. 그리고 양의 시체도 사라졌다. 없었다. 마당엔 아무것도 없었다. 양의 시체도, 그것이 흘려놓았던 피의 흔적도.

넋 나간 사람처럼 멍하게 마당을 바라보던 유리가 주먹으로 자신의 머리를 후려쳤다. 아프다. 분명 꿈결 속을 헤매고 있는 것은 아니다. 그러나 꿈속보다 더 아련하고 혼란스러운 현실은 그녀에게 아무것도 이해하지 못하는 무지의 늪을 허덕이게 했다.

유리는 소리 죽여 아빠의 방을 향했다. 아빠는 여전히 평화롭게 잠들어 있다. 파랗게 경직된 유리의 얼굴이 숨조차 죽이고 아빠를 내려다봤다. 없다! 아빠의 얼굴에도 없다. 유리를 소름 끼치는 공포에 몰아넣었던 그 끔찍한 핏자국이 보이질 않았다.

유리는 살금살금 뒷걸음으로 아빠의 방을 나왔다. 그리고 문을 닫는 것과 동시에 유리는 바닥에 털썩 주저앉았다. 뜨거운 눈물이 볼을 타고 흘렀다.

'그래, 끔찍한 상상이었을 뿐이야.'

유리는 사라진 양도, 벗겨진 아빠의 셔츠도 외면하기로 했다.

4

"아침이야, 아침! 모두 일어나, 일어나!"

퐁과 함께 시작하는 아침은 언제나 시끄러웠다.

퐁은 두 개밖에 되지 않는 방을 바쁘게도 뛰어다니며 사람들을 흔들어 깨웠다. 가장 먼저 깬 사람은 던칸이었고, 그 다음은 놀랍게도 유리였다. 유리가 벌떡 일어난 이유는 아빠의 단잠을 방해하는 퐁의 입을 막기 위해서였다.

"얘, 이러지 마. 퐁이 너희 아빠 치료해 줬잖아. 나도 이 집에서 내가 하고 싶은 말을 할 자격은 있어. 퐁은 계속 깨울 거야!"

퐁은 입을 다무는 대신 유리의 손길을 피하느라 집 안을 껑충 껑충 뛰어다녔다. 유리는 그런 퐁의 꼬리를 잡기 위해 쿵쾅거리며 뛰어다녔다. 가뜩이나 불안한 마음을 진정시키기에 퐁의 꼬리를 한 바퀴 돌리는 것보다 좋은 진정제는 없다.

유리의 공포의 수직 돌리기로부터 퐁를 구해주기 위한 구원자가 현관에 들어섰다.

"유리!"

유리의 눈이 퐁의 꼬리보다 더 날카롭게 찢어지며 현관 위의 남자를 노려봤다. 허락도 없이 감히 자신을 유리라고 부르다니.

"누구세요?"

대단히 도전적이고 공격적인 어조였다.

"허헛, 사부를 몰라보는 제자를 다스리는 방법은 매밖에 없지."

"사부? 핸스은?!"

"핸슨이 털 없앴어. 벌거숭이 핸슨이야. 핸슨이 퐁을 웃겨. 킥킥킥."

유리의 비명과 퐁의 비웃음 뒤로 이실론과 루밀이 방에서 나왔다. 놀랍게도 루밀은 이제 거의 정상인에 가까운 모습을 하고 있었다.

퐁은 당연히 있어야(?) 할 털이 사라진 핸슨의 모습이 마냥 웃긴 모양이지만, 수염밖에 보이지 않던 얼굴에 드러난 오뚝한 콧날과 단정하게 다물어진 입술은 그의 비밀스런 눈빛과 섞여 중년 검사의 중후함을 풍기고 있었다. 그 텁수룩한 수염 속에 이렇게 수려한 인물을 숨기고 있을 줄이야. 여자가 기분이 울적할 때 머리를 깎듯 남자도 심경에 변화가 생기면 수염을 깎는 건가? 이실론이 불안한 목소리로 물었다.

"핸슨, 왜 수염을……?"

핸슨도 갑자기 비어버린 얼굴이 허전한지 손바닥으로 계속 얼굴을 쓸어 내렸다.

"그냥, 뭐, 옛 생각이 좀 나서."

"옛 생각이 나면 수염을 깎는 겁니까?"

"그냥 아침에 산책을 하다 냇가에 갔는데, 내 모습이 갑자기 낯설게 느껴지잖아. 혹시 길 가다 친구를 만나도 날 못 알아보면 어쩌나 싶고 말이야."

이실론의 말에 대답하면서도 핸슨의 시선은 루밀을 향하고 있었다.

"보기 좋으시군요, 핸슨 씨."

"그렇습니까? 고맙습니다, 에르딘버크 씨."

어색한 미소와 과장된 명랑함으로 시작하던 아침에 핸슨의 벌거숭이 얼굴은 훌륭한 핑곗거리가 되어줬다. 덕분에 아침 내내 말도 안 되는 놀림과 희롱을 감당해야 했지만 말이다.

핸슨이 화제를 바꿔보려 루밀에게 말을 건넸다.

"루밀 씨, 언제쯤이면 여행이 가능하실 것 같습니까?"

루밀이 대답하기도 전에 퐁이 나서서 호들갑스럽게 말했다.

"아직은 안 돼. 겉으로만 다 나은 거야. 잊었어? 우리가 왔을 때 루밀은 시체나 다름없었잖아. 4일 만에 다 나을 수는 없어. 아무리 퐁의 회복약이 있었더라도."

루밀의 기적 같은 회복 속도는 퐁도 짐작치 못했던 일이다. 간신히 음식을 씹어먹고 휘청거리며 걷기 시작해야 할 사람이 정상인과 다름없는 모습으로, 정상인과 다름없는 행동을 하고 있는 것이다. 그에게 남아 있는 긴 병석의 흔적이라곤 창백하고 피곤해 보이는 얼굴과 애처로울 정도로 마른 몸 정도가 고작이었다. 하지만 그의 겉모습관 상관없이 그의 상태가 정상이라고 생각하는 사람은 없었다.

"루나의 밤은 지내고 떠나는 게 어떻겠습니까? 루나의 밤에 여행을 하는 것도 쉽지는 않으니까요."

던칸의 제안에 이실론이 걱정스러운 표정으로 루밀을 보며 물었다.

"괜찮으시겠습니까?"

건강한 자신에게도 벅찼던 여행이다. 처음에 비해 정상이지 여전히 병색이 남아 있는 루밀에게 아직 여행은 무리로 보였다. 이틀 후가 아니라 일주일 후라도 쉽지만은 않을 텐데.

"저는 오늘 출발했으면 합니다."

루밀은 아무렇지 않게 답하곤 자신의 건강을 증명이라도 하려는 듯 의욕적으로 식사에 임했다. 반대로 유리는 포크를 집어 던지듯 식탁에 내려놓고 아빠를 노려봤다.

"설마 진심으로 하는 얘긴 아니겠지?"

"아빠는 멀쩡해. 당장이라도 여행하는 데 아무런 지장이 없어."

만약 유리의 고집이 아빠에게서 유전된 것이라면 둘의 대립은 쉽게 끝나지 않을 것이다. 그러나 루밀의 이어지는 말이 유리의 말문을 간단히 막았다.

"내 병은 누구보다 내가 잘 안단다. 만약 고칠 생각이라면 한시라도 지체하지 말아야 해. 시간이 없어."

유리뿐 아니라 누구도 이의를 제기하지 못했다. 이실론과 던칸은 걱정스런 눈빛을 서로 주고받으며 핸슨을 쳐다봤다. 그가 무슨 말이든 해주길 바라는 마음에서였다. 그러나 핸슨은 남의 일처럼 무관심한 표정으로 식사에만 열중했다. 루밀의 뜻대로 하자는 건가? 루밀이 과연 여행을 감당할 수 있을까?

핸슨조차 침묵으로 동조했으니 루밀의 의지대로 오늘 출발해야 할지 모른다. 불안한 마음인지, 긴장된 마음인지 더 이상 밥이 목으로 넘어가지 않았다. 유리에 이어 이실론과 던칸도 포크를 내려놓았다.

아무 생각 없는 퐁만 밥도 먹고, 말도 했다.

"그럼 어디로 갈 건데?"

식사를 마친 핸슨이 손을 놓으며 짤막히 대답했다.

"카테나치오."

"카테나치오? 퐁, 거기 갔었어. 무서운 곳이야. 안 좋아."

유람 가는 것도 아닌데 좋고 나쁘고가 어디 있다고…… 며칠 간의 평화와 행복도 이제 끝인 모양이다.

아무도 재촉하지 않는 가운데 짐을 꾸리는 사람들의 손길은 답답하도록 느리기만 했다. 왠지 달갑지 않은 여행의 시작인 것이다. 아늑했던 유리의 집 안에는 무거운 적막만 감돌았다.

"루밀 씨!"

워렌의 목소리다. 며칠 간 오지 못할 것 같다고 양까지 주고 갔던 워렌이 다급한 손짓으로 현관 문을 두드렸다. 현관 문을 열어주던 이실론이 문득 생각난 듯 마당을 내다봤다. 양이 보이지 않았다. 어디로 갔지? 궁금해하던 마음도 잠시, 관심은 거실에서 들려오는 워렌의 흥분한 말소리로 옮겨졌다.

"또 당했습니다. 늑대가 아니에요!"

핸슨이 재빨리 되물었다.

"그럼 뭔가?"

"뭔지는 모르지만 늑대는 분명 아니었습니다. 핸슨 씨는 검사라고 했죠? 던칸은 몬스터 레인져고. 같이 가줄 수 있습니까?"

핸슨이 워렌의 어깨를 눌러 앉히며 흥분을 가라앉혔다.

"차근차근 상황부터 설명해 보게."

"놈들이 또 올까 봐 목장에 모닥불까지 피워놓고 기다렸습니다. 밤이 깊어지니까 놈들이 왔는지 로미오가 요란하게 짖더라구요.

그래서 횃불을 들고 나가는데 뭔가에 머리를 맞고 그대로 쓰러져 버렸습니다. 늑대가 할 만한 짓은 아니죠."

"그리고?"

"눈을 떠보니까… 없어진 양은 두 마리였습니다. 그런데 로미오도 함께 사라졌습니다. 이번엔 아예 통째로 끌고 갔는지 윈턴 산으로 핏자국이 이어져 있었습니다."

그래서 핸슨과 던칸에게 다짜고짜 같이 가달라고 한 모양이다. 그러고 보니 이실론도 덧붙여 줄 말이 있다.

"어제 워렌 씨가 주신 양도 사라진 것 같습니다."

유리의 손에 들려 있던 가방이 바닥으로 떨어졌다. 루밀은 괴로운 표정으로 방으로 들어갔다. 퐁은 창가로 폴짝 뛰어갔다.

"어? 정말 없네. 양이 없어졌어. 핏자국도 없는데……."

핸슨은 방에 들어가더니 며칠 동안 쉬고 있던 배틀엑스와 시미터를 챙겨 들고 나왔다.

"일단 가봅시다."

던칸도 그의 롱 소드를 들고 핸슨을 따라나섰다.

유리는 어깨를 늘어뜨리고 앉아 있는 아빠의 등의 꼭 안았다.

"늑대 짓일 거야. 워렌이 겁먹고 말을 만들고 있는 게 분명해."

이실론과 퐁은 여행 준비로 어수선한 방에 할 일을 잊은 채로 멍하니 남겨졌다. 이실론은 언제나 그랬다. 그냥 바라만 보는 것이 그의 몫이다. 도움이라고 내민 손이 방해밖에 되지 않는 존재가 느끼는 감정은 쓸쓸한 무력감뿐이었다.

겉으로 보이는 워렌의 목장은 어제와 다를 바 없다.

양 떼들은 평화롭게 목장을 거닐며 풀을 뜯고 있고, 그들을 비추는 태양에도, 그들을 감싸는 바람에도 불안감은 느껴지지 않는다. 하지만 양 떼들 사이를 누비며 명랑하게 짖어야 할 로미오의 모습은 사라지고, 대신 검붉은 핏자국이 따사로운 햇볕에 말라가고 있었다.

"워렌 씨는 남아 있는 게 좋겠소. 어차피 핏자국을 따라가면 될 테니 우리끼리 가겠소."

워렌의 붉게 충혈된 눈은 아직도 공포에서 벗어나지 못한 흔적이 역력했다. 그러나 자신의 목장에 닥친 위기를 남에게 맡겨둘 정도로 나약한 인간은 아니었다.

"제 목장에 생긴 일입니다. 저도 가겠습니다."

핸슨은 워렌과 함께 가는 것이 내키지 않는지 잠시 주저했지만 이내 말없이 핏자국을 따라 걸어가기 시작했다. 던칸은 핸슨의 넓은 어깨가 오늘따라 불안하고 위태롭게 보였다. 핸슨은 뭔가 알고 있다. 그리고 그 사실이 핸슨으로 하여금 불안하게 만들고 있다. 핸슨의 불안은 좋은 징조는 아니다. 던칸은 자신의 몸까지 차갑게 경직되는 것을 느꼈다.

숲 속으로 들어서서 십 분여를 걸어가자 태양의 온기는 사라졌다. 산을 뒤덮은 울창한 나무들이 태양으로부터 대지를 차단시키는 것이다. 숲은 전체가 그늘이었고, 대지는 이상하리만치 차갑다.

불과 몇 미터 뒤에 양 떼들이 풀을 뜯고 있다고는 생각조차 할 수 없을 정도로 숲은 차가웠고, 그래서 더 음산했다. 핏자국을 따라가는 세 사람의 긴장된 숨소리는 서로를 더욱 긴장시키고 있었다.

핏자국은 길게 이어지지 않았다. 20여 분도 채 걷기 전에 그 마지막 지점에 이른 것이다. 두 마리의 양과 한 마리의 개가 잔인하게 난자당한 채 어두운 숲 속에 버려져 있었다. 하루도 채 되지 않은 시체임에도 불구하고 검고 앙상하게 쪼그라져 있는 것이 이미 부패가 시작된 것으로 보였다. 그것도 이렇게 찬 숲 속에서.

핸슨이 다가가 시체를 살폈다.

"무엇인가가 놈들을 뜯어 먹은 건 분명해. 살점이 모두 뜯겨져 나갔어."

로미오의 시체를 살피던 핸슨은 시미터를 들어 시체를 헤집었다. 피에 젖어 볼품없이 엉켜 있는 가죽을 들쳐 내고, 뼈와 쏟아져 나온 내장 사이를 유심히 관찰했다. 워렌은 구역질을 하며 고개를 돌렸다.

"심장이 없잖아?!"

핸슨의 등 뒤에서 함께 시체를 들여다보던 던칸의 입에서 나온 소리였다. 늑대들이 원하는 건 고기지 심장은 아니다. 심장에 관심을 갖는 건 주로 인간들이다.

"하룻밤 새 이렇게 까맣게 말라 있으려면 어떻게 죽어야 하나?"

던칸이 대답했다.

"전염병이 아니라면 피가 모조리 빠져나간 거죠."

핸슨은 뜯겨진 살점의 단면을 유심히 살폈다. 칼로 도려낸 흔적은 없다. 불균형하게 찢겨진 것이 분명 이빨에 뜯긴 흔적이었다.

"심장과 피를 좋아하는 몬스터가 있나?"

"인간을 먹이로써 좋아하는 몬스터는 있습니다. 그러나 몬스터는 심장까지 먹지는 않습니다. 피를 좋아하는 몬스터도 있죠. 하지만 놈들도 심장엔 손대지 않습니다. 별로 맛있는 부위는 아니니까요."

"스크리드야! 스크리드의 재앙이 다시 나타난 거야!"

워렌이 발작적으로 외쳤다.

"스크리드의 재앙이라뇨?"

워렌은 경련처럼 머리를 저을 뿐 말하지 않았다. 그리곤 공포에 젖은 걸음으로 한 발자국, 두 발자국 조심스럽게 물러섰다. 그의 얼굴은 마치 죽음의 사신이라도 본 듯 아득한 절망과 두려움에 잠겨 있었다.

던칸은 워렌의 사라지는 모습을 불안하게 쳐다봤다. 핸슨은 그 순간에도 시체들 주변을 돌며 또 다른 흔적을 찾아보고 있었다.

"발자국이야!"

던칸이 핸슨에게 달려갔다.

틀림없는 발자국이었다. 산만하고 어수선하게 흩어진 여러 개의 발자국. 자신들의 것은 분명히 아니다. 그리고 이곳은 여행객이 오기에도 너무 외진 장소였다.

발자국을 추적해 가던 핸슨과 던칸은 오싹한 기분에 몸을 떨었다. 발자국이 끊긴 것이다. 젖은 진흙은 그대로인데, 발자국은 더 이상 없었다.

핸슨과 던칸은 떨어져서 나무들을 살폈다. 그들은 이 나무들의 가지에 몸을 숨기고 있어야 한다. 그렇지 않고서는 끊어진 발자국을 해명할 수 없게 된다.

그러나 주변의 나무에서도 사라진 사람들의 흔적은 발견되지 않았다.

눈에 보이는 대로라면 그들은 발자국이 끊긴 이 지점에서 증발이라도 하듯 사라져 버린 것이다. 있을 수 없는 일이다. 보이는 것으로 아무것도 증명할 수 없다면 정말로 심상치 않은 일이 벌어지고 있는 것이다.

핸슨과 던칸은 점심 무렵 불안한 얼굴로 돌아왔다.

"뭐였어요?"

유리가 놀란 토끼눈을 하고 물었다.

"늑대지 뭐긴 뭐겠냐?"

핸슨은 당황한 던칸의 얼굴을 등으로 가리며 그들의 방으로 들어갔다. 유리가 못 미더운지 방으로 따라 들어왔다.

"어서 짐이나 챙겨라. 한나절이나 허비했잖아. 서두르자."

"짐은 다 챙겼습니다."

이실론이 큼직한 두 개의 배낭을 내밀며 말했다. 유리 역시 이미 준비는 끝났다는 표정으로 어깨를 으쓱했다.

"마을에 내려가면 말이 있냐?"

"당장요?"

"아침에 아빠가 시간이 없다고 그러지 않았냐?"

핸슨은 유리의 얼굴을 빤히 쳐다봤다. 쓸데없는 의심과 불안으로 시간을 낭비하지 말라는 무언의 재촉이었다. 그제야 유리는 아빠의 피 묻은 셔츠를 벗겨낸 사람이 누군지 분명하게 알 수 있었다. 핸슨이 이렇게 서두르는 데는 그만한 이유가 있을 것이다.

"모리스 할아버지의 허락만 있으면 한두 마리 정도는 구할 수 있을지 몰라요. 다섯 마리는 어림도 없어요."

"그럼 생크 타운까지는 얼마나 걸리냐?"

"글쎄요, 말을 타고 달리면 하루쯤?"

핸슨은 잠시 고민했다.

"말을 더 구할 수 있으면 좋겠지만 안 되면 어쩔 수 없지."

핸슨이 던칸을 향해 말했다.

"일단 말을 구하는 대로 자네는 생크 타운으로 가게. 그리고 그곳에서 말을 사 오게. 우린 나머지 한 마리 말로 루밀 씨와 함께 뒤따라가겠네. 빠르면 내일 오전쯤 트래버스 대로에서 만날 수 있겠지. 해줄 수 있겠나?"

던칸이 가뜩이나 각진 얼굴에 더욱 힘을 주어 각을 만들며 되물었다.

"무슨 말씀이십니까?"

"우리와 함께 움직이면 일정이 늦어질 수도 있고, 많은 위험도 따를 수 있네. 자네가 그런 위험을 굳이 감수할 필요는 없네."

먼저 가고 싶으면 가라는 말이었다. 돌덩이처럼 감정없이 굴던 던칸이지만 이번에는 불편한 심정을 숨기지 않았다.

"저는 동료가 아니었습니까?"

"자네를 위해서 하는 말이네. 어쩌면 지금이 자네가 선택할 수 있는 마지막 기회일지도 몰라."

"저도 지금이 마지막 선택이길 바랍니다. 말을 사러 가겠습니다."

던칸답게 짧고 명료하게 대답했다.

핸슨이 엷게 미소 지었다. 던칸을 떠나보내는 것은 핸슨에게도 힘든 선택이었다. 그러나 그에게 벗어날 기회조차 주지 않고 이험한 여정에 합류시켜서는 안 된다고 생각했다.

던칸에게도 힘든 여정은 별로 문제될 것이 아니었다. 그는 친구를 찾기 위해 길을 떠났다. 그곳이 에라다누스의 심장이라고 해도 자신은 가야 한다. 자신이 그곳에 있다면 친구도 올 테니까.

핸슨과 던칸은 더 이상 말하지 않아도 사나이들이 끈끈한 정과 믿음을 느낄 수 있었다. 그들은 의심의 여지없는 동료였다. 사지를 향해서도 손잡고 나아갈 수 있는.

그러나 문제는 전혀 다른 데 있었다.

"저는 말을 못 타는데요. 보셨잖아요?"

유리였다. 포트리스 기사단 모집 시험에서 말조차 제대로 타지 못해 망신을 당했던 유리다. 그리고 또 한 사람.

"저도 말을 타본 적 없는데요."

이실론이였다.

"배우면서 타면 돼. 지금은 한시라도 빨리 출발하는 게 중요하다."

핸슨은 바지춤 깊숙한 곳에 손을 넣고 뒤적이더니 금화 한 뭉치를 꺼내 들었다. 핸슨에게 이렇게 많은 금화가 숨겨져 있을 줄은 아무도 예상치 못했던 일이다.

"금화 한 개면 괜찮은 말을 살 수 있을 걸세."

핸슨이 던칸에게 건넨 금화는 자그만치 다섯 개였다. 다섯 개나 되는 금화를 핸슨은 아무런 의심 없이 던칸에게 건네고 있는 것이다.

"돈보다 귀한 건 시간이네."

"명심하겠습니다."

돈은 아끼지 말고 최대한 빨리 말을 구해 오라는 뜻이었다. 그래도 금화를 보고 입을 다물고만 있을 수 없는 유리다.

"혹시 몰라서 하는 소린데, 그 돈을 다 쓰진 않겠죠? 그래도 두 개는 남겨와야 돼요."

아무리 급해도 한 푼이라도 손해를 보면 안 된다는 뜻인 모양이다.

"노력하겠습니다."

일행은 드디어 유리의 집을 나섰다.

애써 손본 보람도 없이 다시 빈집이 되어 버려질 처지에 놓인 집을 보며 퐁이 입맛을 다셨다.

"퐁은 인간의 집에 와서 너무 즐거웠어. 여기서 살면 좋을 텐데."

"괜찮아, 퐁. 더 좋은 집에서 살게 될 거야."

워렌의 방문 후 석상처럼 굳은 채 말 한마디 안 하던 루밀도 현관 문을 닫으며 한참 동안이나 손을 떼지 않았다. 유리가 아빠를 부축하며 걸음을 움직였다. 묵직한 배낭을 하나씩 짊어진 핸슨과 던칸이 뒤를 따랐다.

"퐁은 집도 좋지만 여행도 좋아."

집을 떠난 아쉬움은 잠시, 이실론의 어깨에 앉아 있는 퐁의 꼬리가 기분 좋게 좌우로 흔들렸다. 이실론은 또다시 이 말을 해야 하는 게 유감스럽긴 하지만 어쩔 수 없었다.

"퐁, 마을에 내려가면."

"알아. 퐁, 원숭이인 척해야 된다는 거."

퐁의 꼬리가 조금은 맥이 빠졌다.

워렌의 목장을 지나며 유리는 작별 인사라도 해야겠다며 문을 두드렸지만 워렌은 없었다. 아쉽지만 짤막한 메모로 작별 인사를 대신했다.

문틈에 종이를 끼워 놓고 돌아서는 유리를 보며 핸슨이 물었다.

"혹시 우리의 행선지를 알려주진 않았지?"

"예, 근데 왜요?"

"되도록이면 우리의 행선지는 말하지 않는 게 좋겠다. 우리는 쫓기고 있는 처지니까."

그동안 잊고 있었던 사실이다. 그러나 마을을 떠나는 이상, 자신
들이 쫓기고 있던 사실도 상기할 필요가 있었다.

이제부턴 모든 게 조심스러워야 한다.

5

핸슨은 직감적으로 마을의 분위기가 심상치 않음을 느꼈다. 사람들은 두세 명씩 모여 웅성거리고 있었고, 그들의 안색엔 불안감이 역력했다.

일행을 보자 그들은 말을 멈췄다. 그리고 두려움과 원망이 가득한 눈빛으로 그들을 노려봤다.

위기에 민감한 던칸이야 당연히 느꼈을 테지만 문제는 루밀이었다. 현명한 루밀이 마을의 변화를 눈치 채지 못할 리 없고, 핸슨이 아는 로날드에게 이 미묘한 변화는 무거운 짐으로 다가올 것이 분명했다.

핸슨이 루밀을 흘낏 봤다. 루밀은 태연한 표정이다. 당연했다. 쉽게 감정을 드러내는 사람이 아니니까. 맘에 들지 않는다. 이런 상황에서도 평정을 유지하는 저 강한 정신력이. 그의 강한 정신은 나약한 육체를 더욱 힘겹게 할 뿐이다.

유리는 상점 거리를 지나 스프링턴 산 쪽으로 갔다. 그곳에 있는 갈라인의 꽃밭 옆에는 마을의 공동 창고가 있고, 그 뒤쪽에 마을의 촌장인 모리스 브룩맨의 초라한 집이 있다. 말을 사려면 그의 도움이 필요했다.

만약 좋은 기분으로 이곳을 지나고 있다면 그들은 갈라인의 꽃밭 앞에서 할 말을 잃었을지도 모르겠다. 형형색색의 꽃들이 비단처럼 펼쳐져 있는 꽃밭은 아름답다는 말로 표현하기에는 아까울 정도의 장관을 연출하고 있었다.

"세상에, 꽃들 좀 봐. 퐁은 이런 모습 처음이야."

이실론이 놀라며 얼른 퐁의 꼬리를 잡아당겼다. 꽃밭에서 일하던 사람들이 고개를 돌렸을 때 퐁이 하던 말의 마무리는 이실론이 하고 있었다.

"…정말 멋져."

사람들의 표정에 별 변화가 없는 것을 보니 퐁이 말을 한 것이라곤 생각하지 않는 모양이다. 그러나 몇몇 사람들은 그들을 보며 안색을 굳혔다. 정확히는 루밀과 유리를 보며 분명한 경계의 눈초리를 보냈다.

유리는 아랑곳 않고 그들 중 모리스 브룩맨을 찾았다. 모리스의 백발은 일꾼들 중에서도 쉽게 찾을 수 있었다.

"모리스 할아버지!"

모리스가 일행을 향해 다가왔다.

"자네들, 어디 가려는 건가?"

"예, 아빠의 병을 치료하러요."

"어디로?"

"샌즈버리에 가면 유능한 의사가 있대요. 그 사람을 찾아가 보려구요."

영리하게도 유리는 자신들이 가는 방향과 반대에 있는 도시를 말했다.

"근데 샌즈버리까지 가려면 말이 필요해요. 보시다시피 아빠는 아직 병자고, 병자를 데리고 그곳까지 가려다 보니 짐도 많고……."

"너도 알겠지만 지금은 꽃을 수확하는 시기야."

수확된 꽃의 대부분은 생크 타운으로 옮겨진다. 생크 타운에서는 또다시 인근 마을로 옮겨지는데, 이 모든 과정이 최대한 짧아야 한다. 꽃이 시들면 상품으로서의 가치도 그만큼 떨어지는 법이다. 이 시기에 마을에선 말이 귀했고, 유리가 촌장의 동의가 있어야 말을 구할 수 있다고 한 것도 그 이유였다. 그러나 모리스의 미안해하는 얼굴을 보니 말을 내어줄 것 같지는 않았다.

"두 마리만 있으면 됩니다. 값은 후하게 쳐드리겠습니다."

모리스의 눈빛은 핸슨이 아니라 힘겹게 버티고 서 있는 루밀을 향했다.

"많이 좋아졌군. 그래도 아직 여행은 무리로 보이는데?"

"견딜 만합니다."

"할아버지, 말은요?"

"지금 말을 사려면 갈라인 씨에게 부탁하는 수밖에 없는데……."

갈라인이 그들에게 말을 내어줄 리 없었다. 증명이라도 하듯 마을 쪽에서 질 갈라인이 아들인 비토리오 갈라인과 함께 걸어왔다.

"오오, 루밀. 이렇게 건강한 모습을 다시 보게 되다니 정말 반갑군. 축하하네."

질 갈라인의 과장된 인사가 진심이 아니라는 것은 누구나 알 수 있었다.

"그런데 어디 가는 건가?"

루밀이 대답하기도 전에 뒤에 있던 비토리오가 얄밉게 끼어들었다.

"캥기는 게 있으니까 도망이라도 가려는 모양이죠 뭐."

"캥기는 거라니?"

유리가 날카롭게 되물었다. 모리스는 고개를 숙이고 자신이 일하던 자리로 되돌아갔다. 이 대화에 끼고 싶지 않은 모양이다.

"마을은 지금 스크리드의 재앙이 되살아났다는 얘기로 난리더군. 모두 겁에 질려 있어."

"스크리드의 재앙이 되살아나다니요?"

유리가 아빠와 질 갈라인의 얼굴을 번갈아 보며 불안한 목소리로 물었다.

"나는 누구보다 자네들이 잘 알고 있을 거라고 생각했는데?"

루밀이 질 갈라인의 기름기 도는 얼굴을 또렷이 응시하며 차갑게 대답했다.

"스크리드는 전설일 뿐입니다."

"그거야 자네 생각이지. 우리들의 생각은 다르네."

질 갈라인이 사람들의 동의를 구하는 표정으로 꽃밭을 둘러봤다. 일손을 놓은 인부들은 두려움에 가득한 눈빛으로 루밀을 바라보고 있었다. 그들 모두 이번 일과 루밀이 연관되어 있다고 생각하는 것이다.

질 갈라인의 얼굴은 마지막으로 모리스에게 멈췄다.

"마을의 촌장으로서 자네가 해줄 말은 없는가?"

어른에 대한 예의 따위는 눈곱만큼도 없는 말투다. 이미 오래전부터 그래왔기에 모두에게 익숙해진 일이긴 하지만.

"아직은 단언할 단계가 아니지요. 워렌의 양 세 마리가 죽은 일로……."

"아니지, 네 마리일세. 루밀의 집에 있던 양도 죽었다잖나?"

유리가 소리까지 내며 헛바람을 들이켰다. 이 사람들이 말하고 있는 내용도 우습지만, 그 내용이 워렌의 입에서 전해진 얘기라는 사실에 더욱 놀라웠다. 마을 사람들 모두 아빠에게 등을 돌렸어도 워렌만은 그러면 안 된다. 아니, 워렌은 당연히 끝까지 자신들의 편이라고 생각했었다. 단 한 순간도 그 믿음에 의심을 가져 본 적이 없었다. 그런데 믿지 못할 사람을 믿어온 모양이다. 오히려 지금 그들이 편을 들어주고 있는 사람은 모리스였다.

"그깟 양 네 마리 죽은 걸로 스크리드의 재앙을 말할 수는 없지요."

질 갈라인의 얼굴이 보기 흉하게 구겨졌다.

"그깟 양 네 마리라니? 양이 네 마리씩이나 죽은 걸세. 그것도 심장이 도려내지고 피가 뽑힌 채! 그게 뭘 의미하는지 모르나? 그게 바로 스크리드의 재앙이야. 스크리드를 위한 제사에 심장과 피가 필요한 거라고. 우리가 친구라고 여겼던 이 사람이 스크리드를 불러내고 있단 말이야!"

꽃밭에서 일하던 인부들이 불안하게 술렁거렸다. 이미 알고 있던 사람도 있고, 이제야 이 놀라운 사실을 접하는 사람도 있는 것 같았다. 공통된 반응은 루밀을 향한 공포와 경멸의 눈빛이었다.

"그렇다면 우리가 떠나면 모든 게 해결되겠군요."

유리는 예상외로 침착하고 냉정했다. 괜한 감정으로 맞대응하다가는 오히려 아빠에게 더 큰 상처를 줄 수도 있다. 그냥 조용히 이 더러운(?) 마을을 떠나고자 마음먹은 것이다.

그러나 질 갈라인이 그들의 길을 막았다.

"루나의 밤을 앞두고 스크리드를 불러내 놓고 자네들은 그냥 떠나겠다? 그게 말이 된다고 생각하나?"

"그럼 어쩌라는 거예요?"

"스크리드를 잠재워야지."

루밀이 여전히 태연하고 꼿꼿한 자세로 말했다.

"스크리드는 전설일 뿐입니다."

"자네가 직접 증명해야 할 걸세."

질 갈라인은 묘한 눈빛으로 루밀을 노려봤다. 그리고 꽃밭의 인부들에게 명령했다.

"이 사람들을 창고에 가둬라!"

인부들이 무서운 얼굴로 그들을 에워쌌다. 핸슨과 던칸이 무기를 뽑아 들었다. 루밀의 손이 그들을 막았다.

"사람들을 다치게 하면 안 돼요! 저항하지 맙시다."

루밀이 앞장서 창고로 걸어 들어갔다. 루밀이 자진해 창고 안에 들어가는 데야 다른 사람들이 어찌해 볼 도리가 없었다. 일행이 모두 창고에 들어가자 밖에서 자물쇠 채우는 소리가 들렸다.

"염병할!"

창고 안에 들어와 유리가 제일 먼저 한 말이었다.

이실론은 영문을 모르겠다는 표정이고, 유리는 상황의 심각성을 느끼지 못하는 표정이다.

"스크리드가 뭡니까?"

최소한 던칸은 상황의 위기감을 인식하고 있었다. 루밀이나 핸슨처럼.

"헛소리지 뭐긴 뭐예요? 그 따위 헛소리에 우리가 여기 갇혀 있어야 하다니! 도대체 뭐가 어떻게 되는 거야?"

유리는 여전히 한나절만 지나면 여기에서 나갈 수 있을 것이라고 생각하고 있었다. 그러나 루밀은 깊게 숨을 들이 마쉰 후 천천히 내뱉었다. 호흡을 조절하는 것이다.

"스크리드의 재앙은 물론 오래된 얘기고 근거없는 소리입니다. 그러나 솔리턴이 과거에 스크리드란 존재 때문에 많은 희생을 치렀던 건 사실입니다."

"그래서, 그 스크리든가 뭔가가 도대체 뭐냔 말이오?"

따져 묻는 핸슨의 목소리에는 화난 기색이 역력했다. 그는 아직도 마을 사람들을 밀치고 마을을 떠났어야 한다고 생각했다.

"200년쯤 전의 일이니까 드래곤의 전쟁이 끝나고 포트리몬 왕국이 자리를 번성해 가기 시작하던 무렵일 겁니다. 조용하고 한적하던 마을에 어느 날인가부터 알 수 없는 괴성이 들리기 시작했습니다. 밤낮없이 울어대는 괴성의 진원지는 윈턴 산이었지만 정체는 알 수 없었습니다. 감히 그 괴성의 주인공을 찾아 나설 용기가 있는 사람이 없었던 거죠. 몇 달이 지나자 마을 사람들도 그 괴성에 익숙해져 갔습니다. 더 이상 괴성이 난다는 것조차 느끼지 못할 정도였답니다. 그러나 무관심이 길어지면서 마을의 가축들이 잔인하게 도륙당하는 일들이 벌어지기 시작했습니다. 모두 늑대의 짓이라고 말했지만 석연치 않은 점이 있었습니다. 도륙당한 가축들의 심장이 없어졌으니까요. 늑대는 심장까지 먹지는 않습니다. 그 후 불안이 터진 건 루나의 밤이었다고 합니다. 칠흑 같은 어둠 속에서 그 괴성은 고막을 도려낼 듯 처절하게 울려 퍼졌고, 그 괴성을 견디지 못해 심장 발작으로 죽은 사람이 생긴 겁니다. 그것도 하룻밤 새 여섯 명이나. 결국 영주님이 나섰답니다. 그러나 괴성의 주인공을 찾아 윈턴 산으로 올라간 영주님의 병사들은 돌아오지 못했습니다. 그들을 찾아 나선 또 다른 병사들 역시 돌아오지 못했고, 마을은 순식간에 공포에 점령당했습니다. 가장 먼저 마을을 등지고 떠난 사람은 영주님이었습니다. 그는 이 아름다운 마을을 버릴 당시만 해도 황무지나 다름없던 생크 타운으로 옮겨갔죠. 그러나 마을 사람들은 영주만큼 간단히 마을을 떠날 수 없었습니다. 간신히 일군 터전에 대한 미련 때문이었죠."

"어떻게 그럴 수 있죠? 영주라면 마을의 지배자이자 책임자인데, 어떻게 겁에 질린 주민들을 팽개치고……."

이실론의 순진한 정의감은 유리의 비웃음만 샀다. 금방이라도 바스러질 듯 빛나는 금발과 평생 햇빛 한번 보지 못한 것 같은 고운 피부, 거기다 일은커녕 검조차 잡아보지 못한 갸녀린 손. 여자도 저렇게 곱게 크긴 힘들다. 귀족이 아니고선.

"네가 과거를 잃지 않았어도 그런 소릴 할까?"

"난 그냥 그런 행동은 영주답지 못하고, 또……."

"귀족이란 존재가 원래 그런 거 아니야? 그들은 지저분하고 무식한 평민들이 없는 세상에서 자기들끼리 우아하게 살고 싶다고 말하지. 하지만 그러지 못해. 왜냐고? 지배할 대상이 없으면 귀족은 심심하거든. 가끔씩 평민들 앞에 화려한 옷을 입고 번쩍이는 검을 차고 나와서 거들먹거리는 게 그들의 취미 생활이잖아? 그의 발에 흙이라도 튀기는 사람이 있으면 더 좋지. 그럼, 사람들이 보는 앞에서 그의 목을 쳐서 귀족의 권위와 위엄을 내세울 수 있으니까 말이야. 그리곤 저녁 파티에 가서 떠벌리겠지. 그런 것들이 없는 세상에서 살고 싶다고."

이실론은 멍한 표정으로 유리를 멀뚱멀뚱 쳐다보기만 했다. 평민들이 귀족에 대한 동경만큼이나 반감을 갖는 것은 이해할 수 있다. 그러나 이 순간에 왜 자신을 향해 이런 말을 퍼붓는지는 모르겠다.

"쟤 왜 저러니? 이실론이 그 나쁜 영주랑 아는 사이도 아니잖아. 발에 흙을 묻혔다고 사람 목을 치지도 않고. 안 그래, 이실론?"

"시끄럿! 귀족도 아닌 주제에 돈 좀 있다고 거들먹거리며 우리를 이렇게 가둬놓은 인간도 있잖아. 만약 저 인간이 귀족이었다면 그 자리에서 우리를 죽이라고 했을 거야!"

유리가 화가 난 이유는 역시 창고 밖에서 키득거리고 있을 갈라인 부자 때문이다. 그게 어쩌다 보니 귀족에 대한 분노로 바뀌었고, 이실론에게까지 불똥이 튄 건 오로지 이실론의 귀족적인 외모 때문이었다.

유리는 여전히 씩씩거리며 이실론을 노려보고 있고, 퐁은 구슬눈을 돌리며 이유없이 이실론을 노려보는 유리를 노려봤다.

그리고 어른들의 대화는 계속됐다.

"그래서 어떻게 됐는데요?"

"마을에 마법사가 나타났습니다. 그가 직접 괴성의 정체를 확인하겠다고 했죠. 그는 단신으로 윈턴 산에 들어갔고, 사흘 후 탈진 상태로 돌아왔습니다. 윈턴 산에서 살아 돌아온 첫 번째 인물이었죠. 그가 본 것은 스크림 가드(Scream God : 비명의 신)였답니다."

"그런게 어딨어? 퐁은 처음 들어봐."

"당연하지. 실제로는 존재하지 않는 신일 테니까."

"그런 말을 믿었습니까?"

던칸이 처음으로 입을 열어 한 말이었다.

"그가 비명을 멈추게 했으니까요."

"어떻게요?"

"제물을 바쳤습니다. 루나의 밤에."

"처녀였겠군. 마을 사람들은 마법사를 신처럼 떠받들었을 테고?"

핸슨이었다.

"그거였군요. 마법사의 박해."

던칸도 이해했다는 듯 고개를 끄덕였다. 유리도 한마디 거들었다.

"망할 놈!"

아직 이해하지 못하는 사람은 이실론뿐이었다.

"무슨 말씀입니까?"

"마법의 힘이란 인간의 의지를 초월하는 힘이다. 마법사가 되기 위해선 끝없는 노력과 희생이 필요하지. 무엇보다 중요한 건 자신의 의지를 통제하는 거야. 그렇지 못하면 세상의 유혹에 흔들려 자신의 힘을 헛되이 쓰게 되거든."

루밀의 설명을 듣던 핸슨도 참지 못하고 끼어들었다.

"간단히 말하마. 마법사는 세 종류였다. 마법을 힘이 아니라 학문으로 생각하고 평생 연구에만 몰두하던 사람, 마법의 힘을 사람들의 평화와 안정을 위해 투자하던 사람, 그리고 마지막으로 마법의 힘을 바탕으로 부와 명예를 탐하던 사람. 마법사의 박해가 시작된 건 마지막 사람들 때문이었다. 그 직접적인 빌미를 제공해 준 건 이 마을에 나타났던 마법사 같은 사람이고."

여전히 이해되지 않는 말이다. 핸슨은 다시 설명해야 했다.

"스크림 가든지, 스크리든지 하는 신은 애초에 존재하지도 않는 신이었단 말이다. 어떤 빌어먹을 마법사가 꾸며낸 일이란 말이야.

마을 사람들을 공포에 몰아넣고 자신이 해결사 노릇을 자처하며 마을 사람들 위에 군림했던 거지."

말은 이해되지만 상황은 납득되지 않는다.

"어떻게 그런 일이……?"

"그때만 해도 마법사에 대한 사람들의 믿음은 절대적이었고 레스틴 왕은 그게 못마땅했던 거야. 사람들은 왕보다 마법사를 더 신뢰했으니까. 그런데 빌미가 잡힌 거지. 덜 되 먹은 마법사들이 얄팍한 수작으로 이런 산골 마을에서 왕처럼 군림하고 있다가 들켰거든. 그때부터 모든 신들은 부정되고 마법사의 힘은 사악한 힘으로 몰리기 시작했다. 간단히 말하면 그게 마법사의 박해가 시작된 표면적인 이유였다."

"하지만 이곳 사람들은 스크리드가 나타났다고 하지 않았습니까?"

이번엔 루밀이 말했다.

"사악한 마법사에 속아 자신의 귀한 딸을 제물로 내줬다는 사실을 인정할 수가 없었던 거지. 차라리 스크리드를 믿는 게 그들로선 더 쉬웠을 거야."

핸슨의 설명은 간단했지만 이실론이 그 말을 받아들이는 데는 시간이 필요했다. 침묵 속에 시간이 흘렀다. 이실론이 이해할 수 있는 건 모든 상황이 핸슨의 말처럼 간단하지는 않았을 것이라는 것 정도였다. 그리고 더 이상 이해하려는 노력을 접기로 했다.

중요한 일은 과거가 아니라 현재였다.

"그게 우리와 무슨 상관입니까?"

선뜻 나서서 대답하는 사람이 없었다.

던칸은 핸슨의 눈치를 봤고, 핸슨은 유리의 눈치를 봤다. 유리는

당연히 아빠의 눈치를 봤다. 루밀은 창고의 입구에 가서 주저앉았
다.

그러나 입을 다물고만 있을 수는 없었다. 이실론의 질문에 대한
답을 위해서가 아니라 그들 스스로도 상황을 정리할 필요가 있었
다.

"워렌의 죽은 양들도 심장이 없었다. 내일은 루나의 밤이고."

"그래서 우리와 무슨 상관이란 말씀입니까?"

창고의 문 앞에 주저앉아 있던 루밀이 힘없이 말했다.

"유리가 돌아오기 전… 집 안에 갇힌 채 발작을 참기 위해 비명
을 지르곤 했지."

유리도 이제야 상황의 심각성이 인식되는 모양이다.

"갈라인은 이번 일을 계기로 아빠를 제거하고 마을을 장악하려
는 거야. 아빠를 향했던 마을 사람들의 존경과 믿음을 가로채고
싶은 거였어."

이실론도 이제는 알 것 같다.

"음모군요."

루밀의 힘없는 목소리가 또다시 들렸다.

"꼭 그렇지는 않다."

핸슨과 유리의 얼굴에 절망의 깊은 그림자가 드리워졌다. 몬스
터 레인져는 깊은 잠을 자지 않는다. 던칸도 그들의 절망이 무엇
때문인지 안다.

"…진짜 문제는 자르휜의 저주군요."

루밀이 오한에 걸린 사람처럼 몸을 떨었다. 자신 앞에 닥친 위
기 때문이 아니라, 자신으로 인해 주위 사람들이 겪어야 할 위기
가 두려운 것이다.

"나는 오래전부터 날 통제할 힘을 잃었네. 내 몸이 정상이 되기 전에 날 막아야 하네."

유리가 언제나처럼 아빠의 등을 안아 떨리는 몸을 잡아줬다. 던칸은 핸슨을 보며 말했다.

"뚫고 나갈까요?"

핸슨은 잠시 고민했다. 이 창고를 뚫고 나가는 일이야 어렵지 않지만 그렇게 되면 숲 속에서 밤을 맞이해야 한다. 문제는 루밀이 아니라 숲 속에 있던 또다른 발자국들이었다. 그들의 정체와 목적을 확인하지 못한 채 여행을 시작할 수는 없었다.

"기다려 보세."

핸슨은 이실론의 허리에 있는 드워프의 밧줄을 다시 찾았다. 밧줄을 들고 루밀에게 다가가는 핸슨의 모습은 비장해 보이기까지 했다.

"자네를 통제할 수 있을 걸세."

저녁이 되어도 그들을 창고에서 내보내 줄 기미는 보이지 않았다. 지금쯤이면 촌장의 요청 아래 마을 회의가 열리고 있을 테고, 갈라인의 주도 하에 루밀에 대한 처벌 문제가 논의되고 있을 것이다.

마을 사람들도 갈라인처럼 루밀이 스크리드를 불러내고 있다고 믿는다면 이번 일은 간단히 넘어가지 못할 것이다. 어차피 마을에서 마음이 떠나 버린 유리야 마을 사람들이 어떤 결정을 내리든 별로 개의치 않을 작정이다. 하지만 그들이 아빠를 불신하고, 아빠의 명예를 떨어뜨리는 것에는 정말이지 분통이 터졌다. 그들에겐 그럴 자격이 없다.

핸슨은 드워프의 밧줄로 루밀을 묶었고, 그 모습을 유리가 방관하고 있는 것에 이실론은 경악을 금할 수 없었다. 이실론이 아는 유리라면 핸슨의 팔뚝을 물어 뜯어서라도 저 잔인한 손짓을 막았을 텐데. 던칸도 마찬가지다. 핸슨이 루밀을 묶을 때 던칸은 묵묵히 유리의 앞에 서서 그녀의 시야만 막아주고 있었다. 지금 역시 유리의 앞에 앉아 그녀가 아빠의 모습을 보지 못하게 하는 역할을 하고 있다.

그리고 창고 구석에 묶여 있는 루밀 씨의 수치심으로 가득한 저 절망적인 얼굴이란…….

이실론도 모두와 마찬가지로 차마 루밀 쪽으로 향해 고개를 돌릴 수 없어 열리지 않는 창고의 문만 몇 시간째 말없이 쳐다봤다. 오늘따라 왜 퐁조차 입을 다물고 있는지. 퐁은 그의 자랑스러운 매직 트라이던트를 곧추세우고 구슬 눈을 내리 감은 채 명상이라도 하고 있는 것 같은 폼이다.

"퐁."

이실론이 나직한 목소리로 퐁을 불렀다.

"쉬이잇—!"

퐁의 매직 트라이던트가 조금씩 방향을 바꿨다. 뭔가를 찾는 듯 몇 번 이리저리 방향을 바꾸던 매직 트라이던트는 처음 그 자리에서 멈췄다. 퐁이 눈을 떴다.

"근처에 마법사가 있어."

"무슨 소리야?"

"느껴져. 퐁에게 분명히 느껴진다고. 마나의 힘이야. 아주 강한 마나를 다루는 마법사야."

핸슨이 상기된 얼굴로 퐁에게 다가왔다. 수염을 깎고 나니 얼굴의 작은 변화와 감정도 쉽게 보여진다. 남자들이 귀찮음을 감수하면서도 수염을 기르는 것은 어쩌면 감정을 숨기기 위한 목적인지도 모르겠다.

"마법사라니? 얼만큼 느낄 수 있는 거냐? 선한 힘인지, 악한 힘인지 구분할 수 있냐?"

퐁이 거만한 모습으로 매직 트라이던트를 바닥에 탁탁 튕겼다.

"그래야 되는데… 잘 안 느껴져."

핸슨이 답답한 듯 가슴을 쳤다. 퐁은 더욱 거만한 모습으로 구슬 눈을 치켜뜨며 말했다.

"퐁은 마나를 다루지 않아. 퐁의 매직 트라이던트는 마나의 힘과 상관없어. 그래서 퐁은 마나의 힘을 느낄 수 있어."

누구보다 감정 표현에 솔직한 유리의 얼굴에 금세 신경질이 차올랐다.

"알아들을 수 있게 말해야지. 하지 말라는 말은 귀청이 따갑도록 하면서……."

퐁의 입술 없는 입이 쏙 들어갔다. 계속 이런 식이면 말하지 않겠다는 태도다. 하긴 이런 때가 아니면 퐁이 언제 유리 앞에서 거들먹거려 볼까? 그런데 유감스럽게 루밀이 퐁을 대신해 설명해 줬다.

"같은 힘은 섞이지만 다른 힘은 부딪치지. 물이 불을 끄고, 불이 나무를 태우는 것 같은… 서로 다른 힘끼리 부딪치면 변화가 생기는 거야. 퐁은 지금 그 미세한 파장을 느끼고 있는 거고."

던칸도 아는 게 있는지 덧붙여 설명해 줬다.

"흑마법사가 백마법사를 알아보고, 백마법사가 흑마법사를 알아내는 것 같은 원리군요. 상극(相剋)의 원리?"

“그렇지. 퐁, 힘의 진원지도 알 수 있겠니?”

퐁이 유리를 노려보고 루밀을 쳐다봤다. 유리의 태도를 봐선 말해 주고 싶지 않지만 루밀의 처지를 생각하면 말하지 않을 수 없었다.

“북쪽. 근데 이상해. 익숙하단 말이야. 퐁, 마법사를 본 적 없는데……”

갑자기 핸슨의 눈이 퐁의 구슬 눈보다 더 크게 치켜뜨여졌다.

“웨이트가드! 불타는 장미 여관!”

퐁도 매직 트라이던트로 자기의 머리를 툭 쳤다.

“맞아! 그때도 마나의 힘이 움직였었어. 바로 옆이었지. 그때도 퐁은 느꼈어.”

혼자서 중얼거리며 고개를 끄덕이던 퐁이 뭔가 의심스러운 듯 다시 고개를 저었다.

“아니야. 너무 강해. 그때보다 너무 강하게 느껴져. 훨씬 멀리 있는데도……”

“루나의 밤이 다가오잖냐.”

그랬다. 루나의 밤엔 마력의 힘이 신력조차 지배한다고 했었다. 그리고 그 강력한 마력을 가지고 다가온 사람은……. 핸슨이 이실론을 쳐다봤다. 그 사람은 이실론의 친구지만 자신들의 적이다.

이번에도 그때처럼 유리를 노리는 것이라면… 어쩌면 루밀의 손을 빌리려 할지도 모르겠다. 핸슨의 모든 기대를 엎는 최악의 상황이다.

이실론은 멍하게 퐁의 매직 트라이던트가 향하는 방향을 응시했다. 이상한 느낌이 든다. 누군가 자신을 부르는 것 같은 느낌. 자신이 만나야 할 누군가가 있는 것 같은 느낌. 머리 속이 어지럽다.

눈을 감았다. 코끝으로 향긋한 냄새가 스며든다. 꽃의 향기일까? 아니다. 꽃의 향기라고 하기엔 너무나 싱그럽고 익숙하다. 그리고 따뜻하고 보드랍고 아늑하다. 이실론은 코끝으로 냄새를 깊게 들이마셨다. 심장의 박동이 빨라진다. 목 앞까지 치밀어 오르는 뜨거운 느낌… 그리움이었다. 가야 한다. 그녀에게……. 그런데… 갑자기 졸려온다. 참고 싶은데… 가야 하는데… 이실론은 잠들고 있었다.

이실론의 머리 위에서 퐁의 매직 트라이던트가 거두어졌다. 그리고 핸슨의 흔들리는 목소리가 들렸다.

"얼마나 가겠니?"

퐁이 잠든 이실론을 측은하게 내려다봤다.

"퐁이 깨울 때까지. 이실론을 부르는 힘이 더 크지 않다면……."

잠자고 있는 이실론의 모습은 위태롭기만 하다. 그때 창고 옆의 창문이 열리며 모리스의 늙고 주름진 얼굴이 나타났다.

핸슨이 벌떡 일어나 창문 앞으로 다가갔다. 루밀의 모습을 보지 못하게 하기 위한 행동이다.

"무슨 일이십니까?"

"저녁을 좀 가지고 왔네."

모리스의 손에서 창문 안으로 커다란 바구니가 건네졌다.

"감사합니다. 그런데 저희는 언제까지 여기 억류돼 있어야 하는 겁니까?"

모리스가 주변을 두리번거리며 조심스럽게 말했다.

"갈라인 씨의 의지가 워낙 확고해서… 내일까지만 기다려 보게. 자네들이 여기 있는데도 똑같은 일이 벌어지면 오해가 풀리지 않겠나?"

"만약 오해가 풀리지 않는다면요?"

모리스의 목소리가 더욱 낮아졌다.

"자네들이 할 수 있는 최선을 다하게."

속삭이듯 말하고 모리스는 창문을 닫았다.

밤은 점점 깊어갔다. 퐁의 매직 트라이던트는 어둠에 잠긴 창고 안에 빛을 만들었다. 루밀은 하루 동안의 긴장에 지쳤는지 밧줄에 묶인 불편한 몸으로 잠들어 있었다.

"핸슨, 이제 말해 봐요. 퐁이 말하는 마법사는 누구고, 왜 여기에 있고, 이번 일과 무슨 연관이 있는 건지."

"그 마법사가 어린 소녀라는 것밖에 나도 아는 게 없다."

"말도 안 돼. 어린 소녀가 그렇게 강력한 마나를 다룰 수는 없어. 퐁 엘프의 마을에 있을 때 많이 봤어. 마나를 다루기 위해서는 많은 시간 필요해."

"나도 그게 이상하던 참이다. 혹시 다른 사람인지도 모르지. 그렇다면 나는 그 마법사에 대해 더 더욱 아는 게 없는 셈이다."

핸슨이 알 수 있는 것이라곤 이곳에 그 마법사 외에도 또 다른 사람들이 있다는 것. 그들은 아마도 자르휜의 저주에 점령당한 채 이곳으로 이동되어졌을 것이라는 정도였다. 그리고 그들 모두 살아 있는 짐승의 살과 피와 심장을 원하고 있다. 루밀은 생식을 통해 피가 뜨거워지고, 덕분에 몸의 회복이 빨라지고 있다고 했었다. 하지만 그들 모두 부상자가 아니라면 피가 뜨거워지는 데에는 또 다른 무엇이 존재할 것이다. 에라다누스의 의지가 반영된 무엇…….

날이 밝을 때까지 핸슨은 답을 찾지 못했다.

아침의 시작은 빛이 아니라 외침이었다.

"스크리드가 부활한 거야! 이미 깨어나 버렸어!"

"하룻밤 새에 두 명이나 죽었어!"

핸슨은 루밀의 몸을 감고 있던 밧줄을 풀었다. 미안하단 인사 따위는 하지 않았다. 그런 말은 오히려 친구의 맘을 불편하게 만들 것이다. 그냥 아무 일 아닌 것처럼 아침이 됐으니 이불을 걷어 주는 사람처럼 담담히 밧줄로부터 루밀을 해방시켰다.

다행히도 어제 밤엔 발작이 없었지만 그건 루밀만의 경우였나 보다. 밖에서 외치는 소리로 미루어 또 다른 희생자가 나타났고 —아마도 사람이었던 듯—사람들은 완전히 공포에 점령당해 있었다. 퐁은 얼른 잠자고 있는 이실론을 깨웠다.

창고의 문이 급하게 열렸다. 모리스였다.

"어서 떠나게. 행운을 빌겠네."

루밀이 모리스를 향해 미소 지으며 고개를 저었다.

"우리가 떠나면 브룩맨 씨는 어쩌려구요. 가지 않겠습니다."

유리가 아빠의 말에 발끈했다.

"지금 그런 걸 따질 때가 아니잖아요. 사람들의 외침이 안 들려요? 스크리드가 부활했다잖아요! 분명히 아빠의 책임으로 돌릴 거라구요."

유리는 가지 않겠다는 아빠의 손목을 잡아끌고 창고의 문 쪽으로 걸어갔다. 그러나 핸슨도 루밀과 같은 마음이었다.

"남아 있는 게 좋겠다."

"왜들 이래요? 무슨 생각들을 하는 거예요?"

던칸도 핸슨의 마음 중 한 가지는 읽을 수 있었다. 루나의 밤을 숲에서 맞을 수 없다는 것. 당연했다. 정체를 알 수 없는 적을 지척에 두고 루나의 밤을 숲에서 보낸다는 것은 어리석은 일이다. 갇혀 있는 신세라 해도 지붕이 있고, 벽이 있는 이곳 창고가 훨씬 나았다.

이실론은 유리와 마찬가지로 당장이라도 떠나고 싶은 마음이 굴뚝같았지만 자신이 나설 상황은 아니었다.

"기회는 이미 지나갔네. 원망하지 말게."

모리스의 한숨 같은 말이 끝나는 것과 동시에 마을 사람들이 모리스의 뒤로 모여들었다. 그들의 붉게 충혈된 눈에는 이글거리는 증오가 가득했다. 창고의 문을 겹겹이 에워싼 마을 사람들을 헤치며 갈라인이 나타났다.

"루밀 에르딘버크 선생, 결국 스크리드를 불러내는 데 성공하셨더군."

"스크리드는 존재하지 않습니다."

루밀은 어제처럼 단호히 말했다. 갈라인도 어제 한 것과 똑같은 대답을 했다.

"자네가 직접 증명해야 할 걸세."

갈라인의 교활한 눈동자가 루밀에게서 유리에게로 옮겨졌다.

"어차피 첫 번째 제물은 자네의 딸이 될 테니까."

마을 사람들은 이미 집단적인 광기에 사로잡혀 이성적인 판단을 기대하기 어려운 상태였다. 그들은 갈라인의 말대로 유리를 제물로 바치는 데 아무런 이의도 제기하지 않았다. 그들은 현실조차 마주 볼 수 없었던 부끄러운 과거를 재현하고 있는 것이다.

핸슨은 어이가 없어 대꾸할 필요조차 못 느꼈다. 던칸은 당장이라도 그들을 뚫고 나갈 듯 롱 소드를 감아쥐었다. 이실론은 그들이 하는 말의 정확한 의미조차 이해할 수 없었다.

　설마 유리를, 아니, 살아 있는 사람을, 진짜, 정말로, 진심으로 제물로 바치겠다는 것인가?
　그러나 루밀의 입에선 아무도 예상치 못한 대답이 나왔다.
　"각오하고 있었소."

〈 2권으로 이어집니다 〉

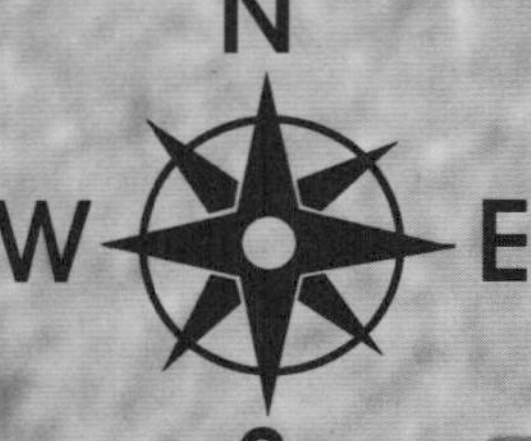
퀸츠 왕국
크릭릴 계곡
에민
페니키아(수도)
워터밸리
식인 늪
웨이트가드
(중립령)
몰던 시
은빛 노을의 강
자코비니 사막
라이즈셋
해지랄리
포말하우트 산맥
움직이는 늪
피요드
자우라크
크릭할린 협곡
N
W E
S
코로나

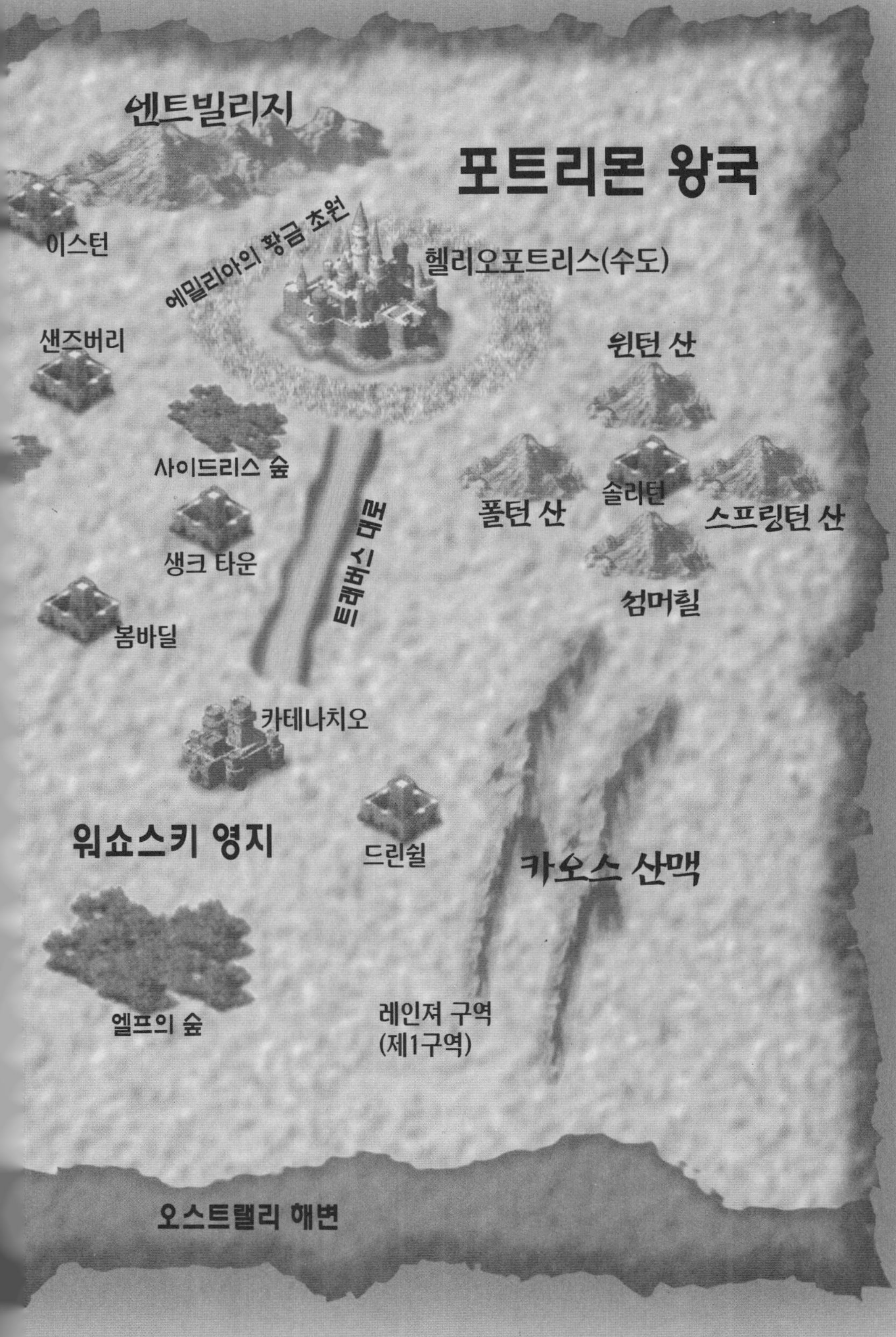

엔트빌리지
포트리몬 왕국
이스턴
에밀리아의 황금 초원
헬리오포트리스(수도)
샌즈버리
윈턴 산
사이드리스 숲
크랙신 산맥
폴턴 산
솔리턴
스프링턴 산
생크 타운
섬머힐
봄바딜
카테나치오
워쇼스키 영지
드린쉴
카오스 산맥
엘프의 숲
레인져 구역
(제1구역)
오스트랠리 해변